명시 100선

영시 해설

원문＋어휘해설＋번역
편저 동 일 성

도서출판 사색공간

일러 두기

명시 100선 영시해설은 16세기 영국의 윌리엄 셰익스피어부터 시작하여 20세기 딜런 토마스에 이르기까지 영국과 미국의 명시를 다루고 있으며 명시 100선의 선정 방법은 Discover Poetry에서 선정한 100대 영어 명시와 영국 BBC 라디오에서 1995년에 설문 조사하여 1996년 발표한 100대 영어 명시를 참고로 하고 또한 대학의 영문과 교제 등을 참고하여 명시 100개를 선정했다.

그리고 본 영시해설은 독자들이 영시를 읽어가면서 원문뿐 아니라 중요한 어구의 뜻이나 발음을 제시했고 필요한 어구해설을 곁들여 놓았으며 번역을 함께 기술해 놓았기 때문에 굳이 영어사전을 참고하지 않아도 쉽게 영시를 감상할 수 있을 것이다.

영시 번역은 주로 유명한 영시 번역가나 영문학 교수의 번역을 그대로 인용해 놓았다. 그리고 몇 편은 편저자인 동일성이 직접 번역한 것이 있는데 독자들이 영어공부를 하는데 도움이 되고자 의역보다는 직역에 가깝게 번역을 하였기 때문에 다소 한글 번역이 매끄럽지 못한 부분이 있다.

글씨체는 한글과 컴퓨터에서 제공하고 있는 함초롬 바탕체를 쓰고 있다.

유튜브에서 영시와 산문을 검색하면 명시 100선 영시해설을 교재로 해서 편저자 동일성이 강의한 동영상을 시청할 수 있고 또한 조지오웰의 동물농장 원문+문법해설+번역을 교재로 한 강의 동영상 145개도 시청할 수 있다

이 책을 편저하는 데 있어서 편집 및 표지 디자인에 여러 가지로 도움을 준 윤병권 화백에게 지면을 통해서 심심한 감사의 말을 전한다.

2024년 3월

편저자 동일성

목차

3

4

5

6

1. All the world's a stage (Act 2, Scene 7 from As You Like It) / William Shakespeare
온 세상이 하나의 무대 (당신 뜻대로 2막 7장) / 윌리엄 셰익스피어

Jaques

제이키즈

All the world's a stage,

온 세상이 하나의 무대고,

And all the men and women merely players;

모든 남녀가 한낱 배우에 지나지 않습니다.

They have their exits and their entrances,

그들은 제각기 등장했다가 퇴장하지요.

And one man in his time plays many parts,

사람은 사는 동안 다양한 역할을 맡는데,

His acts being seven ages. At first, the infant,

그 연극은 7막으로 이루어졌습니다. 1막에선 갓난아기 역할입니다.

Mewling and puking in the nurse's arms.

유모 품에 안겨 가냘프게 울고, 젖을 토하기도 합니다.

Then the whining schoolboy, with his satchel

2막에선 투덜대는 학생 역할입니다. 아침이면

And shining morning face, creeping like snail

갓 세수한 윤기 나는 얼굴로 책가방을 둘러메고 달팽이처럼 느릿느릿

Unwillingly to school. And then the lover,

가기 싫은 학교에 가지요. 3막에선 연인 역할입니다.

Sighing like furnace, with a woeful ballad

용광로처럼 뜨거운 한숨을 내쉬며, 연인의 눈썹에 바치는

Made to his mistress' eyebrow. Then a soldier,

애절한 노래를 부른답니다. 4막에선 군인 역할입니다.

Full of strange oaths and bearded like the pard,

별난 맹세를 줄기차게 늘어놓고, 표범처럼 수염을 기르기도 하지요.

Jealous in honor, sudden and quick in quarrel,

명예를 더럽힐까 봐 전전긍긍하고, 무모하게 싸움에 뛰어들고,

Seeking the bubble reputation

덧없는 명성을 얻기 위해 대포 구멍에 뛰어드는 것도

Even in the cannon's mouth. And then the justice,

두려워하지 않습니다. 5막에선 재판관 역할입니다.

In fair round belly with good capon lined,

기름진 고기로 채운 배는 툭 튀어나왔고,

With eyes severe and beard of formal cut,

눈빛은 가까이하기 어려우며, 수염은 격식에 맞춰 다듬어져 있지요.

Full of wise saws and modern instances;

격언이나 자주 일어나는 사례들을 줄줄 꿰고 있어야 하는

And so he plays his part. The sixth age shifts

역할입니다. 6막에선 몸이 야위고

Into the lean and slippered pantaloon,

기력이 달리는 노인 역할입니다.

With spectacles on nose and pouch on side;

코끝에 안경을 걸치고 옆구리에는 돈주머니를 차고 다니지요.

His youthful hose, well saved, a world too wide

젊었을 적 입다가 고이 간직해둔 바지를 다시 꺼내 입는데,

For his shrunk shank, and his big manly voice,

쪼그라든 다리에 비해 바지통이 너무 넓지요. 남자다웠던 우렁찬 목소리는

Turning again toward childish treble, pipes

어린애 목소리로 되돌아가서 높고 가는 소리가 나고

And whistles in his sound. Last scene of all,

쉿소리가 날 때도 있습니다. 파란만장하고 기묘한 일생을

That ends this strange eventful history,

마무리하는 7막은

Is second childishness and mere oblivion,

두 번째 유년기입니다. 모든 게 망각의 늪에 묻힙니다.

Sans teeth, sans eyes, sans taste, sans everything.

이는 다 빠져버리고, 눈도 보이지 않고, 입맛도 잃지요,

남은 게 아무것도 없습니다.

(번역 정유선, 뜻대로 하세요, 윌리엄 셰익스피어 지음, 레인보우 퍼블릭 북스, 2022, p.105-107)

merely [míərli] 단지, 그저, 다만. exit [égzit] 출구, 나가다, 떠나다, 죽다. age [eidʒ] 나이, 연령, 연대, 시기, 수명, 일생, 나이 들다, 늙다. entrance [éntrəns] 입구, 출입구, 취임, 취업, 황홀하게 하다, 도취시키다. infant [ínfənt] 유아, 미성년자. part [pɑːrt] 일부, 부분, 직분, 분담, 몫, 배우의 역, 나누다, 깨지다. act [ækt] 행위, 행동, 법령, 연극의 막, 행하다, 상연하다. mewl [mjuːl] 갓난아이가 약한 울음소리를 내다, 약한 울음소리. puke [pjuːk] 구토, 토한 것, 토하다. whine [hwain] 애처로운 소리로 울다, 투덜대다, 우는 소리. satchel [sǽtʃəl] 작은 가방, 학생 가방. snail [sneil] 달팽이. unwilling [ʌnwíliŋ] 내키지 않는, 마지못해 하는, 본의가 아닌, 반항적인.

furnace [fə́ːrnis] 아궁이, 난방로, 화덕, 용광로. woeful [wóufəl] 슬픈, 비참한, 애처로운. ballad [bǽləd] 민요, 속요, 발라드(느린 템포의 서정적인 유행가). mistress [místris] 여주인, 주부, 여학자, 여류명인, 연인, 정부, 첩. beard [biərd] 수염, 수염을 잡아 뽑다. oath [ouθ] 맹세, 서약, 저주, 욕설. pard [pɑːrd] 표범(고어), 동아리, 짝패(속어). bubble [bʌ́bəl] 거품, 기포, 거품 일다. jealous [dʒéləs] 질투심이 많은, 시샘하는, honor [ɑ́nər] 명예, 체면, 절개, 경의, 존경하다. reputation [rèpjətéiʃən] 평판, 명성, 호평. justice [dʒʌ́stis] 정의, 공정, 재판관, 치안판사. capon [kéipən] 거세한 수탉(뇌물이라는 뜻도 있음), 수탉을 거세하다. fair [fɛər] 공평한, 상당한, 완전한, 금발의, 정정당당히, 아주, 완전히. formal [fɔ́ːrməl] 모양의, 형식적인, 공식적인. saw [sɔː] 톱, 톱질하다, 격언, 속담. instance [ínstəns] 실례, 사례, 경우, 요구, 예를 들다. shift [ʃift] 이동하다, 바꿔다, 변천, 추이. lean [liːn] 기대다, 의지하다, 기울다, 기울기, 경사, 마른, 야윈. pantaloon [pæntəlúːn] 늙은이 역, 늙은 어릿광대. pouch [pautʃ] 작은 주머니, 돈지갑, 쌈지, 주머니에 넣다. hose [houz] 긴 양말, 스타킹, 반바지(고어), 호스, 호스로 물을 뿌리다. a world too 너무 ~한. shrunk [ʃrʌŋk] shrink의 과거, 과거분사. shrink [ʃriŋk] 오그라들다, 움츠리다, 피하다, 뒷걸음질. shank [ʃæŋk] 정강이, 정강이뼈. treble [trébəl] 세배의, 삼단의, 고음의, 3배, 3배로 하다. pipe [paip] 파이프, 피리, 새된 소리, 피리를 불다. whistle [hwísəl] 휘파람, 호각, 휘파람을 불다. eventful [ivéntfəl] 사건이 많은, 파란 많은, strange [streindʒ] 이상한, 기묘한, 생소한, 낯선. oblivion [əblíviən] 망각, 무의식 상태. sans [sænzː] ~없이, ~없어서.

작가 및 작품 해설

   윌리엄 셰익스피어(1564-1616)는 잉글랜드 스트랫퍼드어폰에이번에서 부유한 상인의 아들로 태어났으나 학교 공부에 별로 흥미를 느끼지 못했다. 대신 산으로 들로 뛰어다니면서 생각에 잠기거나 시를 짓는 것을 좋아했다. 세월이 흐르면서 집안 형편이 기울어지자, 셰익스피어는 열네 살에 학교를 그만두고 집안일을 도와야 했다. 그리고 열여덟 살에 결혼한 뒤 배우가 되고 싶어서 1588년 고향을 떠나 런던으로 갔다.

런던으로 간 셰익스피어는 극장의 마구간지기로 취직했다. 그러다가 석 달 뒤, 마부 역을 할 배우가 병이 나자 대신 무대에 서게 되었다. 연극 배우로 별다른 성공을 거두지 못했지만 셰익스피어는 연극 공부를 하면서 틈틈이 희곡을 쓰기 시작했다. 특히 1592년 페스트로 많은 사람들이 죽어 극장 문을 닫았을 때, 신진 극작가였던 셰익스피어는 여러 편의 희곡을 썼다. 그 가운데 가장 인기를 끈 작품이 (베니스의 상인)이었다.

이 일을 계기로 그는 당시 연극계를 주름잡던 한 세력가의 극단에 들어가 간부 단원이 되었고, 그 극단을 위해 작품을 쓰는 전속 작가로서도 활동하였다. 또한 때때로 극단에서 단역을 맡아 배우로 일하기도 하였다. 셰익스피어는 그 뒤 희극과 비극, 사극 등 여러 분야의 작품을 다양하게 발표했고 뛰어난 재능을 발휘하여 많은 관객들의 마음을 사로잡았다.

셰익스피어의 4대 비극인 (햄릿), (리어 왕), (맥베스), (오셀로)가 이 무렵의 작품이고 또한 (로미오와 줄리엣) 등 37편의 희곡과 여러 권의 시집을 남겼다. 영국 사람들이 '셰익스피어를 인도와도 바꾸지 않겠다.'고 할 정도로 셰익스피어는 영국의 자존심으로 불린다.

[네이버 지식백과] 셰익스피어 [William Shakespeare] (한 권으로 끝내는 교과서 위인, 2005. 12. 30., 조영경, 백정현)

이 시는 셰익스피어의 희극 중 하나인 당신의 뜻대로(As you like it)의 2막 7장 중에서 제이키스(Jaques)가 공작에게 하는 대사 가운데 일부이다. 시인은 이 시에서 이 세상을 하나의 연극 무대로 보고 인간은 태어나서 죽을 때까지 여러 배역을 연기하는 것으로 비유하였다. 그래서 인생을 갓난아기에서 시작해서 학생, 연인, 군인, 재판관, 노인, 그리고 죽음을 앞둔 두 번째 유년기 등, 7단계로 나누어서 각 시기의 삶의 특징을 묘사하고 있다.

2. Shall I Compare Thee to a Summer's day? / William Shakespeare

그대를 여름날에 비할까요? / 윌리엄 셰익스피어

Shall I compare thee to a summer's day?
내가 그대를 여름날에 비할까요?
Thou art more lovely and more temperate:
그대는 이보다 더 사랑스럽고 온화하오.
Rough winds do shake the darling buds of May,
거치른 바람이 5월의 귀여운 꽃봉오리를 뒤흔들고
And summer's lease hath all too short a date:
여름의 기간은 너무나 짧고
Sometime too hot the eye of heaven shines,
때때로 너무 뜨겁게 하늘의 눈은 비치며
And often is his gold complexion dimm'd:
자주 태양의 황금빛 얼굴빛은 흐려지고,

And every fair from fair sometime declines,
모든 아름다움은 아름다움이 줄어지고
By chance, or nature's changing course untrimm'd:
불운(不運)이나 자연의 변하는 과정에 의해 장식이 앗아가지만
But thy eternal summer shall not fade,
그대의 영원한 여름만은 시들지 않을 것이며
Nor lose possession of that fair thou owest:
그대가 지닌 아름다움을 잃지 않으리.

Nor shall Death brag thou wanderest in his shade,

또한 죽음은 그대가 그의 그늘 속에 헤맨다고 큰소리치지 못하리

When in eternal lines to time thou growest:

영원한 시행(詩行) 속에서 시간이 흐름에 따라 그대 성장할 적에.

So long as men can breathe, or eyes can see,

인간이 숨 쉴 수 있고, 눈이 볼 수 있는 한,

So long lives this, and this gives life to thee.

그만큼 오래도록 이 시(詩)는 살 것이고 그대에게 생명을 주리.

(번역 이재호, 장미와 나이팅게일, 지식산업사, 1993, p.86-87)

compare [kəmpέər] ⓥ비교하다, 비교되다. thee [ðíː] thou의 목적격, 그대에게, 그대를. thou [ðau] 고어로써 2인칭 단수·주격, 그대는, 당신은. art [ɑːrt] 고어로서 be의 2인칭 단수·직설법·현재형. temperate [témpərət] ⓐ온화한, 삼가는, 알맞은. rough [rʌf] ⓐ거친, 험한, 가공되지 않은, 난폭한, 대강의. darling [dάːrliŋ] ⓐ사랑하는. ⓝ사랑하는 사람. bud [bʌd] ⓝ싹, 봉오리. ⓥ봉오리를 갖게 하다. 싹트게 하다. lease [liːs] ⓝ차용 계약. ⓥ임대하다, 빌리다. sometime [sʌ́mtaim] 언젠가, 이전에. sometimes 때때로, 가끔. shine [ʃain] ⓥ빛나다, 비추다, 번쩍이다. ⓝ빛남, 광휘. complexion [kəmplékʃən] ⓝ안색, 외관, 기질. dim [dim] ⓐ흐릿한, 어둑한, 둔한, ⓥ어둑하게 하다, 흐리게 하다, 흐려지다. fair [fɛər] ⓐ공평한, 꽤 많은, 살이 힌, 아름다운. ⓝ미인, 아름다운 것. decline [dikláin] ⓥ기울다, 쇠퇴하다, 정중히 사절하다. ⓝ경사, 쇠퇴, 쇠약. by chance 우연히. untrimmed 정돈되지 않은, 다듬지 않은, 장식을 떼어 낸. thy [ðai] thou의 소유격, 너의, 그대의. eternal [itə́ːrnl] ⓐ영원한, 불멸의. ⓝ영원한 것. fade [feid] ⓥ시들다, 흐릿해지다. lose [luːz] ⓥ잃다, 늦다, 지다. possession [pəzéʃən] ⓝ소유, 소유물. that은 지시형용사이고 thou ow'st 앞에 목적격 관계대명사가 생략됨. thou ow'st는 you own, 고어에서 현대 영어의 동사에 (e)st를 붙임으로서 thou에 따르는 동사를 만듦(2인칭·단수·현재 및 과거에서). brag [bræg] ⓥ자랑하다. ⓝ자랑. wand'rest는 wander [wάndər] ⓥ헤매다, 방랑하다, 빛나가

13

다. shade [ʃeid] ⓝ그늘, 땅거미, 블라인드, 극히 조금, ⓥ그늘지게 하다. 그늘을 만들다. line [lain] ⓝ선, 글자의 행, 시구, 밧줄, 노선, 방침. ⓥ선을 긋다. 일렬로 세우다. 의복의 안을 대다. in eternal line은 in this immortal poetry(이 불멸의 시에서). to time thou grow'st는 you become even with time(그대는 영원히 살 것이다). even 평평한, 한결같은, 균형이 잡힌, ~조차. so long as ~하는 한. breathe [briːð] ⓥ호흡하다. so long lives this는 so long this piece of poetry will live on(이 시는 계속해서 오랫동안 살아 있을 것이다).

작가 및 작품 해설

Shakespeare(1564-1616)는 영국의 가장 위대한 시인이며 극작가이다. <햄릿>, <리어왕> 등 많은 희곡 작품이 있지만 대표적인 시편으로는 The Sonnet를 들을 수 있다. The Sonnet는 모두 154편으로 되어 있는데 대개 1590년부터 1609년에 쓰였다. 크게 나누어 1부(1-126)와 2부(127-154)로 나눌 수 있는데 1부는 주로 시인이 젊은 친구에게 찬사와 충고를 주고 2부는 dark lady에 대한 미의 예찬과 그녀의 부정을 비난하는 내용이 들어 있다. 원래 Shakespeare 소네트는 이탈리아 소네트를 영국식으로 발전시킨 것으로서 그 형식은 세 개의 quatrain(4행시)과 한 개의 couplet(2행시)로 이루어져 모두 14행으로 되어 있다. 여기에 소개된 18번소네트는 "To His Love"라는 부제가 붙어 있는 것으로서 사랑하는 규수에게 바치는 연애시이다. 시인은 비유와 과장법을 사용하여 애인에게 그녀가 여름날보다도 더 아름다우며 그녀의 아름다움은 결코 시들지 않고 영원히 지속될 것이라고 찬미하고 있다. 그리고 시인은 또한 그녀의 아름다움이 시인 자신의 시와 함께 영원히 지속될 것이라고 하며 자신의 시의 불멸성을 자랑하고 있다. 이것은 자기중심적인 사고라기보다는 고전에서 내려오는 하나의 관습으로서 예술의 영원성을 말하고 있는 것이다.

3. The Passionate Shepherd to His Love / Christopher Marlowe

열정적인 목동이 그의 연인에게 / 크리스토퍼 말로

1연

Come live with me and be my love,

나와 함께 살아요 그리고 내 연인이 되어줘요

And we will all the pleasures prove,

그러면 우린 모든 즐거움을 경험할 거예요

That Valleys, groves, hills, and fields,

계곡이, 과수원이, 언덕이, 그리고 들판이

Woods, or steepy mountain yields.

숲이나 가파른 산이 가져다주는.

1연

prove [pru:v] 입증하다, 시험해보다, 검산하다. grove [grouv] 작은 숲, 과수원. steepy [stíːpi] 가파른, 험준한. yield [jiːld] 생기게 하다, 산출하다, 양도하다, 굴복하다.

2연

And we will sit upon the Rocks,

그리고 우린 바위에 앉아

Seeing the Shepherds feed their flocks,

목동들이 그들의 양떼를 먹이는 걸 바라볼 거예요,

By shallow Rivers to whose falls

얕은 개울가에서는 흐르는 물소리에 맞춰

Melodious birds sing Madrigals.

새들이 감미로운 연가를 부르지요.

2연

shepherd [ʃépərd] 양치는 사람. 목동. 보살피다. 이끌다. feed [fiːd] 먹이다. 부양하다. 즐거움을 주다. flock [flɔk] 무리. 떼. 몰려들다. shallow [ʃǽlou] 얕은. 천박한. fall [fɔːl] 떨어지다. 낙하. madrigal [mǽdrigəl] 짧은 연가. 서정단시.

3연

And I will make thee beds of Roses

나는 그대에게 장미의 침상을 만들고

And a thousand fragrant posies,

수많은 향기로운 꽃다발을 만들어줄 거예요

A cap of flowers, and a kirtle

꽃 모자와, 그리고 도금양 잎사귀로 수를 놓은

Embroidered all with leaves of Myrtle;

커틀 가운도 만들어줄 거예요

3연

bed [bed] 침대. 바닥. fragrant [fréigrənt] 향기로운. 향긋한. posy [pouzi] 작은 꽃다발. kirtle [kəːrtl] 커틀 가운(중세기에 여성이 속옷으로 입던 길고 낙낙한 가운). embroider [imbrɔidər] 수를 놓다. 꾸미다. myrtle [mə́ːrtl] 도금양(관목의 하나).

4연

A gown made of the finest wool

우리의 예쁜 양들에게서 뽑은

Which from our pretty Lambs we pull;

가장 좋은 양모로 만든 겉옷과

Fair lined slippers for the cold,

좋은 안감과 순금의 버클이 있는,

With buckles of the purest gold;

방한 실내화도 만들어줄 거예요.

4연

gown [gaun] 가운, 긴 웃옷, 가운을 입다. lined [laind] 주름진, 줄이 처진, 안감을 댄. slipper [slípər] 가벼운 실내화. buckle [bʌ́kəl] 죔쇠, 버클, 버클로 잠그다, 찌그러지다, 휘다.

5연

A belt of straw and Ivy buds,

밀집과 담쟁이덩굴 봉오리로 된 벨트도 만들어줄 거예요,

With Coral clasps and Amber studs:

산호 걸쇠와 호박 단추로 장식이 된.

And if these pleasures may thee move,

그리고 이런 즐거움들이 그대를 감동시킨다면

Come live with me, and be my love.

나와 함께 살아요, 그리고 내 연인이 되어줘요.

5연

ivy [áivi] 담쟁이덩굴, 학구적인, 담쟁이덩굴로 덮다. bud [bʌd] 싹, 눈, 봉오리, 발아하다. coral [kɔ́:rəl] 산호, 산호층, 산호의. clasp [klæsp] 걸쇠, 걸쇠로 걸다. amber [ǽmbər] 호박(보석), 호박색, 호박색의. stud [stʌd] 장식, 못, 장식 못, 장식 단추를 달다, 장식용 못을 박다.

6연

The Shepherds' Swains shall dance and sing
양치는 젊은이들은 춤추고 노래할 거예요
For thy delight each May-morning:
그대를 기쁘게 하려고, 오월의 아침마다.
If these delights thy mind may move,
그리고 이런 즐거움이 그대를 감동시킨다면
Then live with me, and be my love.
나와 함께 살아요, 그리고 내 연인이 되어줘요.
(번역 동일성)

6연

swain [swein] 시골 젊은이, 연인. delight [diláit] 기쁨, 즐거움, 기쁘게 하다, 기뻐하다. move [mu:v] 움직이다, 감동시키다, 움직임.

작가 및 작품 해설

크리스토퍼 말로는 (1564~1593) 영국 캔터베리에서 출생하였고 셰익스피어로 그 절정에 이른 엘리자베스왕조 연극의 선두에 섰던 '대학재사(大學才士)'의 대표적인 인물이다. 제화공의 아들로 태어나 장학금으로 케임브리지대학을 졸업하였다. 재학 중에는 영국의 첩보기관에도 관계한 듯하다. 그래서인지 그의 최후도 1593년 5월 30일, 딥트퍼드의 주점에서 술값으로 사소한 다툼 끝에 동료 밀정에게 찔려 죽었다.

그의 주요 작품으로는 한 목동이 유럽의 정복자로 성장하는 과정을 그린 비극 탬벌린 대왕 Tamburlaine the Great (2부, 1590)과 파우스트 전설에서 취재하여 무한한 지식욕을 테마로 한 비극 포스터스 박사 Dr. Faustus (1592)가 특히 유명하다.

이러한 극의 공통적인 특징으로는 물욕 ·지식욕 ·정복욕 등 한결같이 인간으로서의 규범을 벗어난 욕망에 휘말려 거의 좌절해 가는 주인공을, 그것도 구성의 졸렬함 따위에는 아랑곳하지도 않고 당대 연극의 기조를 이루었던 무운시(無韻詩)로 낭랑하게 읊은 점이다. 시작(詩作)에는 정열적인 미완의 서사시 《히어로와 리앤더 Hero and Leander》(1598) 등이 있다.

[네이버 지식백과] 크리스토퍼 말로 [Christopher Marlowe] (두산백과 두피디아, 두산백과)

이 시는 말로의 대표적인 연애시라고 할 수 있는데 열정적인 목동이 연인에게 사랑을 노래하는 시로서 다른 유명한 시인들에게 많이 인용이 되었다고 한다. 1연과 2연에서 목동은 전원의 즐거움을 말해주고 3연과 4연, 5연에서는 연인에게 여러 가지 선물을 제안하고 있다. 하지만 그 선물들 중에는 순금으로 된 버클이라든가 산호 걸쇠와 호박 단추 등 목동으로서는 감당하기 어려운 값비싼 물건들이 있어서 연인에게 구애할 때 흔히 하는 과장법이 사용된 것이 특이하다. 6연에서는 전원의 기쁨을 계속하여 말하면서 함께 살자고 재차 간청하고 있다.

4. Death, be not proud / John Donne
'죽음아' 거만 떨지 마라 / 존 던

Death, be not proud, though some have called thee
죽음아, 거만 떨지 마라, 비록 어떤 이들은 네가

Mighty and dreadful, for thou are not so;

강하고 두렵다고 했지만, 너는 그렇지 않기 때문이다.

For those whom thou think'st thou dost overthrow

네가 쓰러뜨린다고 생각하는 이들은 죽는 게 아니다.

Die not, poor Death, nor yet canst thou kill me.

불쌍한 죽음아, 또한 너는 나를 죽일 수 없다.

From rest and sleep, which but thy pictures be,

너의 모상(模像)에 불과한 휴식과 잠으로부터

Much pleasure; then from thee much more must flow,

큰 기쁨이 오니, 네게선 훨씬 더 큰 기쁨이 오리라.

And soonest our best men with thee do go,

또한 우리 가운데 귀인들이 먼저 너와 떠나가지만

Rest of their bones, and soul's delivery.

이것은 그들의 뼈에는 휴식이며, 영혼에겐 해방이다.

Thou art slave to fate, chance, kings, and desperate men,

너는 운명, 사고, 폭군들, 절망하는 사람들의 종이며

And dost with poison, war, and sickness dwell,

또한 너는 독, 전쟁, 질병과 더불어 살고 있다.

And poppy or charms can make us sleep as well

그리고 양귀비나 주술도 너에 못지않게, 너의 타격보다

And better than thy stroke; why swell'st thou then?

더 훌륭하게 잠을 재운다. 그런데 왜 너는 우쭐대느냐?

One short sleep past, we wake eternally,

한 번의 짧은 잠이 지나면 우리는 영원히 깨어나니,

And death shall be no more; Death, thou shalt die.

죽음은 더 이상 없으리라. 죽음아. 네가 죽을 것이다.

(번역 김영남, 던 시선, 존 던 지음, 지식을 만드는 지식, 2016 p.187)

mighty [máiti] 강력한, 위대한, 강대한, 거대한. dreadful [drédfəl] 무서운, 두려운, 아주 지독한. overthrow [òuvərθróu] 뒤집어엎다, 타도하다, 무너뜨리다, 너무 멀리 던지다. flow [flou] 흐르다, 흘러나오다, 쇄도하다, 샘솟다, 나오다. delivery [dilívəri] 인도, 교부, 배달, 방출, 구출, 해방, 해산. poppy [pɑ́pi] 양귀비, 아편. charm [tʃɑːrm] 매력, 마력, 주문, 부적, 매혹하다. swell [swel] 부풀다, 팽창하다, 뽐내다, 오만하게 굴다.

작가 및 작품 해설

  존 던(1572-1631)은 영국의 시인·신학자. 어머니는 극작가 헤이우드의 딸. 런던에서 출생. 가톨릭 교도로서 양육된 후 옥스퍼드·케임브리지 대학에서 배우고, 영국 교회에 개종했다. 1596~97년 에섹스(Essex) 백의 카디스(Cadiz) 및 아조레스(Azores) 군도(群島)에의 원정군에 참가하고 1590~1602년 국새상서(國璽尙書) 에저튼 경의 비서가 되었으나, 경의 부인의 조카(Anne More)와 비밀이 결혼하여 해직되었다. 괴로움 끝에 쓴 것이 (자살론 Biathanatos(1608))이다. 신앙 회복 후 영국 교회의 목사가 되고(1615) 성 바울로 교회 부감독에 취임(1621~), 유명한 설교사로서 때때로 찰스 1세에게도 설교했다. 시작(詩作)은 처음 엘리자베스 조(朝) 풍의 연애시를 썼으나, 신앙이 깊어짐에 따라 엄숙·신비적이 되고 소위 '형이상학적 시인 metaphysical poets'의 제 일인자로 되었다. 생전에 출판된 시집은 (세계의 해부 An Anatomy of the World(1611)·(제 2주년의 시 The Second Anniversary(1612)) 두 권이고, 그 이외의 것은 원고 그대로 문인 사이에 전해지다가 사후 출판되었는데, 드라이든·브라우닝에게 큰 영향을 주었다.

[네이버 지식백과] 던 [John Donne] (인명사전, 2002. 1. 10., 인명사전편찬위원회)

  교회의 목사인 존 던은 기독교 세계관을 갖고 1609년에 이 시를 썼기에 죽음을 두렵거나 무서운 것이 아니고 영생에 이르는 하나의 과정으로 이해하고 있다. 그래서 시인은 죽음을 운명, 사고, 폭군들과 절망에 빠진 사람들의 종이라고 하고 양귀비나 주술보다도 못하다고 조롱하며 거만 떨지 말 것을 충고하고 있다. 그리고 죽음은 잠깐의 잠을 지나면 영원히 깨어나는 것이므로 육신의 휴식이고 영혼의 해방이라고 역설하고 있다.

5. No Man is an Island (For Whom the Bell Tolls)
/ John Donne
인간은 섬이 아니다 (누구를 위해 종은 울리나)
/ 존 던

No man is an island,

어떤 인간도 섬이 아니다.

Entire of itself.

홀로 온전한.

Each is a piece of the continent,

각자는 대륙의 한 조각이다.

A part of the main.

본토의 일부이다.

If a clod be washed away by the sea,

만일 흙덩어리 하나가 바닷물에 씻겨 나간다면

Europe is the less.

유럽은 그 만큼 작아진다.

As well as if a promontory were.

마찬가지가 된다. 한 곳이 씻겨 나간다면

As well as if a manor of thine own

마찬가지가 된다. 그대의 영지나

Or of thine friend's were.

그대의 친구의 영지가 씻겨 나간다면.

Each man's death diminishes me,

한 사람의 죽음은 날 축소시킨다.

For I am involved in mankind.

왜냐하면 난 인류에 속해 있기에.

Therefore, send not to know

그러므로 알려고 사람을 보내지 마라,

For whom the bell tolls,

조종은 누구를 위해 울리는지,

It tolls for thee.

종은 그대를 위해 울리므로.

(번역 동일성)

entire [intáiər] 전체의, 완전한, 온전한, 전체, 완전, 순수한 것. of itself 홀로, 자연히, 저절로. clod [klɑd] 흙덩어리, 흙, 토양. less [les] 더 적은, 더 작은, 보다 적게, 보다 적은 양. promontory [prɑ́məntɔ̀ːri] 곶, 갑, 돌기. manor [mǽnər] 장원, 영지, 소유지. diminish [dimíniʃ] 줄이다. 감소시키다. 작게 하다. 줄다. involve [invɑ́lv] 말아 넣다. 감싸다. 관련시키다. 수반하다. 열중시키다. involved in ~에 관련된, ~에 연루된. toll [toul] 통행세, 나룻배 삯, 사용료, 대가, 희생, 희생자, 요금으로 징수하다. ~을 취하다. (조) 종을 울리다. thee [ði] thou의 목적어. 그대에게, 그대를. thine [ðain] (thou 의 소유대명사) 너의 것. 그대의 것. (모음 또는 h로 시작되는 명사 앞에서) 너의, 그대의.

John Donne(1572-1631)은 가톨릭 집안에서 태어났지만 국교로 개종하여 국교회 목사가 되었고 명상적이고 종교적인 시를 많이 썼으며 나중에 형이상학파 시인들에게 지대한 영향을 주었다. 그는 스팬서의 시풍에 반대하여 조화로운 운율과 음조를 싫어하였으며 대신에 '기상'이라는 가장된 비유를 사용하여 구상과 추상, 육체와 영혼을 오가는 시풍의 형이상학적인 시를 썼다. 그의 대표적인 시작품으로는 Songs and Sonnets(1633)를 꼽을 수 있다.

이 시는 인간은 섬이 아니고 모두 연결이 되어 있는 전체의 일부라고 하면서 인간은 사회적인 동물임을 상기시켜주고 있다. 그래서 인간은 서로 의지하고 협력하면서 살아가야 한다는 당위성을 역설하고 있는 것이다.

6. The Flea / John Donne
벼 룩 / 존 던

1연

Mark but this flea, and mark in this

이 벼룩만을 잘 보오. 그리고 이 벼룩 속에서

How little that which thou deny'st me is;

당신이 나를 거절함이 얼마나 사소한 것인가를 보오.

It sucked me first, and now sucks thee,

이놈은 나를 먼저 빨고, 이젠 당신을 빨아.

And in this flea our two bloods mingled be;

이 벼룩 속에 우리 둘의 피가 한 데 섞였소.

Thou know'st that this cannot be said

당신은 알고 있소. 이것이 죄나 수치나

A sin, nor shame, nor loss of maidenhead,

처녀성의 상실이라 할 수 없음을.

Yet this enjoys before it woo,

하지만 이놈은 구혼을 하기도 전에 즐기며,

And pampered swells with one blood made of two,

두 피가 하나 된 것을 실컷 마셔 배불렀으니.

And this, alas, is more than we would do.

이는, 참말로, 우리가 하려는 것 이상이오.

1연

mark [mɑːrk] ⓝ표, 흔적, 영향, 표시. ⓥ부호를 붙이다, 특징짓다, 채점하다, 주목하다. but 단지, 그저. flea [fliː] ⓝ벼룩. little 작은, 사소한, 거의 없는. thou [ðau] 2인칭·단수·주격(고어), 너는, 그대는. deny [dinái] ⓥ부정하다, 취소하다, 인정하지 않다, 거절하다. deny'st는 고어에서 주어가 thou(2인칭·단수)일 경우 deny에 'st를 붙인 것임. suck [sʌk] ⓥ빨다, 획득하다. thee [ðiː] thou의 목적격. mingle [míŋɡəl] ⓥ섞다, 어울리게 하다, 참가시키다, 섞이다. maidenhead [méidnhed] ⓝ처녀성, 처녀막. pamper [pǽmpər] ⓥ 하고 싶은 대로 하게 하다, 실컷 먹이다. swell [swel] ⓥ부풀다, 부풀리다, ⓝ 팽창, 큰 파도, 증대. pampered swells는 swells pampered가 도치된 것임 (실컷 먹어 배가 부르다).

2연

Oh stay, three lives in one flea spare,

오, 잠깐, 한 마리 벼룩 속에 세 목숨을 살려 주오.

Where we almost, yea more than married are.

우리는 그 속에서 거의 결혼, 아니 그 이상을 했소.

25

This flea is you and I, and this

이 벼룩은 당신과 나 그리고 이건

Our marriage bed, and marriage temple is;

우리 신방이며, 결혼식 성전이오.

Though parents grudge, and you, we're met

비록 부모가 싫어하고 당신도 그렇지만, 우리는 만나서,

And cloistered in these living walls of jet.

살아 있는 이 흑옥의 벽 속에 은거하고 있소.

Though use make you apt to kill me,

당신은 나를 죽이는 것이 습관이지만,

Let not to that, self-murder added be,

그것에다 추가하지 마오, 자살과

And sacrilege, three sins in killing three.

신성 모독을, 셋을 죽이는 세 가지 죄를.

2연

stay [stei] ⓥ머무르다, ~인 채로 있다, ⓝ머무름, 체류. spare [spɛər] ⓥ절
약하다, 빌려주다, 용서해 주다, 덜다, ⓐ여분의. spare는 동사, 목적어는
lives. where는 관계 부사, 선행사는 plea. yea [jei] 그렇고말고, 찬성. we
almost, yea more than married are에서 we 다음에 있을 are가 뒤로 빠
졌음, more than ~보다 많은, ~보다 많이, ~이상의 것, 그 이상으로(우리는
거의, 아니 결혼 이상의 것을 했다). marriage bed 부부의 동침. marriage
temple 결혼의 성전. and this 다음에 있을 is가 뒤로 빠져 있음. cloister
[klɔ́istər] ⓝ수도원, 은둔처, ⓥ수도원에 가다, 은둔하다. jet [dʒet] ⓝ분출, 흑
석, ⓐ분출하는, 흑석의, ⓥ분출하다. use [juːs] ⓝ사용, 용도, 습관, ⓥ사용하
다, 대우하다. apt [æpt] ⓐ ~하기 쉬운, 재능이 있는, 차라리 ~하고 싶은. let
not to that, self-murder added be는 don't let self-murder be added

to that. 자살이 그것에 추가되지 않도록 하시오. sacrilege [sǽkrəlidʒ] ⓝ신성한 것을 더럽힘, 신성 모독(죄), 벌 받을 행위. sacrilege는 self-murder와 동격.

3연

Cruel and sudden, hast thou since

잔인하고 황급하게, 당신은 이미

Purpled thy nail in blood of innocence?

죄 없는 피로 당신의 손톱을 붉게 물들였단 말이오?

Wherein could this flea guilty be,

이 벼룩이 무슨 죄를 지었단 말이오?

Except in that drop which it sucked from thee?

당신한테서 빨아먹은 피 한 방울 말고?

Yet thou triumph'st, and say'st that thou

그럼에도 당신은 기세당당하게 말하기를

Find'st not thyself, nor me, the weaker now;

당신 자신도 나도 그 때문에 더 약해진 것은 아니라 하는구려.

'Tis true; then learn how false, fears be;

그건 사실이오. 그러니 두려움이 얼마나 허위인가를 배우시오.

Just so much honor, when thou yield'st to me,

꼭 그만큼의 정조가, 당신이 내게 몸을 맡길 때

Will waste, as this flea's death took life from thee.

소모될 거요. 이 벼룩의 죽음이 당신에게서 앗아간 생명만큼만.

(번역 김선향, 존 던의 연가, 한신 문화사, 1988, p.82-85)

3연

cruel [kru:əl] ⓐ잔인한, 비참한. sudden [sʌdn] ⓐ돌연한, 갑작스런. cruel and sudden 잔인하고 성급하게(시어에서). hast는 고어로서 have의 2인칭·단수·직설법·현재. since 그 후, 이미. purple [pə́:rpəl] ⓐ자주빛의, ⓝ자주빛, ⓥ자주빛이 되게 하다. thy [ðai] thou의 소유격. innocence [ínəsəns] ⓝ순진무구, 결벽, 순결. wherein 의문사, 어디에, 어떤 점에서. guilty [gílti] ⓐ유죄의, 떳떳하지 못한. which는 목적격 관계 대명사. triumph [tráiəmf] ⓝ승리, ⓥ승리를 거두다 'Tis는 It is의 준말. yield [ji:ld] ⓥ생기게 하다, 산출하다, 양보하다, ⓝ산출고, 수확. so much~ as ~와 같이 꼭 그만큼.

작품 해설

이 시는 애인에게 순결을 고집하지 말고 청춘을 즐기자고 유혹하는 연애시로서 작가는 과장법의 '기상'으로 벼룩의 행동을 극적인 장면으로 묘사하면서 자신의 주장을 펼치고 있다. 1연에서 벼룩은 화자의 피를 빨고 다음에 여인의 피를 빨음으로서 두 사람의 피가 하나가 되었음을 말하며 2연에서 여인이 벼룩을 죽이려 할 때 그 벼룩을 죽이는 것은 두 사람을 모두 죽이는 것을 의미한다고 하며 그녀를 제지한다. 하지만 3연에서 여인은 벼룩을 죽였고 아마 여인은 벼룩을 죽임으로서 두 사람이 모두 건재하다는 것을 보여주려 했을 것이다. 하지만 화자는 오히려 남자와 여자를 문 그 벼룩은 죄가 없으며 죄 없는 벼룩을 죽이는 것은 범죄 행위라고 주장하며 여인이 정조를 양보하는 것은 별로 큰 문제가 아닌 것으로 유도하고 있다.

7. The Good-Morrow / John Donne
좋은 아침 / 존 던

1연

I wonder, by my troth, what thou and I

참으로, 그대와 나는 무얼 했는지 모르겠소.

Did, till we loved? were we not weaned till then?

우리가 사랑하기까지? 우리는 그 때까지 젖도 떼지 못하고,

But sucked on country pleasures, childishly?

어린애처럼 시골의 즐거움을 빨고 있었단 말이오?

Or snorted we in the Seven Sleepers' den?

아니면, 잠자는 일곱 기독교도들의 동굴에서 코를 골고 있었단 말이오?

'Twas so; but this, all pleasures fancies be.

그렇소, 이 사랑 이외에, 모든 즐거움은 공상일 뿐.

If ever any beauty I did see,

만일 내가 어떤 미녀를 알고, 탐내고, 소유했다 해도,

Which I desired, and got, 'twas but a dream of thee.

그건 다만 그대에 관한 꿈일 뿐.

1연

wonder [wʌ́ndər] ⓝ불가사의, 경이, 기적, ⓥ놀라다, ~이 아닐까 생각하다.
troth [trɔːθ] ⓝ충실, 성실. by my troth 맹세코, 단연코. what은 의문 대명
사. thou [ðau] 2인칭 단수·주격, 너는. wean [wiːn] ⓥ젖을 떼다, 단념시키
다. suck [sʌk] ⓥ빨다, 획득하다, 핥다. ⓝ빨기, 한 모금. pleasure [pléʒər]
ⓝ기쁨, 쾌락, ⓥ기쁨을 주다, 즐기다. childishly 어린아이 같이, 유치하게.
snort [snɔːrt] ⓥ콧김을 뿜다. Seven Sleepers'den 7명의 기독 청년들이 로

29

마의 박해를 피해 굴에서 200년 동안 잠들었다가 깨어났다고 하는 전설 속의 굴. 'Twas는 it was의 준말. but this 이것 이외에. fancy [fǽnsi] ⓝ공상, 상상, 변덕, 좋아함. ⓐ공상의, 공을 들인, 엄청난. ⓥ공상하다, ~라고 생각하다. fancies는 주격 보어. if ever 비록 ~일지라도. any beauty는 목적어. beauty [bjúːti] ⓝ아름다움, 아름다운 것, 미녀, 미점. which는 목적격 관계 대명사임. thee [ðiː] thou의 목적격, 그대에게, 그대를.

2연

And now good-morrow to our waking souls,

지금 깨어나는 우리의 영혼에게는 좋은 아침,

Which watch not one another out of fear;

이제 우리는 두려움으로 서로를 경계하지 않소.

For love, all love of other sights controls,

사랑은 모든 다른 곁눈질의 사랑을 억제하고

And makes one little room an everywhere.

하나의 작은 방을 전 세계로 만들기 때문이오.

Let sea-discoverers to new worlds have gone,

해양 탐험가들은 새로운 세계를 찾아가도록 하고,

Let maps to others, worlds on worlds have shown,

다른 이에게 지도로 여러 세계를 보게 해도 좋소.

Let us possess one world, each hath one, and is one.

우리는 하나의 세계를 가집시다. 각자가 하나이고, 둘이 하나인.

2연

good-morrow는 good morning의 고어. wake [weik] ⓥ잠깨다, ~의 눈을 뜨게 하다. ⓝ철야, 배가 지나간 자국. which는 주격 관계 대명사. out of fear 두려워하여. sight [sait] ⓝ시각, 일견, 시계, 견지, 조망, 경치, ⓥ찾아내다. all love는 controls의 목적어. everywhere 부사의 명사 상당어, 모든 곳, 여기에서는 전 세계를 가리킴. sea-discoverer 해양 탐험가. let ~ have gone 현대 영어에서 사역 동사 let는 목적어 다음에 to가 없는 원형 부정사를 쓴다. map [mæp] ⓝ지도, ⓥ지도를 만들다. worlds on worlds는 have shown의 목적어, 여러 세계. possess [pəzés] ⓥ소유하다, 갖추다, 감정 등을 억제하다, 자제하다, 점유하다, 획득하다.

3연

My face in thine eye, thine in mine appears,

내 얼굴은 그대 눈에, 그대 얼굴은 내 눈에 나타나니,

And true plain hearts do in the faces rest;

참되고 순진한 마음은 그 얼굴 속에 깃들어 있소.

Where can we find two better hemispheres,

어디서 우리는 이보다 더 나은 두 반구를 찾을 수 있겠소.

Without sharp north, without declining west?

차가운 북쪽도 없고, 해지는 서쪽도 없는?

Whatever dies was not mixed equally;

죽는 것은 무엇이나 균등하게 혼합되지 못한 것.

If our two loves be one, or, thou and I

만일 우리 둘의 사랑이 하나이거나, 그대와 내가

Love so alike that none do slacken, none can die.

똑같이 사랑하여, 어느 쪽도 기울지 않는다면, 우린 아무도 죽지 않으리다.

(번역 김선향, 존 던의 연가, 김선향 역, 한신 문화사, 1988, p.12-15)

3연

thine [ðain] thou의 소유 대명사. 너의 것. 너의(모음이나 h로 시작되는 명사 앞에서). appear [əpíər] ⓥ나타나다. ~로 보이다. do는 강조의 조동사. rest [rest] ⓝ휴식. 평안. 영면. 나머지. 잔여. ⓥ쉬다. ~놓여 있다. 쉬게 하다. hemisphere [hémisfiər] ⓝ반구. 반구체. sharp [ʃɑːrp] ⓐ날카로운. 모진. 교활한. 날카롭게. 날카로운 것. declining 기우는. 쇠약해지는. whatever dies에서 whatever는 복합 관계 대명사로서 명사절 인도. 죽는 것은 어느 것이나. equally 동등하게. 평등하게. alike 서로 같은. 똑같이. so~that~에서 that는 결과를 나타내는 부사절을 이끄는 접속사. 너무 ~해서 ~하다. none 아무 것도 ~않다. slacken [slǽkən] ⓥ느슨해지다. 약해지다.

작가 및 작품 해설

John Donne(1572-1631)은 가톨릭 집안에서 태어났지만 국교로 개종하여 국교회 목사가 되었고 명상적이고 종교적인 시를 많이 썼으며 나중에 형이상학파 시인들에게 지대한 영향을 주었다. 그는 스펜서의 시풍에 반대하여 조화로운 운율과 음조를 싫어하였으며 대신에 '기상'이라는 가장된 비유를 사용하여 구상과 추상. 육체와 영혼을 오가는 시풍의 형이상학적인 시를 썼다. 그의 대표적인 시작품으로는 Songs and Sonnets(1633)를 꼽을 수 있다.

그의 단시 "The Good-Morrow"는 서두에 '우리가 사랑할 때까지 그대와 나는 무엇을 하였던가?'라는 질문을 던지면서 사랑의 영원성을 깨닫는 경이로운 순간을 노래하고 정신과 육체의 합일을 강조한다. 시의 구성은 3연으로 되어 있는데 Arnold Stein은 과거에서 현재, 그리고 미래로, 또한 육의 세계에서 정신의 세계, 그리고 영의 세계로 진행되는 3단계 과정을 나타내고 있다고 주장한다. 이 시는 지나친 과장어법을 사용하고 있다고 비판을 받고 있지만 진실한 사랑을 경험하는 연인들은 신의로서 이별을 극복하는 의지적 사랑을 하게 된다는 시인의 생각이 잘 표현되어 있다.

8. When I consider how my light is spent (On his blindness) / John Milton

실명(失明)의 노래 / 존 밀턴

When I consider how my light is spent,

이 어둡고 넓은 세계에서 반생도 되기 전에,

Ere half my days, in this dark world and wide,

나의 눈에서 빛이 꺼진 것을 생각할 때,

And that one Talent which is death to hide

그리고 숨겨두면 죽어버리는 한 탤런트

Lodged with me useless, though my Soul more bent

비록 그것으로 조물주를 섬기고, 그 분이 돌아와

To serve therewith my Maker, and present

꾸짖는 일이 없도록 나의 진가(眞價)를 제시하는 일에

My true account, lest he returning chide;

내 마음을 쏟긴 하지만, 이제는 아무 쓸모없는 것이 되었음을 생각할 때,

"Doth God exact day-labour, light denied?"

나는 어리석게 묻는다 '신께선 빛은 허락하지 않고 낮일은 강요하시는가'고

I fondly ask. But patience, to prevent

그러나 인내는 그 불평을 가로막고

That murmur, soon replies, "God doth not need

곧 대답한다 – '신은 인간의 일이나

Either man's work or his own gifts; who best

인간의 공물을 원치 않으신다. 그의 가벼운

Bear his mild yoke, they serve him best. His state

멍에를 잘 짊어지는 자가 그를 잘 섬기는 것.

Is Kingly. Thousands at his bidding speed

그의 위엄은 왕자다워 수천의 천사들은 그의

And post o'er Land and Ocean without rest:

명에 따라 달리며 육지와 대양을 넘어 쉬지 않고 전한다.

They also serve who only stand and wait."

다만 서서 기다리는 자가 또한 섬기는 것이라고.'

(번역 조신권, 5월의 노래, J. 밀턴 저, 민음사, 1976, p.30-31)

light [lait] 빛, 광선, 시력(시어). spend [spend] 쓰다, 소비하다, 낭비하다, 다 없어져버리다. bent [bent] 굽은, 열중한, 경향, 성벽. therewith 그와 함께, 그것으로, 그래서, 게다가. account [əkáunt] 계산, 계산서, 계정, ~라고 생각하다, 설명하다. chide [tʃaid] 꾸짖다, 비난하다, 투덜대다. exact [igzǽkt] 정확한, 정밀한, 꼼꼼한, 요구하다, 강요하다. deny [dinái] 부정하다, 취소하다, 거부하다, 주지 않다. murmur [mə́rmər] 중얼거림, 속삭임, 속삭이다. gift [gift] 선물, 재능, 주다, 증여하다. bear [bɛər] 나르다, 지니다, 버티다, 견디다, 낳다, 곰. mild [maild] 온순한, 온화한, 관대한, 가벼운. yoke [jouk] 멍에, 멍에를 얹다, 결합하다. kingly 왕의, 왕다운, 당당한. bidding 입찰, 명령, 분부. state [steit] 지위, 상태, 위엄, 국가, 국가의, 진술하다. post [poust] 기둥, 말뚝, 게시하다, 게시하여 알리다, 지위, 부서, 배치하다, 우편, 우편물, 우송하다, 서두르다. speed [spi:d] 빠르기, 속력, 서두르다, 급히 가다.

작가 및 작품 해설

  존 밀턴(John Milton, 1608~1674) 영국 런던의 브레드 가에서 태어나, 17세기 영문학을 대표하는 청교도 작가인 동시에 위대한 서사시인이다. 그는 청교도로 개종한 아버지의 정열적인 기질을 이어받아 어려서부터 예술 분야에 큰 소질을 보였다. 일곱 살에 성 바울 학원에 입학하여 신학을 공부했다. 젊은 나이에 이미 고상한 라틴 어 시 작가로 입지를 세웠는데, 그 작품이 바로 1626년에 쓴 (11월 5일)이다. 라틴 어 시 외에도 그는 영시 (그리스도 탄생의 아침에)(1629)를 쓰기 시작하면서 세계적 작가로서의 싹을 보였다. 그 이후 시 작가로서의 입지를 세우고, 많은 지인들과의 교류를 통해 내적 양식을 풍성히 채웠다. 그는 유럽 여러 나라를 여행하다 영국에서 혁명이 일어나자 곧장 귀국해 청교도 혁명과 크롬웰의 공화제를 옹호하는 글 여러 편을 썼다.

20여 년 동안 정치적 논란에 휩쓸려 지내면서 정치계에도 뛰어들어 외국어 담당 비서관을 역임했다. 정치적인 글 외에도 그는 영국 국교회나 성서의 권위를 부정하는 글 등을 써서 여러 종교가들의 호평과 혹평을 동시에 받았다. 또 언론의 자유를 주장한 글 아레오파지티카(Areopagitica)(1644)는 현대 언론학의 근간이 되었다. 왕성한 작품 활동으로 그는 1652년에 시력을 잃게 된다. 1660년 크롬웰의 공화제가 무너지고 왕정이 복고되어 감옥에 갇히는 어려움 속에서 (실낙원), (복낙원), (투사 삼손)과 같은 3대 거작을 집필하였다.

[네이버 지식백과] 존 밀턴 [John Milton] (해외저자사전, 2014. 5.)

이 시는 밀턴의 유명한 시 중에 하나로서 원래 소네트 19였는데 나중에 편집이 되어 소네트 16으로 불리고 있다고 한다. 밀턴이 1650년대 초 시력을 잃어가던 40대 초반에 이 시가 쓰였는데 이 시에서 그는 실명으로 인해 절망감을 느끼고 신에게 억울함과 항의를 하지만 결국 구원은 인간의 노동에 대한 보상이 아니고 믿음으로부터 오는 것임을 깨닫고 절망을 극복하는 메시지를 담고 있다.

9. To His Coy Mistress / Andrew Marvell
수줍은 여인에게 / 앤드루 마블

1연

Had we but World enough, and Time,
우리들이 충분한 세계와 시간을 갖고 있다면

This coyness, Lady, were no crime.

이 수줍음은, 여인이여, 아무런 죄가 아니겠지요.

We would sit down, and think which way

우리는 나란히 앉아 어느 길을 갈까 생각하며

To walk, and pass our long Love's Day.

우리의 긴 사랑의 날들을 보낼 수 있겠지요.

Thou by the Indian Ganges' side

그대는 인도 갠지스 강가에서

Should'st rubies find: I by the tide

홍옥(紅玉)을 찾으며, 나는 함버 강가에서

Of Humber would complain. I would

사랑을 하소연하며, 나는 대홍수(大洪水)

Love you ten years before the Flood,

10년 전에 그대를 사랑하고,

And you should, if you please, refuse

그대, 원하신다면, 유대인이

Till the Conversion of the Jews.

개종(改宗)할 때까지 거절할 수도 있겠지요.

My vegetable Love should grow

나의 식물 같은 사랑은 제국(帝國)보다

Vaster than Empires, and more slow.

더욱 광활하게, 더욱 느리게 자랄 수도 있겠지요.

An hundred years should go to praise

그대의 눈동자를 찬미하며

Thine Eyes, and on thy forehead gaze:

그대의 이마를 바라보는 데 1백년,

Two hundred to adore each Breast:

그대의 두 젖가슴을 흠모하는 데 2백년,

But thirty thousand to the rest,

나머지 부분엔 3만년,

An age at least to every part,

모든 부분에 적어도 한 시대,

And the last Age should show your Heart.

최후의 시대엔 그대의 마음을 볼 수가 있겠지요.

For, Lady, you deserve this State,

왜냐하면, 여인이여, 그댄 이런 위엄을 받을 만하기에,

Nor would I love at lower rate.

나는 이보다 더 낮게는 그대를 사랑 않겠어요.

1연

had we 우리가 갖는다면(if we had). but 단지(only). world [wəːrld] ⓝ세계, 분야, 다량, 넓은 공간. coyness [kɔinis] ⓝ수줍음. were는 would be. crime [kraim] ⓝ죄. thou [ðau] 너는(시와 고어에서). Ganges [gǽndʒiːz] ⓝ인도의 갠지스강. ruby [rúːbi] ⓝ루비, 홍옥. shouldst rubies find는 should find rubies. 홍옥을 찾아도 좋다(말하는 이의 의지). complain [kəmpléin] ⓥ불평하다, 여기에선 사랑의 노래를 부르는 것을 암시. tide [taid] ⓝ조수, 흥망, ⓥ밀물처럼 들이닥치다. Humber 영국의 북부에 있는 강. Flood 창세기 노아의 대홍수. Conversion [kənvə́ːrʒən] ⓝ변환, 개종. Till ~ Jews 유태인이 개종하는 것은 불가능한 것이므로 영원한 시간을 말함. vegetable [védʒətəbəl] ⓝ야채, 식물, ⓐ야채의, 식물의. my vegetable love 나의 식물 같은 사랑. vast [væst] ⓐ광대한, 거대한. empire [émpaiər] ⓝ제국, ⓐ제국의. praise [preiz] ⓝ칭찬, ⓥ칭찬하다. thine [ðain] thou의 소유

대명사. 너의 것. 너의(모음이나 h로 시작되는 말 앞에서). thy [ðai] thou의 소유격. 너의. gaze [geiz] ⓝ응시, 주시. ⓥ지켜보다, 응시하다. gaze on ~을 응시하다. on thy forehead gaze는 gaze on thy forehead. 너의 이마를 응시하다. two hundred 다음에 should go가 생략됨. adore [ədɔ́ːr] ⓥ숭배하다. at least 적어도, 최소한. deserve [dizə́ːrv] ⓥ ~할 만하다. state [steit] ⓝ상태, 지위, 위엄, 국가, ⓥ진술하다, 지정하다. rate [reit] ⓝ비율, 요금, 속도, 등급, ⓥ평가하다, 평가되다.

2연

But at my back I always hear

그런데 나의 등 뒤에서 나는 언제나 듣지요,

Time's winged Chariot hurrying near:

시간의 날개 달린 전차(戰車)가 가까이 달려오는 것을.

And yonder all before us lye

그리고 저편 우리 앞에 가로놓여 있는 것은

Deserts of vast eternity.

광막한 영원의 사막.

Thy Beauty shall no more be found;

그대의 아름다움도 그땐 찾을 수 없을 것이며

Nor, in thy marble Vault, shall sound

대리석 무덤 속에 나의 메아리치는 노래

My echoing Song: then Worms shall try

울리지 않을 것이며; 그땐 구더기들이

That long preserved Virginity,

저 오래 비장(秘藏)했던 처녀성을 헐 것이며,

And your quaint Honour turn to dust,

그대의 절묘한 정조(貞操)는 흙으로 변하고

And into ashes all my Lust.

또 나의 욕망도 재로 변하겠지요.

The Grave's fine and private place,

무덤이란 훌륭하고 은밀한 곳이지만

But none, I think, do there embrace.

아무도, 내 생각엔, 거기에선 포옹하지 않지요.

2연

wing [wiŋ] ⑪날개. ⓥ날개를 달다. 날다. winged 날개가 달린. 고속의. chariot [tʃǽriət] ⑪전차. 2(4)륜 마차. hurring은 현재 분사로서 목적보어. near 가까운. 가까이. 가까이에. yonder [jándər] 저쪽의. 저쪽에. yonder all before us 우리 앞 저쪽에는 단지. lye는 lie. desert [dézərt] ⑪사막. ⓐ 사막의. 불모의. [dizə́ːrt] ⓥ버리다. 돌보지 않다. eternity [itə́ːrnəti] ⑪영원. marble [máːrbəl] ⑪대리석. 대리석 조각. 공깃돌. ⓐ대리석의. vault [vɔːlt] ⑪둥근 천장. echo [ékou] ⑪메아리. 흉내. 메아리치다. song은 주어이고 sound는 동사. virginity [vərdʒínəti] ⑪처녀임. 순결. quaint [kweint] ⓐ기 묘한. 색다른. honour [ánər] ⑪명예. 경의. 정조. ⓥ존경하다. quint honour 여기에선 여자의 생식기를 뜻함. dust [dʌst] ⑪먼지. 가루. ⓥ먼지를 털다. 청소하다. into ashes all my lust는 all my lust (shall turn) into ashes. turn into ~로 변하다. embrace [imbréis] ⓥ얼싸안다. ⑪포옹.

3연

Now therefore, while the youthful hew

자. 그러니. 그대의 살결에 아침 이슬처럼

Sits on thy skin like morning dew,

젊음의 빛깔이 앉아 있는 동안.

And while thy willing Soul transpires

그리고 그대 의욕적인 혼(魂)이 순간의 불길로

At every pore with instant fires,

온몸의 모공(毛孔)에서 발산하는 동안,

Now let us sport us while we may;

자 우리 즐깁시다, 우리가 할 수 있는 동안에.

And now, like amorous birds of prey,

그래서 사랑에 굶주린 맹금(猛禽)처럼

Rather at once our Time devour,

당장 우리의 시간을 삼켜 버립시다,

Than languish in his slow-chapt power.

시간의 천천히 씹어 먹는 힘에 시들기보다는.

Let us roll all our strength and all

우리의 모든 힘과 우리의 모든 감미로움을

Our sweetness up into one ball,

굴려서 한 개의 공을 만들어

And tear our Pleasures with rough strife

인생의 철문(鐵門)을 통해 거친 투쟁으로

Through the iron gates of life.

우리의 쾌락을 쟁취합시다.

Thus, though we cannot make our sun

그러면 우리가 우리의 태양을 정지시킬 수 없지만,

Stand still, yet we will make him run.

태양을 달리게 할 수 있지요.

(번역 이재호, 장미와 나이팅게일, 지식 산업사, 1993, p.110-115)

3연

hue [hju:] ⓝ색조, 특색. dew [dju:] ⓝ이슬. ⓥ이슬로 적시다. transpire [trænspáiər] ⓥ증발하다. 발산하다. instant [ínstənt] ⓐ즉시의, 긴급한, 이 달의, ⓝ순간, 즉석 식품. sport [spɔ:rt] ⓝ스포츠, 운동, 경기, 소창, 농담, ⓥ놀다, 장난치다. 즐겁게 보내다. amorous [ǽmərəs] ⓐ호색의, `연애의. prey [prei] ⓝ먹이, 희생, ⓥ먹이로 하다, 잡아먹다, 약탈하다, 괴롭히다. birds of prey 맹금류(독수리 등). devour [diváuər] ⓥ게걸스럽게 먹다, 탐 독하다, 괴롭히다. our time devour는 (let us) devour our time. languish [lǽŋgwiʃ] ⓥ쇠약해지다, 활기를 잃다. slow-chapt는 slowly devouring 천 천히 씹어 먹는. tear [tɛər] ⓥ찢다, 뜯다, ⓝ째진 틈, 찢기. strife [straif] ⓝ 투쟁.

작가 및 작품 해설

　　Andrew Marvell(1621-1678)은 성직자의 아들로 태어나 캠브리지대를 나왔 고 정치에 입문하여 John Milton이 장관시절 그의 보좌관이 되었으며 나중에 국회의원을 지내기도 했다. 그는 To His Coy Mistress, The Garden 등 주 옥같은 시 이외에도 많은 정치 풍자문을 썼다. 이 시는 애인에게 구애하는 연 애시로서 3단계로 나눌 수 있는데 1단계에서는 과장법을 써서 인생이 짧지 않 으면 수천 년 동안 애인을 찬미하겠다고 하고 2단계에서는 인생은 짧으며 죽 으면 사랑도 정조도 무의미하다고 하며 3단계에서는 시간과 젊음이 있을 때 사랑의 즐거움을 나누자고 제의를 한다. 이 시는 쾌락적이면서도 염세주의적 인 성격을 띠고 있다.

10. Ah Sun-flower! / William Blake

해 바 라 기 / 월리엄 블레이크

Ah! Sun-flower, weary of time,

오, 해바라기여! 시간에 지쳐서

Who countest the steps of the Sun;

태양의 발걸음을 헤아리며,

Seeking after that sweet golden clime,

나그네의 여정이 끝나는 곳

Where the traveller's journey is done;

저 아름다운 황금의 나라를 찾는다.

Where the Youth pined away with desire,

욕망으로 수척해진 젊은이와

And the pale Virgin shrouded in snow,

눈(雪)의 수의(壽衣)로 둘러싸인 파리한 처녀가

Arise from their graves, and aspire

그들의 무덤에서 일어나 가기를 열망하는 곳

Where my Sun-flower wishes to go.

그것은 나의 해바라기가 가고자 하는 곳이다.

(번역 김종철, 천국과 지옥의 결혼, W. 블레이크, 민음사, 1996, p.48-49)

sun-flower 해바라기. weary [wíəri] ⓐ피곤한, 싫증나는. ⓥ지치게 하다. 싫증나게 하다. who는 주격 관계 대명사. countest는 count의 고어(2인칭·단수·현재 및 과거에서). count [kaunt] ⓥ세다, 계산하다, ~축에 들다, 중요성을 지니다. ⓝ계산, 백작. step [step] ⓥ걷다, 스탭을 밟다. ⓝ(발)걸음, 단계, 계층. seek [siːk] ⓥ찾다, 얻으려고 하다. ⓝ탐색. seek after 찾으려고 애쓰다. sweet [swiːt] ⓐ단, 달콤한, 감미로운. ⓝ단 것, 단맛, 사탕. clime [klaim] ⓝ나라, 지방, 풍토. where는 관계 부사. journey [dʒə́ːrni] ⓝ여행, 여정. youth [juːθ] ⓝ젊음, 청년 시절, 청년. pine [pain] ⓝ솔, 소나무, 갈망. ⓥ파리해지다, 연모하다. pine away 수척해지다. desire [dizáiər] ⓥ바라다, 요망하다. ⓝ욕구, 정욕. pale [peil] ⓐ핼쑥한, 파리한, 창백한. ⓥ창백해지다, 파래지다. virgin [və́ːrdʒin] ⓝ처녀, 아가씨. ⓐ처녀의, 처음 겪는, 순결한. shroud [ʃraud] ⓝ수의, 장막. ⓥ수의를 입다, ~을 가리다. arise [əráiz] ⓥ일어나다. grave [greiv] ⓝ무덤. ⓐ드레진, 근엄한, 중대한. ⓥ파다, 매장하다, 명심하다. aspire [əspáiər] ⓥ열망하다. pined와 shrouded는 모두 과거분사로서 각각 Youth와 Virgin을 수식.

작가 및 작품 해설

윌리엄 블레이크(1757-1827)는 런던 출생. 정규교육은 받지 못하였고, 15세 때부터 판각가(板刻家) 밑에서 일을 배웠으며, 왕립(王立)미술원에서 공부한 적도 있다. 1783년 친구의 도움으로 (습작 시집)을 출판하였으며, 1784년 아버지가 죽은 후 판화(版畵) 가게를 열어 채색인쇄법을 고안하였다. 어릴 때부터 비상한 환상력을 지녀 창가에서 천사와 이야기하고 언덕 위에 올라 하늘을 만진 체험이 있다고 하며, 그러한 신비로운 체험을 최초로 표현한 것이 (결백의 노래)(1789)이다. 이 시집은 자연과 인간의 세계에는 순수한 사랑과 아름다움으로 가득 차 있다는 사상이 기조(基調)를 이루며 (셀의 서(書) The Book of Thel)(1789)는 그 속편이라고 할 수 있다. (천국과 지옥의 결혼)(1790)에서는 스웨덴의 과학자 스베덴보리의 영향을 받으면서도 그것을 비판하여 인간의 근원에 있는 2개의 대립된 상태, 즉 이성(理性)과 활력의 조화가 새로운 도덕이 되어야 한다고 주장하였다. 그리하여 (결백의 노래)에 나오는 목가적인 동심의 세계는 (경험의 노래)(1794)에서 일단 부정되어 분열되고 투쟁하는 현실세계의 어두운 면이 강조된다. 전자에서는 양(羊)의 순진함을 노래하였으나, 후자에서는 밤의 숲속에서 빛을 내는 호랑이의 존재에 시선을 돌리고 있다. 이러한 인간관과 이에 입각한 사회비판은 몇 권의 예언서(豫言書)를 낳았다.

43

"As Sun-flower!"는 해바라기를 통해서 영원함을 지향하고자 하는 시인의 생각을 표현한 시라고 볼 수 있다. 해바라기는'시간에 지쳐서'아름다운 황금을 나라'를 찾아가는데 그곳은'욕망으로 수척해진 젊은이'와 '눈의 수의로 둘러싸인 처녀'도 가고자 열망하는 곳이다.

11. A Poison Tree / William Blake

독(毒) 나무 / 윌리엄 블레이크

I was angry with my friend;

나는 친구에게 화가 났었네

I told my wrath, my wrath did end.

화가 났다고 말했더니 화가 풀렸네

I was angry with my foe:

나는 원수에게 화가 났었네

I told it not, my wrath did grow.

그렇다고 말하지 않았더니 나의 화가 커졌네

And I water'd it in fears,

나는 그것에 물을 주었네 두려움 속에서

Night & morning with my tears:

밤이나 아침이나 나의 눈물로

And I sunned it with smiles,

나는 그것에 햇살을 쏘여 주었네 나의 미소와

And with soft deceitful wiles.

부드러운 거짓 꾀로

And it grew both day and night,

그랬더니 그것은 낮이나 밤이나 자라나

Till it bore an apple bright.

마침내 빛나는 사과 한 알 달렸네

And my foe beheld it shine,

나의 원수는 그것이 빛나는 걸 보았네

And he knew that it was mine.

그는 그것이 나의 것임을 알고

And into my garden stole,

나의 뜰로 숨어들어 왔네

When the night had veiled the pole;

밤이 하늘을 가리웠을 때.

In the morning glad I see;

아침에 나는 기쁘게도 보네

My foe outstretched beneath the tree.

나의 원수가 나무 밑에 뻗어 있음을

(번역 김영무, 블레이크, W. 블레이크 지음, 혜원 출판사, 1987, p.154)

poison [pɔ́izən] 독, 독약, 해독, 독살하다, 유해한. wrath [ræθ] 분노, 격노, foe [fou] 적, 원수, water [wɔ́:tər] 물, 바다, 눈물이 나다, 물을 주다. sun [sʌn] 태양, 햇빛, 햇볕을 쬐다. wile [wail] 간계, 계략, 농간, 속이다. steal into 슬그머니 들어오다. pole [poul] 막대기, 기둥, 막대기로 받치다, 극, 북극성.

이 시는 1794년에 발표된 (경험의 노래)에 들어 있는 시로서 인간의 분노와 복수에 관한 시인의 관점을 나타내고 있다. 시인은 분노가 생겼을 때 바로 분노를 표출시켜서 이를 해소할 수 있는데 이를 제대로 표출하지 못하고 억눌려 있을 때 보다 더 큰 비극으로 치달을 수 있다는 것을 보여주고 있는 것이다.

12. London / William Blake
런던 / 윌리엄 블레이크

I wander thro' each charter'd street,
관인(官認)으로 뒤덮인 템스 강변
Near where the charter'd Thames does flow,
그 길을 걸으며
And mark in every face I meet
만나는 얼굴마다 표정을 봅니다
Marks of weakness, marks of woe.
약함과 슬픔의 표정들

In every cry of every Man,

어른들의 외침 속에서,

In every Infant's cry of fear,

겁에 질린 아이들 아우성 속에서,

In every voice, in every ban,

많은 목소리와 금기(禁忌) 속에서

The mind-forg'd manacles I hear.

마음속 수갑 소리 듣습니다.

How the Chimney-sweeper's cry

굴뚝 청소부의 절규가 어찌

Every blackening Church appalls;

검어져 가는 교회를 섬뜩케 하는지,

And the hapless Soldier's sigh

불운한 병사의 한숨 소리가 어찌

Runs in blood down Palace walls.

궁전 벽에 피맺혀 흐르는 가를.

But most thro's midnight streets I hear

한밤중 길거리에서 나는 듣습니다

How the youthful Harlot's curse

젊은 창녀의 저주가 어찌

Blasts the new-born Infant's tear,

아기의 눈물을 시들게 하며

And blights with plagues the Marriage hearse.

결혼 생활 병들어 관이 되게 하는지를

(번역 이정호, 영국 낭만주의 시선집 제 1권, 창조문예사, 2021,

p.52-53)

wander [wanːdə] 거닐다. 헤매다. 일행과 떨어져 나가다. 거닐기. charter [tʃaːrtə] 헌장. 선언문. 전세 내다. 인가하다. mark 표시하다. 흔적을 내다. 흔적, 자국. infant [infənt] 유아. 젖먹이. 유치원생. 유아용의. ban [bæn] 금지하다. 금지. mind-forged manacle 마음속에서 창조된 수갑. forge [fɔːrdʒ] 구축하다. 위조하다. 대장간. 용광로. manacle 수갑. 족쇄. appall [əpɔːl] 오싹하게 하다. 질리게 하다. hapless [hæpləs] 불운한. 불행한. run in blood 피가 흘러내리다. harlot [haːrlət] 매춘부. 매춘부 같은 여자. curse [kɔːs] 욕. 악담. 저주. 욕하다. 악담을 퍼붓다. blast 폭발. 강한 바람. 폭발시키다. (음악 등이) 쾅쾅 울리다. blight [blait] 망치다. 엉망으로 만들다. 병충해. 어두운 그림자. hearse [hɔːrs] 영구차. marriage hearse 결혼 영구차. 이는 형용모순(oxymoron)으로 서로 모순되는 어구를 나열한 것으로서 역병으로 결혼영구차를 고사시킨다는 것은 창녀의 성병으로 결혼 후 죽게 된다는 뜻인데 불륜으로 결혼생활의 파탄을 의미한다고 해석할 수도 있다.

작품 해설

월리엄 블레이크(1757-1827)의 생애는 영국 산업 혁명 시기(18세기 후반부터 19세기 후반)와 상당히 일치하고 있다. 그래서 그의 시는 대개 영국이 산업혁명으로 급격한 사회의 변동이 일어나고 그 와중에 늘어난 부가 특권계층에게만 돌아가고 서민들은 여전히 헐벗고 굶주리게 되었으며 교회 또한 가진자들 편에 서서 이기적으로 타락해 가고 있는 것을 비판하고 있다. 이 시 역시 당시 런던이 하층민들에 대한 관(官)의 통제와 억압 속에서 인간의 자유와 생기가 말살되고, 교회 또한 금기로 치장해서 맑은 인간성을 짓밟고 있는 것을 비판한 시라고 볼 수 있다.

13. The Chimney Sweeper / William Blake
굴뚝 청소부 / 윌리엄 블레이크

When my mother died I was very young,
나는 어려서 어머니를 잃었고
And my Father sold me while yet my tongue
"뚫! 뚫! 뚫! 뚫어!"라고 소리 내지도 못할 때
could scarcely cry "'weep! 'weep! 'weep! 'weep!"
아버지는 나를 팔아 버렸습니다.
So your chimneys I sweep, and in soot I sleep.
그 후 굴뚝 청소하고 검댕이를 쓴 채 잠이 듭니다.

There's little Tom Dacre, who cried when his head,
어린 톰 다커는 양의 등허리 털 같은
That curled like a lamb's back, was shaved: so I said,
곱슬머리를 밀어낼 때 울었습니다.
"Hush, Tom! never mind it, for when your head's bare
"조용, 톰! 걱정 마, 머리를 밀면 검댕이가 묻어도
You know that the soot cannot spoil your white hair."
네 하얀 머리 더럽히지 않지"라고 달랬습니다.

And so he was quiet and that very night
울음을 그치고 그날 밤 잠들었을 때
As Tom was a-sleeping, he had such a sight!
톰은 놀라운 광경을 보게 되었습니다!

That thousands of sweepers, Dick, Joe, Ned, and Jack,

딕, 조, 네드, 잭 등 많은 청소부들이

Were all of them locked up in coffins of black,

검은 관 속에 갇혀 있는 것이었습니다

And by came an Angel who had a bright key,

한 천사가 빛나는 열쇠를 가지고 다가와

And he opened the coffins and set them all free;

관을 열고 사람들을 모두 꺼내 주는 것이었습니다

Then down a green plain leaping, laughing, they run,

사람들은 웃으며 푸른 들판으로 뛰어 내려가

And wash in a river, and shine in the Sun.

강물에 멱감으니 햇볕에 반짝반짝 빛이 났습니다

Then naked and white, all their bags left behind,

하얗게 벗은 몸으로, 연장 가방을 버려둔 채,

They rise upon clouds and sport in the wind;

구름 위로 올라 바람결에 뛰놉니다.

And the Angel told Tom, if he'd be a good boy,

천사가 톰에게 이르기를, 착한 아이가 되면

He'd have God for his father, and never want joy.

하나님이 아버지가 될 것이며 기쁨이 충만하리라고

And so Tom awoke; and we rose in the dark,

톰은 깨어났고 모두는 어두울 때 일어나

And got with our bags and our brushes to work.

가방과 솔을 챙겨 일터로 갔습니다

Though the morning was cold, Tom was happy and warm;

아침은 쌀쌀했지만 톰은 행복하고 마음이 훈훈했습니다

So if all do their duty they need not fear harm.

다들 자기 일만 잘하면 두려울 것이 없지

(번역 이정호, 영국 낭만주의 시선집 제 1권, 창조문예사, 2021, p.32-35)

sweeper [swíːpə] 청소부, 청소기. sweep 쓸다, 청소하다, 쓸기, 비질하기. weep [wiːp] 울다, 눈물을 흘리다, 여기에서는 청소부들이 sweep을 줄여서 weep라고 소리치는 것임. soot 그을음, 검댕. Angel [éindʒəl] 천사. sport 스포츠, 운동경기, 장난, 희롱, 즐겁게 놀다, 스포츠를 하다. want 원하다, 필요하다, 원하는 것, 부족, 결핍.

작품 해설

이 시는 당시 영국에서 산업혁명이 일어나 빈부 격차가 심해지고 생활이 어려운 집안의 어린아이들은 다른 사람에게 팔려가 굴뚝청소부가 되어 고생하는 사회상을 보여주고 있다. 블레이크는 이 시에서 영국사회와 교회가 아동 노동의 참상을 보고도 제대로 해결책을 제시하지 않고 기득권과 산업혁명 체제를 옹호하는 것을 비판하고 있다. 그러면서도 그는 청소부들이 하나님에 대한 신앙으로 현실의 어려움을 극복하는 과정을 정갈한 필치로 그려내고 있다.

14. The Garden of Love / William Blake
사랑의 뜰 / 윌리엄 블레이크

I went to the Garden of Love,

나는 사랑의 뜰로 가서

And saw what I never had seen:

아직 못 본 것을 보았다.

A Chapel was built in the midst,

내가 놀던 풀밭 가운데

Where I used to play on the green.

교회당이 서 있었고.

And the gates of this Chapel were shut,

교회당의 문은 닫혀 있었는데

And 'Thou shalt not' writ over the door;

문 위에 <해서는 안 된다>가 씌여 있었다.

So I turned to the Garden of Love

그래서 아름다운 꽃들이 수없이 피어 있는

That so many sweet flowers bore;

사랑의 뜰로 나는 돌아섰다.

And I saw it was filled with graves,

그런데 나는 꽃들이 있어야 할 곳에

And tomb-stones where flowers should be;

무덤과 묘비가 가득 차 있음을 보았다.

And priests in black gowns were walking their rounds,

검은 가운을 걸친 신부들이 거닐면서

And binding with briars my joys and desires.

내 기쁨과 욕망을 가시덤불로써 묶고 있었다.

(번역 김종철, 천국과 지옥의 결혼, W. 블레이크, 민음사, 1996, p.50-51)

Garden [gárdn] ⓝ정원, 뜰. ⓥ정원을 만들다. what은 선행사를 포함한 관계 대명사. chapel [tʃǽpəl] ⓝ채플, 예배당. midst [midst] 중앙, 중앙에. where는 관계 부사. used to do ~하는 것이 예사였다, 늘 했었다. be used to ~에 익숙해 있다. green [griːn] ⓐ녹색의, 싱싱한, 풋내기의, ⓝ녹색, 초원, 야채, 청춘, ⓥ녹색으로 칠하다, 활기를 되찾게 하다. gate [geit] ⓝ문, 입구, ⓥ ~문을 달다. shut [ʃʌt] ⓥ닫다, 닫히다, ⓐ닫은, ⓝ닫음, 폐쇄. thou shalt not 너는 해서는 안 된다. shalt은 shall의 고어(2인칭 단수·직설법 현재에서). writ은 고어로서 write의 과거·과거 분사. writ앞에 was가 생략됨. that는 주격 관계 대명사. flowers는 bore의 목적어. bear [bɛər] ⓥ나르다, 지니다, 견디다, 아이를 낳다, 지탱하다, ⓝ곰. bear-bore-born. fill [fil] ⓥ 채우다, 그득 차다, ⓝ가득한 양. tomb-stone 묘석, 묘비. where는 관계 부사. priest [priːst] ⓝ성직자, 목사, ⓥ성직자로 하다. gown [gaun] ⓝ가운, 긴 웃옷. round [raund] 둥근, 돌아서, ~의 둘레에, 둥글게 되다, 둥글게 하다, 원, 한 바퀴, 순회로, 한판, 범위. bind [baind] ⓥ묶다, 한데 동여매다. briar [bráiər] ⓝ찔레(가시) 나무.

작품 해설

브레이크의 <경험의 노래> 가운데 있는 시로서 어린이로 상징되는 생명의 질서가 성직자로 대표되는 억압적인 종교의 '죽음의 질서'에 의해 파괴됨을 한탄하는 노래이다. 시인은 어린이가 즐겁게 뛰어 놀던 푸른 뜰에 이제 교회가 들어서서 아름다운 꽃들 대신에 음침한 비석이 세워졌고 검은 옷을 입은 신부가 거니는 황량한 뜰이 된 것을 슬퍼한다.

15. The Lamb / William Blake
어린 양 / 윌리엄 블레이크

1연

Little Lamb, who made thee?

어린 양아, 누가 너를 지었지?

Dost thou know who made thee?

너를 지은 이를 아니?

Gave thee life, and bid thee feed

생명을 주고, 시냇가

By the stream and O'er the mead;

푸른 풀밭 꼴을 뜯게 한 이

Gave thee clothing of delight,

부드럽고 복슬복슬 윤이 나는

Softest clothing, woolly, bright;

좋은 입성을 준 이,

Gave thee such a tender voice,

네게 고운 목소리를 주어

Making all the vales rejoice?

온 골짝을 즐겁게 한 이를 아니?

Little Lamb, who made thee?

어린 양아, 누가 너를 지었을까?

Dost thou know who made thee?

너를 지은 이를 아니?

1연

lamb [læm] 어린 양. thou [ðau] (고어) 당신은(you를 의미하는 단수 주어 형태). thee [ði:] (고어) 당신을(동사의 목적어로 쓰인 2인칭 단수일 때). dost [dʌst] (고어) do의 2인칭 단수 직설법 현재형(주어가 thou일 때). bid 값을 부르다, 응찰하다, 응찰, 인사하다, 말하다, 명령하다. mead는 여기에서 meadow 목초지. feed 먹이다, 먹이를 주다, 먹이. woolly 털북숭이의, 양모 같은.

2연

Little Lamb, I'll tell thee,

어린 양아, 내가 알려 주마

Little Lamb, I'll tell thee:

어린 양아, 내가 알려 주마

He is called by thy name,

그의 이름은 너와 같단다

For he calls himself a Lamb.

스스로를 어린 양이라 부르기 때문이지

He is meek, and he is mild;

그는 온유하고 겸손한 분

He became a little child.

한 어린아이가 되셨지

I a child, and thou a lamb,

나는 한 어린아이, 너는 한 어린 양

We are called by his name.

우리의 이름은 그분의 이름

Little Lamb, God bless thee!

어린 양아, 하나님의 은혜를 받아라!

Little Lamb, God bless thee!

어린 양아, 하나님의 은혜를 받아라!

(번역 이정호, 영국 낭만주의 시선집 제 1권, 창조문예사, 2021, p.16-19)

2연.

meek 온유한, 온순한 사람들. mild 가벼운, 온화한, 부드러운. bless [bles] 축복하다, 은총을 내리다.

작품 해설

   윌리엄 블레이크의 작품의 테마와 철학은 대립하는 두 개의 개념, 즉 순수와 경험, 선과 악, 영혼과 육체, 천국과 지옥의 개념을 융합시키는 것이었다. 그 결과 범을 경험이며 악이며 육체로 보고, 양을 순수이고 선이며 영혼으로 보고 이를 대립시키되 양면이 공히 아름다우며 모두가 전능자의 손으로 만들어진 것으로서 이들의 융합을 주장하고 있다.

16. The Sick Rose / William Blake
병든 장미 / 월리엄 블레이크

O Rose, thou art sick!

오 장미여, 너는 병들었구나!

The invisible worm

보이지 않는 벌레가

That flies in the night,

밤 속에

In the howling storm,

울부짖는 폭풍 속을 날아

Has found out thy bed

너의 침상에서

Of crimson joy,

진홍빛 기쁨을 찾아냈다.

And his dark secret love

그리하여, 이 어둡고 비밀스러운 사랑이

Does thy life destroy.

너의 생명을 망친다.

(번역 김종철, 천국과 지옥의 결혼, W. 블레이크, 민음사, 1996, p.46-47)

sick [sik] 병의, 병에 걸린, 맛이 변한, 썩은, 병, 환자. invisible [invízəbəl] 눈에 보이지 않는, 내밀한, 눈에 보이지 않는 것, 영계. worm [wəːrm] 벌레, 벌레 같은 인간, 벌레처럼 움직이다, 서서히 나아가다. howl [haul] (이리,개 따위가) 짖다, 멀리서 짖다, 악을 쓰며 말하다, 짖는 소리, 불평. crimson [krímzən] 심홍색의, 피로 물들인, 심홍색으로 하다, 얼굴을 붉히다.

작품 해설

이 시는 순수하고 아름다운 장미가 폭풍 속에 보이지 않는 벌레가 찾아와 그 벌레의 어둡고 비밀스러운 사랑으로 병이 들어 생명을 망치게 됨을 노래하고 있다. 장미는 순수함과 순결을 상징하고 벌레는 그 순수함과 순결을 파괴하는 힘이나 세력을 상징한다고 볼 수 있다.

17. The Tyger / William Blake
호 랑 이 / 윌리엄 블레이크

1연

Tyger! Tyger! burning bright

호랑이여! 밤의 숲속에서

In the forests of the night,

빛나게 불타고 있는 호랑이여!

What immortal hand or eye

어떤 불멸의 손 또는 눈이

Could frame thy fearful symmetry?

그대의 무시무시한 균형을 만들 수 있었는가?

In what distant deeps or skies

어떤 먼 심연 또는 하늘에서

Burnt the fire of thine eyes?

그대 눈의 불은 탔는가?

On what wings dare he aspire?

어떤 날개 위에 감히 그는 치솟아올라.

What the hand dare seize the fire?

어떤 손으로 그대 불길을 감히 잡는가?

And what shoulder, & what art,

어떤 어깨 또는 어떤 술법이

Could twist the sinews of thy heart?

그대 가슴의 힘줄을 비틀 수 있었는가?

And when thy heart began to beat,

그대의 가슴이 고동치기 시작할 때

What dread hand? & what dread feet?

어떤 무서운 손 또는 무서운 발이.

What the hammer? what the chain?

어떤 망치가 또는 쇠사슬이 그 고동을 멈추는가?

In what furnace was thy brain?

그대의 머리는 어떤 용광로에, 모루에 있었는가?

What the anvil? what dread grasp

어떤 무서운 포박으로

Dare its deadly terrors clasp?

무시무시한 그대를 감히 가둘 수 있는가?

When the stars threw down their spears,

별들이 창을 내던져 버리고

And water'd heaven with their tears,

그들의 눈물로서 천국을 적실 때,

Did he smile his work to see?

하느님은 자신의 작업에 미소 지었던가?

Did he who made the Lamb make thee?

양을 만든 그분이 그대를 만들었는가?

Tyger, Tyger! burning bright

호랑이여! 밤의 숲속에서

In the forests of the night,

빛나게 불타고 있는 호랑이여!

What immortal hand or eye

어떤 불멸의 손 또는 눈이

Dare frame thy fearful symmetry?

그대의 무시무시한 균형을 감히 만드는가?

(번역 김종철, 천국과 지옥의 결혼, W. 블레이크, 민음사, 1996,
p.52-57)

1연

tiger [táigər] ⓝ범, 호랑이. tiger를 tyger로 표기한 것은 tiger의 이미지를
좀 더 강하게 부각시키기 위한 것으로 생각됨. burn [bəːrn] ⓥ불타다, 태우
다. bright ⓐ밝은, 빛나는, 화창한, 머리가 좋은, 멋진, 근사한, 영리한, 명랑
한. forest [fɔ́ːrist] ⓝ숲, 산림, 임야, 조림하다. immortal [imɔ́ːrtl] ⓐ죽지 않
는, 불후의. ⓝ불사신. frame [freim] ⓝ뼈대, 골격, 틀, ⓥ틀을 만들다, 날조
하다, ~에 테를 씌우다. thy는 thou의 소유격, 너의. fearful [fíəfəl] ⓐ무서
운, 대단한. symmetry [símətri] ⓝ대칭, 균형. distant [dístənt] ⓐ먼, 떨어
진. deep [diːp] ⓐ깊은, 속 검은, ⓝ깊은 곳, 심연. burnt는 동사, 주어는
fire. thine [ðain] thou의 소유 대명사, 너의 것, 너의(모음이나 h로 시작되
는 명사 앞에서). on what wings 어떤 날개로. dare [dɛər] ⓥ감히 ~하다, ~
에 도전하다. aspire [əspáiər] ⓥ열망하다, 높이 치솟다.

2연

shoulder [ʃóuldər] ⓝ어깨. art [ɑːrt] ⓝ예술, 기술, 간책. twist [twist] ⓥ
비틀다, 뒤틀리다. ⓝ비틂, 버릇, 트위스트(댄스). sinew [sínjuː] ⓝ힘줄, 근육.
beat [biːt] ⓥ치다, 두드리다, 맥박이 뛰다, ⓝ치기, 맥놀이, 장단. dread ⓥ두
려워하다. ⓝ공포, 불안, ⓐ무서운. hammer [hǽmər] ⓝ망치, ⓥ망치로 두드
리다. furnace [fə́ːrnis] ⓝ노, 아궁이, 용광로. anvil [ǽnvəl] ⓝ모루, 침골.
grasp [græsp] ⓥ붙잡다, 납득하다, ⓝ붙잡음, 이해. deadly [dédli] ⓐ죽음
의, 치명적인. clasp [klæsp] ⓝ걸쇠, 죔쇠, ⓥ걸쇠로 걸다. what dread
grasp는 주어(어떤 무서운 포박이), terrors는 목적어, 동사는 clasp. throw

60

[Θrou] ⓥ던지다, ⓝ던짐. throw down 넘어뜨리다, 내던지다. spear [spiər] ⓝ창, ⓥ창으로 찌르다. water'd는 watered의 변형. heaven은 water'd의 목적어. he smile his work to see에서 his work와 to see는 도치되었음. to see his work 그의 작품을 보고(to see는 부정사의 부사적 용법, 이유·판단의 근거.). smile은 자동사. thee [ði:] thou의 목적격.

작품 해설

   "타이거"는 (경험의 노래) 중에서 상당히 어렵고 다양한 해석의 가능성을 가진 시로서 1연의 이미지(심상)는 무서운 힘 뒤에 있는 공포감이다. 그 이미지는 이성과 논리에서 나온 것이라기보다는 하나의 비현실적인 꿈에서 나온 이미지다. 어두운 숲 속에서 불타는 타이거는 원형적으로 상반된 불과 어둠의 존재로서 어떤 불멸의 창조자에 의해 창조된 것이다. 이는 그리스도적인 양과 대비하여 적그리스도적인 존재로 볼 수 있다. 그러나 Roe P. Basler 같은 사람은 타이거를 사탄으로 보지 않고 초자연적이 아닌 어떤 무서운 존재, 즉 인간의 영혼의 어떤 것을 나타낸다고 주장하고 있다. 반면 프로이드의 심리학적인 측면에서 보면 타이거는 인간 정신의 이중성, 인간 정신의 다른 한편에 있는 악마성을 나타내고 있다고 할 수 있다.

18. O My Luve's Like a Red, Red Rose / Robert Burns
   새빨간 장미 / 로버트 번스

O my Luve's like a red, red rose
오 나의 님은 유월에 새로이 피어난
That's newly sprung in June;
새빨간 장미.
O my Luve's like the melody

오 나의 님은 곡조 맞춰 감미로이

That's sweetly played in tune.

연주된 멜로디.

As fair art thou, my bonnie lass,

이처럼 너는 예뻐, 사랑스런 소녀야,

So deep in luve am I;

이처럼 깊이 나는 너를 사랑해.

And I will luve thee still, my dear,

언제까지나 나는 너를 사랑하리, 내 님이여,

Till a' the seas gang dry.

온 바다가 말라버릴 때까지.

Till a' the seas gang dry, my dear,

온 바다가 말라버릴 때까지, 내 님이여,

And the rocks melt wi' the sun;

그리고 바위가 햇볕에 녹아 없어질 때까지;

I will love thee still, my dear,

오 언제까지나 나는 너를 사랑하리,

While the sands o' life shall run.

인생의 모래알이 다할 때까지.

And fare thee weel, my only luve!

그러니 잘 있어, 단 하나의 내 님이여,

And fare thee weel awhile!

잠시 동안 잘 있어!

And I will come again, my luve,

그럼 난 돌아오리, 내 님이여,

Though it were ten thousand mile.

만리라 할지라도.

(번역 이재호, 장미와 나이팅게일, 지식산업사, 1993, p.58-59)

melody [mélədi] 멜로디, 선율, 가락. tune [tjuːn] 곡, 곡조, 장단, 조화.
bonnie [bɑ́ni] 아름다운, 귀여운, 고운, 예쁜 처녀(고어). lass [læs] 젊은 여
자, 소녀, 연인, 하녀. still [stil] 정지한, 소리 없는, 평온한, 아직, 더욱, 고요.
rock [rɑk] 바위, 암초, 토대, 돌 같은, 돌로 치다, 흔들어 움직이다, 로큰롤을
추다. run [rʌn] 달리다, 달아나다, 출마하다, 영업하다, 연속 공연하다.

작가 및 작품 해설

　로버트 번스(1759-1796)는 스코틀랜드 에리셔 출생. 각지의 농장을 돌아다
니며 농사를 짓는 틈틈이 옛 시와 가요를 익혔으며, 스코틀랜드의 방언을 써
서 자신의 사랑과 마을의 생활을 솔직하게 노래하였다. 최초의 시집 (주로 스
코틀랜드 방언에 의한 시집 Poems, Chiefly in the Scottish Dialect)(1786)
으로 명성을 얻었으며, 한때는 에든버러에서 문단생활도 하였다. 그 후 고향에
돌아가 농장을 경영하였으나 실패하였고, 세금징수원으로 일하면서 옛 민요를
개작하기도 하고 시를 짓기도 하였다. 프랑스혁명에 공감하여 민족의 자유독
립을 노래하여 당국의 주목을 받기도 하였다.

　그의 시는 18세기 잉글랜드의 고전취미의 영향에서 벗어나, 스코틀랜드 서
민의 소박하고 순수한 감정을 표현한 점에 특징이 있다. (샌터의 탬 Tam
o'Shanter)(1791)을 비롯한 이야기시(詩)의 명작과, (새앙쥐에게 To a
Mouse)(1785)와 (두 마리의 개)처럼 동물을 통하여 인도주의적 사상을 표현한
작품도 있으나, 역시 그의 진면목은 (둔 강둑 The Banks of Doon)(1791)이
나 (빨갛고 빨간 장미 A Red, Red Rose)(1796)와 같이 자연과 여자를 노래한
서정시, (올드 랭 사인 Auld Lang Syne)(1788) (호밀밭에서)와 같은 가요에

있다. 지금도 그는 스코틀랜드의 국민시인으로 사랑과 존경을 받고 있다.

[네이버 지식백과] 로버트 번스 [Robert Burns] (두산백과 두피디아, 두산백과)

　이 시는 사랑하는 여인을 향해 쓴 연애시로서 시인은 바다가 마를 때까지, 바위가 녹을 때까지 언제까지나 사랑하겠다는 맹세를 하고 있다. 잠시 떠나겠지만 아무리 멀리 있어도 변치 않는 사랑으로 반드시 돌아오겠다고 다짐을 하고 있다.

19. Composed upon Westminster Bridge / William Wordsworth
웨스트민스터 브리지 위에서 / 윌리엄 워즈워스

Earth has not any thing to show more fair:
이 보다 더 아름다운 광경 대지엔 없다.

Dull would he be of soul who could pass by
이처럼 감동적인 장엄한 광경

A sight so touching in its majesty:
그냥 지나쳐버리는 자 영혼이 둔한 사람이리.

This City now doth like a garment wear
이 도시는 지금, 옷마냥, 아침의

The beauty of the morning; silent, bare,
아름다움을 입고 있다. 조용히, 적나라히

Ships, towers, domes, theatres, and temples lie
배, 탑, 극장, 그리고 교회들이

Open unto the fields, and to the sky;

들판을 향해, 하늘을 향해 누워 있다.

All bright and glittering in the smokeless air.

연기 없는 대기 속에 모두 찬란히 빛나며.

Never did sun more beautifully steep

이보다 더 아름답게 태양은 일찍이

In his first splendour valley, rock, or hill;

그의 첫 광휘(光輝)로, 골짜기, 바위 혹은 언덕을 비친 적 없고,

Ne'er saw I, never felt, a calm so deep!

이처럼 깊은 고요, 나는 본 적도 느낀 적도 없다!

The river glideth at his own sweet will:

템즈 강은 유유히 미끄러져 흘러가고,

Dear God! the very houses seem asleep;

아! 집들조차도 잠든 듯하여라.

And all that mighty heart is lying still!

그리고 저 힘찬 심장 고요히 누워 있네!

(번역 이재호, 장미와 나이팅게일, 지식산업사, 1993, p.190-191)

bridge [bridʒ] 다리, 다리를 놓다. earth [əːrθ] 지구, 대지, 육지, 흙, 이 세상, 현세, ~에 흙을 덮다. fair [fɛər] 공평한, 상당한, 대단한, 맑게 갠, 금발의, 아름다운, 고운, 공명정대히, 유망하게, 똑바로, 여성, 미인, 좋은 것, 장, 박람회. dull [dʌl] 무딘, 둔한, 활기 없는, 지루한, 둔하게 하다, 무디어 지다. majesty [mǽdʒisti] 장엄, 권위, 주권, 왕. garment [gάːrmənt] 의복, ~에게 입히다. silent [sáilənt] 침묵의, 무언의, 소리 없는, 잠잠한. bare [bɛər] 벌거벗은, 적나라한, 휑뎅그렁한, 부족한, 벌거벗기다. dome [doum] 둥근 천장, 하늘, 둥근 지붕을 올리다. bright [brait] 빛나는, 밝은, 명랑한, 빛나게, 빛남, 광휘. glittering 번쩍이는. steep [stiːp] 가파른, 급격한, 절벽, 담그다, 적

시다, 싸다, 뒤엎다. splendor [spléndər] 빛남, 광휘, 호화, 현저함, 화려함,
sweet [swi:t] 단, 달콤한, 감미로운, 즐거운, 유쾌한, 상냥한, 멋진, 신선한, 단
맛, 단 것, 달콤하게. glide [glaid] 활주, 미끄러지듯 나아가다. very [véri]
대단히, 매우, 정말이지, 실로, 바로 ~의, ~까지도, ~조차. all that 그만치, 그
토록. lie [lai] 눕다. 의지하다, 놓여 있다, ~한 상태이다, 위치, 방향, 거짓말,
거짓말하다. still [stil] 정지한, 소리 없는, 평온한, 아직, 하지만, 고요, 정적,
고요하게 하다.

작가 및 작품 해설

월리엄 워즈워스(1770-1850)는 영국의 시인. 케임브리지에서 공부하고 대륙
을 유력(遊歷)하여 프랑스 혁명에 공명하였으나 혁명이 폭력으로 발전함을 보
고 실망하여 누이동생 도로시와 호수(湖水) 지방의 그라스미어로 가서 자연을
벗삼았다. 콜리지(Coleridge)·사우디(Southey) 등과 사귀어 호반 시인(湖畔詩
人)으로 불리어졌다. 1798년에 콜리지와의 공저로 《서정 시집 Lyrical
Ballads》을 내어 영국 낭만주의 운동의 중심 인물이 되었다. 창작활동은 1820
년대에 마쳤으나 1843년에 사우디에 이어 계관 시인(桂冠詩人)이 되어 일세의
존경을 받으며, 여생을 라이덜마운트의 산장에서 보냈다. 자전적 장시 《서곡
The Prelude》 외에 작품으로 《틴턴 애비 Tintern Abbey》·《어릴적을 추상
하여 영생을 안다》 등이 있다.

[네이버 지식백과] 워즈워스 [William Wordsworth] (인명사전, 2002. 1. 10.,
인명사전편찬위원회)

이 시는 동시대에 살았던 시인 윌리엄 블레이크가 <런던> 시에서 산업혁명
의 폐해에 따른 런던의 빈민가 아이들과 더러운 템즈강을 사실적으로 묘사한
것과는 대조적으로 워즈워드는 새벽의 런던을 마치 전원 풍경을 대하듯 고요
하고 아름다운 도시로 묘사하였다.

20. The Daffodils / William wordsworth
수 선 화 / 윌리엄 워즈워스

1연

I wandered lonely as a cloud

하늘 높이 골짜기와 산 위를 떠도는

That floats on high o'er vales and hills,

구름처럼 외로이 헤매다

When all at once I saw a crowd,

문득 나는 보았네, 무수히

A host, of golden daffodils;

많은 황금빛 수선화가

Beside the lake, beneath the trees,

호숫가 나무 아래서

Fluttering and dancing in the breeze.

산들바람에 한들한들 춤추는 것을.

1연

wander [wάndər] ⓥ헤매다, 빗나가다, 방랑하다. lonely [lóunli] ⓐ외로운,
고독한, 쓸쓸한, 인가에서 멀리 떨어진. cloud [klaud] ⓝ 구름, 먼지, 다수,
ⓥ흐리게 하다, 우울하게 하다. that는 주격 관계 대명사. float [flout] ⓥ뜨
다, 띄우다. ⓝ뜨는 것, 부유물. vale [veil] ⓝ골짜기, 계곡. hill [hil] ⓝ언덕,
구릉 지대, ⓥ언덕을 만들다, 돋우다. all at once 갑자기. crowd [kraud] ⓝ
군중, 다수, ⓥ빽빽이 들어차다, 때를 지어 모이다. a crowd of 많은. host
[houst] ⓝ주인, 많은 사람, 많은 때, a host of 많은. daffodil [dǽfədìl] ⓝ
나팔수선화. flutter [flʌtər] ⓥ퍼덕거리다, 두근거리다. ⓝ퍼덕거림, 고동, 동

요. dance [dæns] ⓥ춤추다, ⑪춤. fluttering과 dancing은 모두 현재 분사로서 목적 보어.

2연

Continuous as the stars that shine

은하수에서 빛나며

And twinkle on the Milky Way,

반짝거리는 별들처럼 연달아,

They stretched in never-ending line

수선화들은 호만(湖灣)의 가장자리 따라

Along the margin of a bay:

끝없이 열지어 뻗쳐 있었네.

Ten thousand saw I at a glance,

무수한 수선화들이, 나는 한눈에 보았네,

Tossing their heads in sprightly dance.

머리를 까닥이며 흥겨이 춤추는 것을.

2연

continuous [kəntínjuəs] ⓐ연속적인, 끊이지 않는. 형용사로서 they의 주격 보어로 쓰였음. that은 주격 관계 대명사. shine [ʃain] ⓥ빛나다, 번쩍이다, ⑪빛남, 애착, 광휘. twinkle [twíŋkəl] ⓥ반짝반짝 빛나다, ⑪반짝임. Milky Way 은하수. stretch [stretʃ] ⓥ뻗다, 늘이다. ⑪뻗기, 한 연속, 긴장. never-ending 끝없는. margin [máːrdʒin] ⑪가장자리, 여유, 판매 이익, ⓥ ~에 가장자리를 붙이다. bay [bei] ⑪만, 내포, 궁지. glance [glæns] ⑪흘끗 봄, 일별, ⓥ언뜻 보다, 슬쩍 비추다. 시사하다. at a glance 일견하여, 단번에. toss [tɔːs] ⓥ던지다, 머리 따위를 쳐들다, 흔들다, 뒹굴다, ⑪던지기, 흔들림. sprightly [spráitli] 기운찬, 기운차게. saw는 동사. thousand는 목적

어. tossing은 현재분사로서 목적 보어. breeze [briːz] ⓝ산들바람, 미풍, 타다 남은 재. ⓥ산들바람이 불다, 쉽게 나아가다.

3연

The waves beside them danced, but they
수선화 옆에 호수 물도 춤췄으나, 수선화들은
Out-did the sparkling waves in glee:
환희에 있어 반짝거리는 물결을 이겼었네.
A Poet could not but be gay,
이렇게 즐거운 동무 속에서
In such a jocund company:
시인이 안 유쾌할 수 있으랴!
I gazed—and gazed—but little thought
나는 보고 - 또 보았네 - 그러나 이 광경이
What wealth the show to me had brought:
어떤 값진 것 내게 가져왔는지 미처 생각 못했더니.

3연

wave [weiv] ⓝ파도, 물결 모양. ⓥ파도치다, 손을 흔들다, 흔들어 움직이다. out-do ~보다 낫다, ~을 능가하다. glee [gliː] ⓝ기쁨, 환희. can not but do ~하지 않을 수 없다. gay [gei] ⓐ명랑한, 화미한, 방탕한. ⓝ동성애자. jocund [dʒákənd] ⓐ명랑한, 즐거운. company [kʌmpəni] ⓝ떼, 일단, 회합, 회사, 동석한 사람들. gaze [geiz] ⓝ응시, 주시. ⓥ응시하다. little think 조금도 생각하지 않다. wealth [welθ] ⓝ부, 재산, 풍부, 풍부함. 목적절에서의 주어는 the show. 동사는 had brought, 목적어는 what wealth.

4연

For oft, when on my couch I lie

이따금, 멍하니 아니면 생각에 잠겨

In vacant or in pensive mood,

카우치에 누워 있을 때면,

They flash upon that inward eye

수선화들이 번뜩이네

Which is the bliss of solitude;

고독의 정복(淨福)인 마음의 눈에.

And then my heart with pleasure fills,

그러면 내 마음 기쁨에 넘쳐

And dances with the daffodils.

수선화와 더불어 춤을 추네.

(번역 이재호, 장미와 나이팅게일, 지식산업사, 1993, p.76-79)

4연

oft는 often, 자주. couch [kautʃ] ⑪침상, 소파, 은신처. ⑨누이다. 쉬다. vacant [véikənt] ⓐ공허한, 비어 있는. pensive [pénsiv] ⓐ생각에 잠긴, 시름에 잠긴. mood [muːd] ⑪기분, 마음가짐, 씨무룩함. inward [ínwərd] 내부, 내부의, 내부로. which는 주격 관계 대명사. 선행사는 inward eye. bliss [blis] ⑪더 없는 행복, 희열, 기쁨. solitude [sάlitjùːd] ⑪고독, 쓸쓸한 곳. fill [fil] ⑨채우다, 그득 차다. ⑪가득한 양, 충분한 양.

작가 및 작품 해설

 S.T. Coleridge, Byron, Shelley, Keats, 등과 함께 19세기 영국의 대표적인 낭만주의 시인인 William Wordsworth(1770-1850)는 Coleridge와의 공저, Lyrical Ballads에서 새로운 형태의 시를 창안하였고 The Prelude에서

어린 시절을 회상하는 반자서전적인 내용의 blank verse(무운시)를 썼으며 여동생 Dorothy와 함께 호반에서 살면서 Lucy Poems를 썼다. 그는 자연 속에 살면서 자연에 대해 '자연스럽게 넘쳐흐르는 강렬한 느낌'을 정제된 아름다운 언어로 노래하였다. 그는 이 시에서 끝없이 펼쳐진 만발한 수선화를 바라보며 그가 느끼는 넘치는 기쁨을 표현하였을 뿐 아니라 그러한 아름다운 자연미가 우리를 보다 성숙하게 변화시킬 수 있음을 나타내고 있다.

21. The Solitary Reaper / William Wordsworth
가을걷이 하는 처녀 / 윌리엄 워즈워스

1연

Behold her, single in the field,

보라! 들판에서 홀로

Yon solitary Highland Lass!

가을걷이하며 노래하는

Reaping and singing by herself;

저 고원의 처녀를.

Stop here, or gently pass!

멈춰서라. 아니면 슬며시 지나가라.

Alone she cuts and binds the grain,

홀로 베고 다발로 묶으며

And sings a melancholy strain;

구슬픈 노래를 부른다.

O, listen! for the Vale profound

귀 기울여라! 깊은 골짜기엔

Is overflowing with the sound.

온통 노랫소리가 차 있구나.

1연

behold [bihóuld] ⓥ보다. single [síŋɡəl] ⓐ단 하나의, 독신의, 한결같은. ⓝ 한 개. 독신자. ⓥ뽑아내다. 선발하다. 부사로서 혼자서. yon [jɑn] 저쪽의, 저 쪽에. 저쪽에 있는 것. solitary [sɑ́ləteri] ⓐ고독한, 쓸쓸한, 유일한. ⓝ은자. highland 고지, 고랭지, 스코틀랜드 북부의 고지. lass [læs] ⓝ젊은 여자, 소 녀. reap [riːp] ⓥ베어들이다. 거둬들이다, 획득하다, 작물을 수확하다. 보답 을 받다. by herself 그녀 홀로. gently 온화하게, 조용히. alone [əlóun] 혼 자의, 고독한, 홀로, 단독으로. bind [baind] ⓥ묶다, 얽매다, 한데 동여매다. ⓝ묶는 것. grain [grein] ⓝ낟알, 곡물, 극히 조금, 기질, ⓥ낟알로 만들다, 낟알 모양이 되다. melancholy [mélənkɑli] ⓝ우울, ⓐ우울한. strain [strein] ⓥ잡아당기다. ⓝ긴장, 종족, 혈통, 가락, 선율. vale [veil] ⓝ골짜기, 현세, 속세. profound [prəfáund] ⓐ깊은, 심원한. ⓝ깊은 곳. overflow 넘쳐 흐르다.

2연

No Nightingale did ever chaunt

아라비아 사막에서

More welcome notes to weary bands

그늘진 오아시스를 찾아 쉬는 길손에게

Of travelers in some shady haunt,

어떤 나이팅게일도

Among Arabian sands;

이렇듯 반가운 노래는 들려주지 못했으리

A voice so thrilling ne'er was heard

아득히 먼 헤브리디스 섬들 사이

In springtime from the Cuckoo bird,

바다의 정적을 깨뜨리며

Breaking the silence of the seas

봄에 우는 뻐꾸기도

Among the farthest Hebrides.

이렇듯 떨리는 목소리는 들려주지 못했으리.

2연

Nightingale 나이팅게일. chaunt는 chant [tʃænt] ⓝ노래. ⓥ(노래를) 부르다. note [nout] ⓝ각서, 주, 주목, 특징, 지페, 선율. ⓥ적어두다, ~에 주목하다. weary [wíəri] ⓐ피로한, 싫증나는, ⓥ지치게 하다. band [bænd] ⓝ일단의 사람들, 악대, 끈, ⓥ끈으로 동이다. shady [ʃéidi] ⓐ그늘의, 그림자가 있는, 그림자 같은. haunt [hɔːnt] ⓥ종종 방문하다, 늘 붙어 따라다니다. ⓝ자주 드나드는 곳, 출몰하는 곳. sand [sænd] ⓝ모래, 모래밭, 사막. thrilling 오싹하게 하는, 떨리는. springtime 봄철. cuckoo [kúku] ⓝ뻐꾸기. silence [sáiləns] ⓝ침묵, 고요함, ⓥ침묵시키다. Hebrides [hébrədiːz] 스코틀랜드 북서쪽에 있는 열도.

3연

Will no one tell me what she sings?

무엇을 노래하는지 아무도 내게 말해 주지 않으려나?

Perhaps the plaintive numbers flow

구성진 노랫말은 아마도

For old, unhappy, far-off things,

아득히 먼 서러운 옛 일이나

73

And battles long ago;

옛 싸움을 읊은 것이리.

Or is it some more humble lay,

아니면 한결 귀에 익은

Familiar matter of today?

오늘날의 이일 저일

Some natural sorrow, loss, or pain,

옛날에도 있었고 앞으로도 있을

That has been, and may be again?

피치 못할 슬픔과 이별과 아픔이리.

3연

plaintive [pléintiv] ⓐ애처로운. 슬픈 듯한. number [nʌ́mbər] ⓝ숫자. 번호. 다수. 운율. ⓥ세다. far-off ⓐ먼. 아득한. humble [hʌ́mbəl] ⓐ비천한. 겸손한. ⓥ천하게 하다. lay [lei] ⓥ누이다. 놓다. 옆으로 넘어뜨리다. 지우다. 제출하다. 알을 낳다. ⓝ지형. 직업. 꼬기. 속인. 노래. familiar [fəmíljər] ⓐ친밀한. 잘 알고 있는. ⓝ친구. that은 주격 관계 대명사.

4연

What'er the theme, the Maiden sang

노랫말이 무엇이든 그 처녀는

As if her song could have no ending;

끝이 없는 듯 노래했으니

I saw her singing at her work,

나는 들었노라. 허리 굽혀

And o'er the sickle bending—

74

낫질하는 그녀의 노래를—

I listened, motionless and still;

꼼짝 않고 잠잠히 귀 기울이다

And, as I mounted up the hill,

내 등성이를 올라갔으니

The music in my heart I bore,

그 노랫소리 이미 들리지 않았으나

Long after it was heard no more.

내 가슴에 그것은 남아 있었으니.

(번역 유종호, 무지개, 워즈워스, 민음사, 1974, p.32-36)

4연

theme [θiːm] 주제, 화제, 논지, 제목, 테마, 작문, 논문, 행동의 근거.
maiden [méidn] ⓝ소녀, 미혼여성. ⓐ소녀의. as if 마치 ~처럼. sickle
[síkəl] ⓝ낫. bend [bend] ⓥ구부리다, 굽히다, 굴복시키다, 구부러지다, ⓝ굽
음, 만곡. over the sickle bending은 bending over the sickle, 여기에서
bending은 singing과 마찬가지로 현재 분사로서 목적 보어로 쓰였음.
motionless 움직이지 않는, 정지한. still [stil] 정지한, 소리가 없는, 아직도,
하지만, 고요, 정지, 조용해지다. mount [maunt] ⓝ산, ⓥ오르다, 늘다. the
music은 동사 bore의 목적어. bear [bɛər] ⓥ나르다, 몸에 지니다, 지탱하다,
참다, 아이를 낳다. ⓝ곰.

작품 해설

  이 작품은 wordsworth가 직접 자연을 바라보며 쓴 것이 아니고 월킨스의
<스코틀랜드 기행>을 읽고 영감을 받아서 고원에서 홀로 가을걷이를 하는 아
가씨를 상상하여 쓴 시라고 한다. 시인은 1연에서 고원에서 혼자 쓸쓸하게 노
래를 부르는 아가씨를 묘사함으로서 추수꾼의 고독, 외로움을 강조하고 있고
2연에서 아가씨의 노래를 나이팅게일과 뻐꾸기의 노래와 비교하여 청순하고

구슬픈 노래를 더욱 돋보이게 하고 있으며 3연과 4연에서 그 노래가 무슨 노래인지 알지는 못하지만 가식이 없는 인간의 진지한 영혼의 목소리임을 주장한다. 이 시는 돈호법을 사용함으로서 독자를 시에 참여시키고 그렇게 함으로서 보다 독자와 친밀한 교감을 꾀하고 있는 것이라고 할 수 있다.

22. Loves Last Adieu / George Gordon byron
사랑의 마지막 이별 / 조지 고든 바이런

1연

The roses of love glad the golden of life,

독이 있는 이슬 젖은 풀 속에서 자라나더라도

Though nurtured 'mid weeds dropping pestilent dew,

사랑의 장미는 인생의 꽃밭의 기쁨이야

Till time crops the leaves with unmerciful knife,

하지만 시간은 그 잎에 잔혹한 칼을 내리쳐

Or prunes them for ever, in love's last adieu!

사랑의 마지막 이별에는 영원한 일격을 가하지 않는가!

1연

adieu [ədúː] 안녕, 작별. glad 기쁜, 고마운. nurture 양육, 육성, 훈육, 교육, 음식, 양육하다, 영양물을 주다, 가르쳐 길들이다, 교육하다. pestilent [péstələnt] 해로운, 치명적인. crop [kraːp] 농작물, 수확량, 짧게 깎다, 잘라내다. prune [pruːn] 말린 자두, 짙은 적갈색, 잘라내다, 축소하다, 가지치기하다.

2연

In vain with endearments we soothe the sad heart,

사랑의 교태로도 슬픔 마음 달래봄은 헛된 일

In vain do we vow for an age to be true:

영원히 변치 말자는 맹세를 하는 것도 헛된 일

The chance of an hour may command us to part,

어느 순간에 하찮은 일로 서로가 헤어지는 일 있고

Or death disunite us in love's last adieu!

사랑의 마지막 이별에는 사신(死神)이 찾아와 우리를 서로 갈라놓았구나!

2연

endear 사랑받게 하다. 가격을 높게 하다. endearment 애정을 담은 말(표현). sooth [suːθ] 진실, 진실의, 누그러뜨리는, 부드러운. soothe [suːð] 달래다, 누그러뜨리다. for an age 오랫동안. disunite 분열시키다.

3연

Still hope, breathing peace through the grief-swollen breast,

아직 희망은 '우리 다시 만날 날 돌아오리'라는 속삭임으로 하여

Will whisper, "Our meeting we yet may renew:"

슬픔에 가득 찬 가슴 달래주지

With this dream of deceit half our sorrow's represt,

거짓의 꿈일지라도 마음의 슬픔에도 이것으로 아늑해져

Nor taste we the poison of love's last adieu!

사랑의 마지막 독배를 마시지 않고 만다네!

(번역 홍윤기, 세계명시선집3 바이런, 서문당, 2021, p.18-19)

3연

grief-swollen 비탄에 잠기는. represt는 repress의 과거분사로 쓰인 것임.
breathing peace ~은 부대상황을 나타내는 분사구문으로 볼 수 있음. 주어는
hope. poison 독, 독을 넣다, 독으로 죽이다.

작가 및 작품 해설

　조지 고든 바이런 (1788-1824)은 존 키츠, 퍼시 비시 셸리와 더불어 2세대
낭만주의를 대표하는 인물이다. 그는 런던에서 태어나서 1805년 캠브리지 대
학교 트리니티 컬리지에 입학해서 문학과 역사학을 전공했고 졸업 후에 상원
의원으로 진출하기도 했다. 그의 대표적인 작품으로는 차일드 헤럴드의 순례
(1812~1818), 시옹의 죄수(1816), 프로메테우스(1816), 미완성인 돈 주앙
(1819~1824) 등이 있다.

　이 시에서 시인은 사랑의 장미는 우리 인생의 꽃밭이지만 하찮은 일로 사랑
은 이별을 하게 되고 죽음으로서 사랑의 마지막 이별을 하게 됨을 슬퍼하지만
'우리 다시 만날 날 돌아오리'라는 희망으로 우리는 사랑의 마지막 독배는 마
시지 않는다고 한다.

23. Made of Athens, Ere We Part / George Gordon Byron

아테네 소녀여, 그대 헤어지기 전에 / 조지 고든 바이런

1연

Maid of Athens, ere we part,

아테네 소녀여, 그대 헤어지기 전에

Give, oh, give me back my heart!

78

내게 돌려 다오, 오 내 마음을!

Or, since that has left my breast,

아니면 내 마음 이미 내 가슴 떠났으니

Keep it now, and take the rest!

그대 지금 안심하고 받아주길 바래요!

Hear my vows before I go,

내 떠나기 전의 맹세 들어주길 원해요

"My life, I love you."

"내 생명, 그대를 사랑해요."

1연

athens [æθinz] 아테네. ere ~전에. take a rest 휴식을 취하다. take the rest 나머지를 갖다.

2연

By those tresses unconfined,

에게 해(海)의 해풍에 놀림받으며

woo'd each Aegean wind;

펄럭이는 당신 머리카락에 맹세하며

By those lids whose jetty fringe

보드라운 장밋빛 뺨에 입맞추는

Kiss thy soft cheeks' blooming tinge;

검은 속눈썹 얹힌 눈꺼풀에 맹세하여

By those wild eyes like the roe,

어린 사슴처럼 기민한 그대 눈동자 맹세하며

"My life, I love you."

"내 생명. 그대를 사랑해요."

2연

tresses [tresiz] 긴 머리, 삼단 같은 머리. unconfined 제한받지 않는.
Aegean [idʒiən] 에게 해의, 다도해의. thy [ðai] 그대의, 당신의 (your). lid
뚜껑. eyelid 눈꺼풀. jetty 뚝, 방파제, 부두. 흑석 같은, 검은. fringe 앞머리,
가장자리, 술, 술을 달다, 장식을 꾸미다.

3연

By that lip I long to taste;

내 오랜 날 입맞춘 그 입술에 맹세하며

By that zone-encircled waist;

처녀의 허리띠 두른 그 허리에 맹세하여

By all the token-flowers that tell

말로는 다할 수 없는 모든 것

What words can never speak so well;

기교 있게 말하는 꽃말로 맹세하며

By love's alternate joy and woe,

서로가 쫓는 사랑의 기쁨과 슬픔에 맹세하여

"My life, I love you."

"내 생명. 그대를 사랑해요."

3연

zone 지역, 구역. encircled 둘러싼. alternate 번갈아 생기는, 교대로 하는.
token-flowers 상징적인 꽃. woe [wou] 비애, 슬픔.

4연

Maid of Athens! I am gone,

아테네 소녀여, 나 이제 떠나가네

Think of me, sweet! when alone.

어여쁜 그대여, 당신 홀로 있다면 나 생각해 주어요

Though I fly to Istanbul,

나는 이스탄불에 갈지라도

Athens holds my heart and soul:

아테네는 내 가슴과 내 마음에서 떠나지 않는 것

Can I cease to love thee? No!

내 그대 사랑함을 그칠 수 있겠는가?

아니 영원히 그칠 수 없다네!

"My life, I love you."

"내 생명, 그대를 사랑해요."

(번역 홍윤기, 세계명시선집3, 바이런, 서문당, 2021, p.10-13)

4연

thee [ði:] 그대를, 당신을(동사의 목적어로 쓰인 2인칭 단수). Istanbul 이스탄불(터기의 옛 수도, 구칭은 콘스탄티노플)

작품 해설

이 시는 1810년에 쓴 작품으로서 이스탄불 주재 영국 부영사 대오도르 배클리 부인의 장녀 테레사가 이 시에 등장하는 소녀로 나오는데 그 소녀와의 이별의 슬픔을 정갈한 필치로 묘사했다.

24. She Walks in Beauty / George Gordon Byron
그네는 예쁘게 걸어요 / 조지 고든 바이런

1연

She walks in Beauty, like the night

그네는 예쁘게 걸어요. 구름 한 점 없이

Of cloudless climes and starry skies;

별 총총한 밤하늘처럼.

And all that's best of dark and bright

어둠과 빛의 그중 나은 것들이

Meet in her aspect and her eyes:

그네 얼굴 그네 눈에서 만나

Thus mellow'd to that tender light

부드러운 빛으로 무르익어요.

Which heaven to gaudy day denies.

난(亂)한 낮에는 보이지 않는.

1연

clime [klaim] 기후. 날씨. starry [sta:ri] 별이 총총한. 별 같은. aspect [æspekt] 측면. 양상. 모습. mellow [mélou] 부드럽고 풍부한. 그윽한. 부드러워지다. 은은해지다. tender [téndər] 부드러운. 약한. 무른. gaudy [gɔ:di] 야한. 천박한. heaven [hevn] 천국. 낙원. 하늘.

2연

One shade the more, one ray the less,

어둠 한 겹 많거나 빛 한 줄기 모자랐다면

Had half impair'd the nameless grace

새카만 머리 타래마다 물결치는

Which waves in every raven tress,

혹은 얼굴 부드럽게 밝혀 주는

Or softly lightens o'er her face;

저 숨 막히는 우아함 반이나 지워졌을 거예요.

Where thoughts serenely sweet express

밝고 즐거운 생각들이 그 얼굴에서

How pure, how dear their dwelling-place.

그곳이 얼마나 순결하고 사랑스러운가 알려 줘요.

2연

impair [impέər] 손상시키다. impaired 손상된. nameless 이름 없는, 이름을 모르는, 형언하기 힘든. raven [réivən] 큰 까마귀. 검고 윤이 나는. tress [tres] 머릿단, 땋은 머리, 다발로 땋다. serenely [səríːnli] 청명하게, 고요히, 침착하게. their dwelling place 생각들의 거주지는 그녀 자신 또는 그녀의 몸을 가리키는 것으로 볼 수 있음.

3연

And on that cheek, and o'er that brow,

그처럼 상냥하고 조용하고 풍부한

So soft, so calm, yet eloquent,

빰과 이마 위에서

The smiles that win, the tints that glow,

사람의 마음 잡는 미소, 환한 얼굴빛은

But tell of days in goodness spent,

말해줘요, 선량이 보낸 날들을,

A mind at peace with all below,

지상의 모든 것과 통하는 마음을,

A heart whose love is innocent!

그리고 순수한 사랑의 피를.

3연

eloquent [eləkwənt] 웅변을 잘하는, 유창한, 감정을 드러내는. win [win] 이기다, 따다, 차지하다. tint [tint] 색조, 염색(약), 색깔을 넣다, 염색하다. glow [glou] 빛나다, 상기되다, 불빛, 홍조.

(번역 황동규, 세계시인선, 순례, G. G. 바이런, 민음사 1974. p.75-76)

작품 해설

　시 '예쁘게 걸어요'에서도 한 여성을 바라보는 시적 화자의 음성은 사랑에 매혹되어 열떠있다. 그녀의 걸음걸이와 보폭과 외양은 "별 총총한 밤하늘 같고" "부드러운 빛으로 감싸여 있다. 시적 화자에게 그녀는 환하고 아름답게 눈이 부시다. 빛과 어둠이 가장 잘 조율된 채광 속에 그녀는 놓여 있다. 그녀는 시적 화자의 마음을 잡는다. 그녀에게는 순수한 사랑의 피가 흐르고 그녀의 마음은 "지상의 모든 것과 통하는 관대함과 상냥함과 넉넉함 그 자체다. 그녀의 미소와 얼굴빛은 너무나 순결하고 사랑스러워서 화자를 숨 막히게 할 지경이다. 그러한 그녀가 마치 시적 화자 쪽으로 걸어오고 있는 듯한 상상을 하게 하는 이 시는 사랑의 열락 그 큰 기쁨을 미끈하고 섬세한 감성으로 노래한다. (해설 시인 문태준)

25. Stanzas for Music / George Gordon Byron
음악(音樂)을 위한 시 / 조지 고든 바이런

1연

There be none of Beauty's daughters

아름다움의 아가씨들 가운데

With a magic like thee;

그대처럼 이상한 힘을 갖는 이 없구나

And like music on the waters

당신의 아름다운 목소리는 내 귀에

Is thy sweet voice to me:

바다 위로 건너오는 음악(音樂)과도 같아요

When, as if its sound were causing

매혹될 때마다

The charmed ocean's pausing,

소리가 젖어들고

The waves lie still and gleaming,

파도는 잠들며 빛 반짝이며

And the lulled winds seem dreaming:

바람은 멎어 꿈길에서 논다네.

1연

stanza [stænza] 4행 이상의 각운이 있는 싯구. none [nʌn] 하나도 ~없는, 아무도 ~없는. magic 마술, 마법. waters 물, 호수나 강 또는 바다의 물. gleam 어렴풋이 빛나다, 환하다. lull 진정, 소강상태, 달래다, 재우다. charm 매력, 매혹하다. pause 휴지, 정지, 정지시키다, 멈춤. cause 원인, 야기하다.

2연

And the midnight moon is weaving

한밤의 달그림자는

Her bright chain o'er the deep;

반짝이는 쇠사슬 해원(海原)에 엮어

Whose breast is gently heaving

바다의 가슴 따사로이 숨 쉬어

As an infant's asleep:

어린 아기가 잠드는 것과 같다네

So the spirit bows before thee,

그리하여 그대 앞에 정령(精靈)은 무릎 꿇고

To listen and adore thee;

끊임없이 노래하는 당신 목소리에 귀 기울여

With a full but soft emotion,

여름날의 큰 바다 물결치듯

Like the swell of Summer's ocean.

따사롭고도 포근한 정감에 담뿍 안긴다네.

(번역 홍윤기, 세계명시선집3, 바이런, 서문당, 2021, p.16-17)

2연

weave 짜다. 엮어서 만들다. heave 들어 올리다. 들썩이다. bow 숙이다. 절하다. swell 부풀어 오르다. 팽창.

작가 및 작품 해설

바이런의 '음악을 위한 노래'는 여름철 대양 앞에 서서 파도소리를 들으며 경건해지는 마음을 노래한 시이다. 바다는 자장가를 부르는 여성으로, 아기를 부푼 가슴으로 숨을 쉬며 잠자게 하듯, 침묵하듯 경건하게 자연에 순응한다. 때로는 포효하는 파도소리도 들었던 것 같지만 이에 대한 언급을 피하고 오직 바다의 고요한 음악에 취하고 만다. 이 시는 Muse가 바다에 연주하는 듯하다.(해설 정병근, 2009년 2월 문학공간에서 시로 등단하였고 한국문인협회 회원으로서 영문학 석사 학위를 소지함.)

26. Ode to the West Wind / Percy Bysshe Shelley
서풍(四風)에게 바치는 오드 / 퍼시 비시 셸리

1연

O wild West Wind, thou breath of Autumn's being,

오, 거센 서풍, 너 가을의 숨결이여!

Thou, from whose unseen presence the leaves dead

너의, 눈에 보이잖는 존재로부터 낙엽들은

Are driven, like ghosts from an enchanter fleeing,

마치 마법사로부터 도망치는 유령처럼 쫓겨다니누나,

Yellow, and black, and pale, and hectic red,

누런, 검은, 파리한, 벌건

Pestilence-stricken multitudes: O thou,

역병(疫病)에 걸린 무리들, 날개 달린 종자를

Who chariotest to their dark wintry bed

검은 겨울의 잠자리로 몰아가서,

The winged seeds, where they lie cold and low,

봄의 하늘색 동생이 꿈꾸는 대지(大地) 위로

Each like a corpse within its grave, until

나팔을 불어 (향기로운 봉오리를 몰아

Thine azure sister of the spring shall blow

양떼처럼 대기 속에 방목하며,)

Her clarion o'er the dreaming earth, and fill

산과 들을 신선한 빛깔과 향내로

(Driving sweet buds like flocks to feed in air)

채울 때까지, 무덤 속의 송장들처럼

With living hues and odours plain and hill:

차가운 곳에 누워 있게 하는 오 너 서풍.

Wild Spirit, which art moving every where;

거센 정신이여, 너는 어디서나 움직이누나.

Destroyer and Preserver; hear, O, hear!

파괴자인 동시 보존자여, 들어다오. 오 들어다오!

1연

presence [prezns] 존재(함), 참석, 주둔군. enchanter [inʧæntər] 마법사, 술사. hectic [hektik] 얼굴에 홍조를 띤, 소모열의, 매우 바쁜, 흥분한. 소모열, 홍조. pestilence [pestiləns] 악성 전염병, 역병. stricken [stríkən] 맞은, 다친, 시달리는. multitude [mʌltituːd] 많은 수, 다수, 일반 대중, 군중. chariot [ʧæriət] 마차, 전차, 전차를 몰다, 전차로 나르다. thine [ðain] 당신의 것, 당신의(모음이나 h로 시작되는 말 앞에서). azure [æʒər] 하늘색의, 맑은. clarion [klæriən] 옛 나팔, 나팔소리, 낭랑한. sweet 달콤한, 향기로운.

flock [flɑːk] (양)떼, 무리, 모이다, 떼지어 가다. odour [óudər] 냄새, 방향,
향기.

2연

Thou on whose stream, 'mid the steep sky's commotion,

네가 흘러가면, 가파른 하늘의 동란(動亂) 가운데

Loose clouds like earth's decaying leaves are shed,

헐거운 구름들은 '하늘'과 대양(大洋)의 얽힌 가지로부터

Shook from the tangled boughs of Heaven and Ocean,

흔들려서, 대지의 잎사귀처럼 흩어지누나.

Angels of rain and lightning: there are spread

비와 번개의 사자(使者)들: 너의 대기(大氣)의

On the blue surface of thine aery surge,

물결의 파란 표면엔

Like the bright hair uplifted from the head

어느 맹렬한 '마이나스'의 머리로부터 위로 나부끼는

Of some fierce Maenad, even from the dim verge

빛나는 머리칼처럼, 지평선의 희미한

Of the horizon to the zenith's height

가장자리로부터 천장(天頂) 높이까지,

The locks of the approaching storm. Thou dirge

다가오는 폭풍우의 머리칼이 흐트러져 있다. 너

Of the dying year, to which this closing night

죽어가는 해(年)의 만가(挽歌)여, 어둠이 감싼 이 밤은,

Will be the dome of a vast sepulchre,

네가 집결시킨 증기의 모든 힘으로 천장(天障)을 이룬

Vaulted with all thy congregated might

거대한 분묘(墳墓)의 원개(圓蓋)가 될 것이며,

Of vapours, from whose solid atmosphere

그 짙은 대기(大氣)로부터

Black rain, and fire, and hail will burst: O, hear!

검은 비와 불과 우박이 터져나오리라. 오 들어다오!

2연

commotion [kəmóuʃən] 소란, 소동. steep [stiːp] 가파른, 급격한, 터무니없는. loose [luːs] 헐거워진, 풀린, 흔들리는, 느슨하게 하다, 되는대로 늘어놓다. airy [έəri] 공기 같은, 공허한, 환상적인, 가벼운, 섬세한. maenad [miːnæd] 마이나스(그리스 신화), 광란하는 여자. horizon [həraizn] 수평선, 지평선, 시야. zenith [zeniθ] 천정, 정점. lock [laːk] 잠그다, 자물쇠, 레게머리(밧줄처럼 꼬인 형태의 머리), 레게머리를 하다. dirge [dəːrdʒ] 만가, 애도가. sepulche [sepəlkər] 지하 매장소, 무덤, 파묻다, 매장하다. dome [doum] 돔, 반구형 지붕. vault [vɔːlt] 금고, 지하 납골당, 지탱하여 뛰어넘다. congregate [kaːŋgrigeit] 모이다.

3연

Thou who didst waken from his summer dreams

바이아에 만(灣)에 있는 경석(輕石) 섬 옆에서

90

The blue Mediterranean, where he lay,

수정(水晶) 같은 조류(潮流)의 소용돌이에 흔들리며 잠이 들어,

Lulled by the coil of his crystalline streams,

그려보기만 해도 감각이 기절할 만치

Beside a pumice isle in Baiae's bay,

아름다운 하늘색 이끼와 꽃들로 온통 덮인

And saw in sleep old palaces and towers

옛 궁전과 탑들이

Quivering within the wave's intenser day,

파도의 더욱 반짝이는 햇빛 속에 떨고 있음을

All overgrown with azure moss and flowers

잠결에서 본 푸른 지중해를

So sweet, the sense faints picturing them! Thou

그의 여름 꿈에서 깨웠던 너! 너의

For whose path the Atlantic's level powers

진로를 위해 대서양의 잔잔한 세력들은

Cleave themselves into chasms, while far below

스스로를 분열시키며, 한편 훨씬 밑에선

The sea-blooms and the oozy woods which wear

바다꽃들과 대양(大洋)의 즙이 없는 이파리를 가진

The sapless foliage of the ocean, know

습기 찬 숲이, 네 목소리를 알고서

Thy voice, and suddenly grow grey with fear,

별안간 겁에 질려 백발이 되어

And tremble and despoil themselves: O, hear!

온몸을 벌벌 떨며 잎을 떨구누나. 오, 들어다오!

3연

Mediterranean [mèdətəréiniən] 지중해(의). lull [lʌl] 진정시키다. 달래다. 어르다. crystalline [krístəlin] 수정의. 투명한. 수정체. pumice [pʌ́mis] 경석. 부석. isle [ail] (작은) 섬. 섬으로 만들다. 섬에서 살다. faint [feint] 희미한. 어렴풋한. 실신한. 실신. 실신하다. picture [píktʃər] 그림. 회화. 사진. 그리다. 묘사하다. cleave [kli:v] 쪼개다. 떼어 놓다. chasm [kǽzəm] 깊게 갈라진 틈. 간격. 차이. oozy [úːzi] 진흙의. 새는. 스며나오는. foliage [fóulidʒ] 잎. 잎사귀. despoil [dispɔ́il] 약탈하다.

4연

If I were a dead leaf thou mightest bear;

만일 내가 네가 몰아갈 수 있는 하나의 낙엽이라면,

If I were a swift cloud to fly with thee;

만일 내가 너와 함께 날 수 있는 한 점의 빠른 구름이라면,

A wave to pant beneath thy power, and share

네 힘 밑에 헐떡거리며, 네 힘의 충동을 같이 할 수 있고

The impulse of thy strength, only less free

다만, 오 통제할 수 없는 자여, 너보다 덜

Than thou, O, uncontrollable! If even

자유로운 하나의 파도라면, 만일 내가

I were as in my boyhood, and could be

내 소년시절 때 같다면, 그래서 너의 하늘을 나는 속도를

The comrade of thy wanderings over Heaven,

이겨내는 것이 거의 환상이 아니었던 그때처럼

As then, when to outstrip thy skyey speed

하늘의 네 방랑의 친구가 될 수만 있다면,

Scarce seemed a vision; I would ne'er have striven

나는 결코 이처럼 쓰라린 궁색한 기도를 하며

As thus with thee in prayer in my sore need.

너와 겨루지는 않았으리라.

Oh! lift me as a wave, a leaf, a cloud!

오 나를 올려다오 파도처럼, 잎새처럼, 구름처럼!

I fall upon the thorns of life! I bleed!

나는 인생의 가시 위에 쓰러져 피를 흘리노라!

A heavy weight of hours has chained and bowed

세월의 무거운 중압(重壓)이 사슬로 묶고 굽히어버렸다

One too like thee: tameless, and swift, and proud.

길들일 수 없고, 날래고, 자존심 강한, 너와 같았던 나를.

4연

swift [swift] 빠른, 신속한, 순식간의, 즉석의. pant [pænt] 숨을 헐떡이다.
impulse [ímpʌls] 충격, 충동. outstrip [autstrip] 앞지르다, 능가하다.
strive [straiv] 분투하다. sore need 절실한 필요. tameless 길들이지 않은,
야생의.

5연

Make me thy lyre, even as the forest is:

93

나를 너의 하프로 삼아다오. 바로 저 숲처럼.

What if my leaves are falling like its own!

내 잎새들이 숲의 잎새처럼 떨어진들 어떠리!

The tumult of thy mighty harmonies

너의 억센 조화(調和)의 격동(激動)은

Will take from both a deep, autumnal tone,

양자(兩者)로부터 슬프긴 하나 감미로운

Sweet though in sadness. Be thou, Spirit fierce,

깊은 가을의 가락을 얻으리. 거센 정신이여, 네가

My spirit! Be thou me, impetuous one!

나의 정신이 되라! 네가 내가 되라. 맹렬한 자여!

Drive my dead thoughts over the universe

내 죽은 사상을 온 우주에 휘몰아다오

Like withered leaves to quicken a new birth!

새로운 출생을 재촉하는 시든 낙엽처럼!

And, by the incantation of this verse,

그리고, 이 시(詩)의 주문(呪文)으로

Scatter, as from an unextinguished hearth

흐트러다오, 꺼지지 않는 화로의

Ashes and sparks, my words among mankind!

재와 불꽃처럼, 인류 사이에 나의 말을!

Be through my lips to unawakened earth

내 입술을 통해, 잠 깨지 않는 대지에

The trumpet of a prophecy! O Wind,

예언의 나팔이 되어다오! 오 '바람'이여,

If Winter comes, can Spring be far behind?

겨울이 오면, 봄인들 멀 수가 있으랴?

(번역 이재호, 장미와 나이팅게일, 지식산업사, 1993, p260-269)

5연

lyre [láiər] 수금. what if ~라면 어찌 되는가?, ~한들 무슨 상관이냐?
tumult [tjú:mʌlt] 소동, 법석, 흥분, 마음이 산란함. autumnal 가을의.
impetuous [impétʃuəs] 격렬한, 맹렬한, 성급한, 충동적인. incantation
[inkæteiʃn] 주문(을 외우기). hearth [hɑ:rθ] 난로, 노변, 화덕, 가정.
trumpet [trʌ́mpit] 트럼펫, 나팔. prophecy [prɑ́fəsi] 예언.

작가 및 작품 해설

　퍼시 셸리는 (1792-1822) 잉글랜드 필드플레이스 출생하였고 섬세한 정감을
노래한 전형적인 서정 시인으로서, 영국 낭만파 중에서 가장 이상주의적인 비
전을 그렸다. 작품이나 생애가 압제와 인습에 대한 반항, 이상주의적인 사랑과
자유의 동경으로 일관하여 바이런과 함께 낭만주의 시대의 가장 인기 있는 작
가였다.

　주요 저서에는 16세기 로마에서 일어난 근친상간과 살인사건을 소재로 한
시극 대작 《첸치 일가》와 대표작 《사슬에서 풀린 프로메테우스》등이 있다.

　이 시는 5부로 구성되어있고, 각 부는 4개의 3행 연구와 한 개의 2행 연구
로 되어있어 형식적 엄밀함이 돋보인다. 이 시에서 "서풍"으로 명명된 바람은
계절의 순환을 나타내는 자연의 의미와 자유를 향한 개혁을 나타내는 정치적
의미, 그리고 시인의 창조력의 쇄신을 나타내는 시적 의미라는 다양한 주제를
포괄하는 이미지이다. 셸리는 『시의 옹호』에서 "시인은 세계의 인정받지 못한
입법자다"라는 말을 하여 사회와 대중에 끼치는 시와 시인의 예언적 역할을
강조하였다. 낭만주의 시대의 이러한 독특한 시론대로 시인은 이 시의 결구에
서 서풍의 거칠 줄 모르는 힘을 빌려 인류의 미래에 대한 자신의 전망과 예견

을 모든 사람들에게 널리 전해주었으면 하는 바람을 표현한다.

시인은 사회개혁을 향한 그의 반항정신을 자연현상에 투사하여 다시 그 기운을 소생시켜 달라고 기원한다. 1부에서 시인은 서쪽에서 거세게 불어오는 바람을 "가을의 숨결"로 칭하며 불러낸다. 죽은 잎들을 몰아가면서 또한 바람에 날리는 종자들을 봄이 올 때까지 겨울의 대지 위에 보존하는 바람을 가리켜 시인은 "파괴자이며 보존자"라 일컬으며 시적 영감을 달라고 기원한다.

2부에서는 거센 서풍이 하늘로 올라가 구름을 일으켜서 머지않아 몰고 올 비바람을 예견한다. 3부에서 시인은 서풍의 거센 힘을 동경하면서 그를 가리켜 "통제할 수 없는 자!"라 부른다. 시인은 곧 어린 시절 거칠 것 없이 뻗쳐오르던 자신의 힘을 상기하고 지금껏 세파에 시달려 무력하게 쓰러져 현재에는 사슬에 묶인 신세가 되었지만 어렸을 때는 자존심을 굽힐 줄 모르고 그 무엇으로도 통제할 수 없던 힘을 가졌던 자신이 마치 서풍과도 같았다고 한탄한다. 이어 5부에서는 그러한 서풍의 거센 정신을 자신에게 불어넣어 줄 것을 간절하게 기원한다.

[네이버 지식백과] 서풍에 부치는 노래 [Ode to the West Wind] (낯선 문학 가깝게 보기 : 영미문학, 2013. 11., 박미정, 이동일, 위키미디어 커먼즈)

27. Ozymandias / Percy Bysshe Shelly
오지만디아스 / 퍼시 비시 셸리

1연

I met a traveller from an antique land
고대(古代)의 나라로부터 온 한 여행자를 만났는데

Who said: "Two vast and trunkless legs of stone
그는 말했다: 두 거대하고 동체(胴體) 없는 돌다리가

Stand in the desert . Near them, on the sand,

사막에 서 있다. . . 그 옆, 모래 위엔

Half sunk, a shattered visage lies, whose frown,

부서진 얼굴이 반쯤 묻혀 있고, 그 얼굴의 찡그린

And wrinkled lip, and sneer of cold command,

주름 잡힌 입술 그리고 싸늘한 명령의 냉소는

Tell that its sculptor well those passions read

그 조각가가 왕의 정열을 읽었음을 말해준다.

Which yet survive, stamped on these lifeless things,

그런데 그 정열은, 이 생명 없는 물체에 찍혀,

The hand that mocked them, and the heart that fed;

그 정열을 비웃었던 손과, 일을 시켰던 마음보다 더 오래 남아 있다.

1연

traveller [trǽvlər] ⓝ여행자. antique [æntíːk] ⓐ골동품의, 고대의, ⓝ골동품, ⓥ골동품을 찾아다니다. antique land 여기에서는 이집트를 가리킴. vast [væst] ⓐ광대한, 거대한, ⓝ광막함. trunkless 줄기가 없는, 본체가 없는. desert [dézərt] ⓝ사막, ⓐ사막의, 불모의. [dizə́ːrt] ⓥ버리다, 돌보지 않다, sand [sænd] ⓝ모래, 사막, ⓥ모래를 뿌리다. sink [siŋk] ⓥ가라앉다, 내려앉다, 가라앉히다, 손상하다. ⓝ부엌의 수채, 하수구, 웅덩이. shatter [ʃǽtər] ⓥ산산이 부수다, ⓝ파편. visage [vízidʒ] ⓝ얼굴, 얼굴모습. half sunk, a shattered visage lies는 a shattered visage lies half sunk. 부서진 얼굴이 반쯤 묻힌 채 놓여 있다. sunk는 과거 분사로서 보어로 쓰임. frown [fraun] ⓥ얼굴을 찡그리다, ⓝ찡그린 얼굴. wrinkle [ríŋkəl] ⓝ주름, ⓥ주름을 잡다, 주름이 지다. sneer [sniər] ⓝ조소, 냉소, ⓥ조소하다, 재채기하다. command [kəmǽnd] ⓥ명령하다, 지배하다, 내려다보다, ⓝ명령, 지배, 조망. sculptor [skʌ́lptər] ⓝ조각가. passion [pǽʃən] ⓝ열정, 격노, 열애. those passions read는 read those passions. which는 주격 관계 대명사, 선행사

는 passions. survive [sərváiv] ⓥ ~의 후까지 생존하다, 오래 살다, 살아남다. stamp [stæmp] ⓝ스탬프, 인지, ⓥ날인하다, 인지를 붙이다. stamped는 과거분사로서 주격 보어로 쓰였음. 생명 없는 것들 위에 각인되어. mock [mɑk] ⓥ조롱하다, 흉내내다, 모방하다. ⓝ조롱, ⓐ모조의, 가짜의. feed [fi:d] ⓥ먹을 것 주다, 부양하다, 유지하다. ⓝ양육, 사육. the hand와 the heart 는 모두 survive의 목적어.

2연

And on the pedestal these words appear:

그리고 대좌(臺座)엔 이런 글이 적혀 있다:

"My name is Ozymandias, King of Kings:

"내 이름은 오지만디아스, 왕 중 왕이로다.

Look on my Works, ye Mighty, and despair!"

내 업적을 보라, 너희 강대한 자들아, 그리고 절망하라!"

Nothing beside remains. Round the decay

아무 것도 그 옆엔 남아 있는 게 없다. 그 거대한 허물어진

Of that colossal wreck, boundless and bare,

잔해(殘骸) 둘레엔, 한없이, 풀 한 포기 없이,

The lone and level sands stretch far away.

쓸쓸한 평평한 사막이 저 머얼리 뻗혀 있다.

(번역 이재호, 장미와 나이팅게일, 지식산업사, 1993, p.64-65)

2연

pedestal [pédəstl] ⓝ주춧대, 주각, 기초, ⓥ대에 올려놓다. appear [əpíər] ⓥ나타나다, ~로 보이다. Ozymandias 고대 이집트의 군주 Ramses 2세 (1292-1225 B.C.). look on 구경하다, ~에 향해 있다. work [wə:rk] ⓝ일, 작업, 작용, 작품, 공장, ⓥ일하다, 노력하다, 공부하다, 움직이다, 일을 시키

다. ye [ji:] thou의 복수형. 너희들. mighty [máiti] ⓐ강력한. 위대한. ye Mighty 강력한 그대들이여. despair [dispέər] ⓝ절망. ⓥ절망하다. beside 옆에. ~을 벗어나. besides 그밖에. 게다가. ~이외에. decay [dikéi] ⓥ썩다. ⓝ부패. colossal [kəlάsəl] ⓐ거대한. 어마어마한. wreck [rek] ⓝ난파. 파괴. 잔해. ⓥ난파시키다. 난파하다. round the decay of that colossal Wreck 그 거대한 잔해의 부식 주위에. boundless and bare 끝없이 헐벗은. level [lévəl] ⓝ수평. 평원. 표준. ⓐ수평의. 평평한. 같은 수준의. 공평한. 냉정한. ⓥ수평하게 하다. 조준하다. sands 사막. stretch [stretʃ] ⓥ뻗치다. 늘이다. 뻗다. ⓝ뻗기. 한 연속. far away 멀리.

작가 및 작품 해설

Percy Bysshe Shelly(1792-1822)는 영국 Sussex주 Horsham 근처의 Field Place에서 귀족 집안의 장남으로 태어나 Eton학교를 나오고 옥스퍼드 대학에 들어갔지만 그의 (무신론의 필요성)이란 팸플릿이 문제가 되어 퇴학을 당했다. 그는 누이동생의 친구 해리어트 웨스트브룩과 결혼하였지만 나중에 메리 고드윈을 만나 그녀와 함께 유럽으로 사랑의 도피를 떠났고 이에 충격을 받은 해리어트는 투신자살하고 말았다. 셸리는 마침내 1816년 메리와 결혼을 하였지만 영국 법정은 그를 국외로 추방시켰다. 1822년 그는 이태리 해안에서 익사를 하였고 로마의 신교도 묘지에 있는 키츠의 무덤과 가까운 곳에 묻혔다. 그는 바이런, 키츠와 함께 영국의 대표적인 후기 낭만주의 시인으로서 섬세한 미적 의식과 정치적, 인도적 자유사상을 겸비한 시인이다. 그의 주요 작품으로 (알래스터)(1815), (서풍부)(1819), (종달새에게)(1820), 등 있고 특히 (아도네이스)(1821)는 키츠의 죽음을 애도한 유명한 비가이다. (오지맨디어스)는 고대 이집트 왕 Ramses의 석상 이름을 딴 시로서 인간의 모든 허영은 결국 수포로 돌아간다는 교훈을 담은 시이다.

28. Casabianca / Felicia Hemans

카사비앙카 / 펠리시아 히먼스

The boy stood on the burning deck
소년은 불타는 갑판에 서 있었다.
Whence all but him had fled;
그곳에 그를 제외한 다른 병사들은 모두 피신했다.
The flame that lit the battle's wreck
그 전투의 난파선을 불태운 불길은
Shone round him o'er the dead.
소년 주위의 죽은 병사들을 비추었다.

Yet beautiful and bright he stood,
하지만 소년은 아름답고 빛나는 모습으로 서 있었다.
As born to rule the storm;
폭풍을 지배하기 위해 태어난 것처럼.
A creature of heroic blood,
비록 몸은 어리지만 당당하고
A proud, though child-like form.
영웅적인 혈통의 자손이었다.
The flames roll'd on - he would not go
불길이 닥쳤지만 그는 물러나려 하지 않았다.
Without his Father's word;
그의 아버지의 명령 없이는.
That Father, faint in death below,

갑판 아래에 쓰러져 죽어 있는 아버지는

His voice no longer heard.

더 이상 그의 목소리를 들을 수 없었다.

He call'd aloud: - "Say, Father, say

그는 큰 소리로 외쳤다. "말해주세요, 아버지,

If yet my task is done?"

제 임무는 이제 끝났나요?"

He knew not that the chieftain lay

소년은 알지 못했다. 쓰러진 함장이

Unconscious of his son.

아들의 목소리를 듣지 못한다는 것을.

"Speak, Father!" once again he cried

"말해주세요, 아버지!" 한 번 더 그는 소리쳤다.

"If I may yet be gone!

"이제 떠나도 되나요!

And" - but the booming shots replied,

그리고" 하지만 쾅 하는 포성이 대답했다,

And fast the flames roll'd on.

그리고 빠르게 불길이 휘몰아쳤다.

Upon his brow he felt their breath,

이마 위로 그는 불길을 느꼈다,

And in his waving hair,

휘날리는 머릿결로도.

And looked from that lone post of death,

그리고 죽음의 외로운 초소에서 그는

In still yet brave despair.

여전히 아직 비장한 절망에 처한 듯 보였다.

And shouted but one more aloud,

그리고 마지막으로 한 번 더 소리쳤다.

"My Father, must I stay?"

"아버지, 제가 여기 있어야만 하나요?"

While o'er him fast, through sail and shroud,

그 때 그의 몸 위로 빠르게, 돛과 돛대 줄을 지나

The wreathing fires made way,

휘몰아치는 불길이 지나갔다.

They wrapt the ship in splendour wild,

불길은 거칠게 번쩍이며 배를 휘감고

They caught the flag on high,

높이 깃발을 덮쳤으며

And streamed above the gallant child,

마침내 용감한 아이 위로 밀려왔다.

Like banners in the sky.

하늘의 깃발들처럼.

There came a burst of thunder sound -

우레 같은 폭발 소리가 들려왔고

The boy - oh! where was he?

소년은- 오! 그는 어디로 갔는가?

Ask of the winds that far around

바람에게 물어보라, 저 멀리

With fragments strewed the sea!

바다 위로 간간히 몰아치는!

With mast, and helm, and pennon fair,

돛대와, 키, 그리고 아름다운 깃발은

That well had borne their part -

모두 자신의 역할을 다했다.

But the noblest thing which perished there

하지만 거기에서 사라진 가장 고귀한 것은

Was that young faithful heart!

저 충실한 젊은 가슴이었다!

(번역 동일성)

deck [dek] 갑판, ~에 갑판을 대다. whence [hwens] (의문사) 어디, 어디서, (관계사) ~하는, 거기서부터, 그리하여, ~하는 그곳, 그곳, 나온 곳, 유래, 근원. flee [fliː] 달아나다, 도망하다, 피하다. light [lait] 빛, 광선, 밝음, 밝은, 불을 켜다, 점화하다, 불태우다, 환해지다, 불이 붙다. wreck [rek] 난파, 파괴, 잔해, 난파시키다. shine [ʃain] 빛나게 하다, 비추다, 빛나다, 번쩍이다. bright [brait] 빛나는, 밝은, 명랑한, 빛남, 광휘. creature [kríːtʃər] 창조물, 피조물. proud [praud] 거만한, 자존심 있는, 당당한, 훌륭한. roll on 계속 굴러가다, 밀어닥치다. faint [feint] 희미한, 약한, 부족한, 실신한, 실신, 기절, 졸도, 실신하다, 졸도하다. unconscious [ʌnkɑ́nʃəs] 무의식의, 깨닫지 못하는, 의식 불명의, 인사불성의, 무의식. chieftain [tʃíːftən] 수령, 추장, 두

목, 지휘관. shot [ʃɑt] 발포, 발사, 포성, 포탄, 조준, 사격, 총알을 재다. brave [breiv] 용감한, 훌륭한, 멋진. despair [dispɛ́ər] 절망, 자포자기, 절망하다. sail [seil] 돛, 돛단배, 항해, 항해하다. shroud [ʃraud] 수의, 장막, 돛대 줄, 수의를 입히다, 감싸다. wreath [riːθ] 화관, 화환. wreathe [riːð] 화환으로 장식하다, 휘감다. make way 양보하다, 자리를 내주다. splendor [spléndər] 빛남, 광휘, 훌륭함. gallant [gǽlənt] 씩씩한, 용감한(사람). banner [bǽnər] 기, 국기, 기치, 표지, 뛰어난, 기를 달다. burst [bəːrst] 파열, 폭발, 파열하다, 폭발하다. far around 저 멀리. fragment [frǽgmənt] 단편, 조각, 부스러기. strew [struː] 흩뿌리다, 온통 뒤엎다, 퍼뜨리다. mast [mæst] 돛대, 기둥, 돛대를 세우다. helm [helm] 키, 타륜, 조타 장치, 키를 조정하다, 지도하다. pennon [pénən] 길쭉한 삼각기, 창에 다는 기, 기(旗), 날개. faithful [féiθfəl] 충실한, 성실한, 믿을 수 있는, 정확한.

작가 및 작품 해설

펠리시아 히먼스(1793-1835)는 일곱 남매 중 다섯 번 째로 리버풀에서 태어났다. 아버지의 사업 실패로 1809년경에 웨일즈로 이사 가서 그녀의 일생 대부분을 웨일즈에서 보냈다가 1812년 히먼스 대위와 결혼해서 다섯 아들을 두었으며 1831년에 더블린으로 이사했다가 1835년 심장병으로 사망했다.

그녀는 몇 편의 드라마를 썼으나 성공하지 못하였고 14세 때 첫 시집을 낸 후 모두 19권의 시집을 냈으며 윌리엄 워즈워드와 조지 바이런의 영향을 받은 낭만파 여류시인이다.

이 시는 그녀의 가장 잘 알려진 시로서 1798년 영국과 프랑스 간의 나일강 해전에서 프랑스 함선 오리앙에 타고 있던 13세 소년 카사비앙카의 죽음을 소재로 한 시이다. 소년은 아버지인 함장의 명령 없이는 초소를 떠나지 않겠다고 하며 끝까지 버티다가 결국 장렬한 죽음을 맞이한다. 소년의 죽음을 불사하는 책임감과 애국심은 독자들에게 깊은 감동을 자아내고 있다.

29. A thing of beauty / John Keats
아름다운 것 / 존 키츠

A thing of beauty is a joy for ever:

아름다운 것은 영원한 기쁨.

Its loveliness increases; it will never

그 사랑스러움은 커져만 갈뿐, 결코 흔적 없이

Pass into nothingness; but still will keep

사라지진 않아, 아니 여전히 우릴 위해

A bower quiet for us, and a sleep

나무 그늘을 조용히 지켜주고, 잠을 달콤한 꿈으로 가득 채우고

Full of sweet dreams, and health, and quiet breathing.

건강을 그리고 평온한 숨결을 지켜줄 거야.

Therefore, on every morrow, are we wreathing

그리하여 우리는, 아침마다

A flowery band to bind us to the earth,

우리를 지상에 묶어 놓을 꽃띠를 엮고 있지.

Spite of despondence, of the inhuman dearth

낙담, 고결한 품성의 비인간적 결핍, 우울한 나날들,

Of noble natures, of the gloomy days,

그리고 우리의 탐색을 위해 만들어진

Of all the unhealthy and o'er-darkened ways

모든 해롭고 지나치게 암울한 길들에도 불구하고...

Made for our searching: yes, in spite of all,

그렇지, 모든 것에도 불구하고,

Some shape of beauty moves away the pall

몇몇 아름다운 모습들이 우리의 어두운 영혼으로부터

From our dark spirits. Such the sun, the moon,

그 장막을 걷어 내고 있어. 해와 달. 그리고 순박한 양들을 위해

Trees old, and young, sprouting a shady boon

필요한 그늘을 싹틔우는 늙고 젊은 나무들이 그렇고,

For simple sheep; and such are daffodils

그들이 살고 있는 푸른 세상에게

With the green world they live in; and clear rills

수선화가 그러하다.

That for themselves a cooling covert make

뜨거운 계절에 대비하여 스스로 서늘한 은신처를

'Gainst the hot season; the mid forest brake,

만드는 맑은 실개천. 아름다운 사향 장미꽃이 뿌려져

Rich with a sprinkling of fair musk-rose blooms:

풍부한 숲속의 덤불,

And such too is the grandeur of the dooms

그리고 위대한 죽은 이에 대해 우리가 상상했던

We have imagined for the mighty dead;

운명의 장엄함이 또한 그러하고.

(All lovely tales that we have heard or read:

우리가 들었거나 읽었던 사랑스런 모든 이야기들.)

An endless fountain of immortal drink,

천국의 가장자리로부터 우리에게 쏟아지는

Pouring unto us from the heaven's brink.

끝없이 샘솟는 영생불멸의 샘물이 또한 그러하네.
(번역 이선우, 젊은이들을 위한 키워드로 읽는 영시, 도서출판 재하, 2021, p.176-179)

pass into ~이 되다. nothingness 존재하지 않음, 무, 공. bower [báuər] 나무 그늘, 정자, 암자, 으뜸패, 가지로 덮다. wreath [riːθ] 화관, 화환. wreathe [riːð] 화환 따위로 ~을 장식하다. band [bænd] 일대, 무리, 악단, 끈, 띠, 끈으로 동이다, 단결하다. despondence [dispɑ́ndəns] 낙담, 의기소침. inhuman [inhjúːmən] 인정 없는, 잔인한. dearth [dəːrθ] 부족, 결핍. unhealthy [ʌnhélθi] 건강하지 못한, 병든, 불건전한. pall [pɔːl] 관 등을 덮은 보, ~에 관덮개를 덮다. sprout [spraut] 싹이 트다, 발아하다. shady [ʃéidi] 그늘의, 그늘을 이루는. boon [buːn] 은혜, 이익, 부탁, 친절한. daffodil [dǽfədil] 나팔 수선화. rill [ril] 실개천, 작은 내가 되어 흐르다. covert [kʌ́vərt] 숨은, 덮인, 덮어 가리는 것, 은신처. mid [mid] 중앙의, 가운데의. brake [breik] 제동, 제동기, 제동을 걸다, 고사리, 숲, 덤불. musk rose 사향장미. sprinkle [spríŋkəl] 뿌리다, 비가 부슬부슬 내리다. sprinkling 흩뿌리기, 살포. immortal [imɔ́ːrtl] 죽지 않는, 불멸의, 영원한, 불사신.

작가 및 작품 해설

영국 낭만주의 시인들 중 막내인 존 키츠(John Keats, 1795~1821)는 1795년 10월 31일 영국의 런던 페이브먼트 로 무어필즈 24번지에서 마차 대여업자의 고용인인 아버지와 그 집의 딸인 어머니 사이에서 장남으로 태어났다. 키츠는 학교에서 책을 많이 읽었으며, 키가 다 컸을 때 154cm였을 정도로 작고 몸은 약했지만, 명랑하고 싸움도 잘하고 매우 남자다운 성향을 지녔으며, 행복한 학교생활을 한 것으로 알려져 있다. 그러나 어려서 부모를 여의고 동생의 죽음을 목격하면서 일찍이 인간 삶의 고통과 슬픔을 경험한 그는 약제사 겸 외과의가 될 생각으로 학교를 마친 후 병원에서 견습생을 거쳐 의사와 약제사 면허를 받지만 문학에 심취해 개업을 포기하고 문학 서적을 읽으며 인간 삶의 고통과 우울, 그리고 이에 대한 해독제로서의 사랑과 영원한 아름다움에 대한 시들을 쓰기 시작한다.

키츠에게 문학적으로 영향을 끼치는 사람들을 만나는 일련의 과정을 통해 그는 영국 낭만주의 시인의 막내가 될 초석을 닦은 셈이라고 할 수 있는데, 그는 첫 작품집 『시집(Poems)』에 이어 『엔디미온(Endymion)』을 출간하고, 여러 작품들을 발표하며 유명한 시인이 된다. 결핵을 치료하기 위해 이탈리아 로마로 가서 스페인 광장 26번지(26 Piazza Di Spagna)에 방을 얻어 지내다가 1821년 2월 23일에 스물여섯 살의 젊은 나이로 죽어 로마의 신교도 묘지에 묻히고 만다. 그의 묘비에는 엘리자베스 시대의 극작가인 프랜시스 보몬트(Francis Baumont)의 『필래스터(Philaster)』에서 따온 문구인 "여기 물 위에 이름을 쓴 자가 누워 있노라(Here lies one whose name was writ in water)"가 쓰여 있다.

[네이버 지식백과] 존 키츠 [John Keats] (해외저자사전, 2014. 5.)

이 시는 1818년에 출판된 키츠의 장편시 엔디미언의 서두에 나오는 시의 일부이다. 엔디미언은 4권으로 되었는데 각 권당 약 1000줄 정도 되는 방대한 장편시로서 엔디미언(달의 여신 셀레네가 사랑하는 목동 이름)이라는 그리스 신화를 바탕으로 쓴 시라고 한다.

키츠는 이 시에서 이 세상이 비록 낙담과 천박한 천성, 우울한 나날, 어두운 미로가 넘쳐나고 있다고 하더라도 영웅의 위대한 죽음, 아름다운 이야기들, 영원한 천국의 샘물과 자연의 아름다움이 우리의 어두운 영혼을 덮고 있는 죽음의 덮개를 치워준다고 하고 있다.

30. Bright star / John Keats
빛나는 별이여 / 존 키츠

Bright star, would I were stedfast as thou art -
빛나는 별이여, 내가 그대처럼 한결 같다면

Not in lone splendour hung aloft the night

아니, 밤하늘 높이 외로운 광휘 속에,

And watching, with eternal lids apart,

마치 자연의 참을성 많고 잠 없는 은자처럼

Like nature's patient, sleepless Eremite,

눈꺼풀을 영원히 뜨고

The moving waters at their priestlike task

지상의 인간 해안 주변을 깨끗이 씻는

Of pure ablution round earth's human shores,

성자같이 일하는 물결의 흐름을 지켜보거나,

Or gazing on the new soft-fallen mask

산과 들판에 새로이 부드러이 내린 눈 가면을

Of snow upon the mountains and the moors -

가만히 응시하는 것이 아니라,

No - yet still stedfast, still unchangeable,

아니, 다만 여전히 한결같이, 여전히 변함없이,

Pillow'd upon my fair love's ripening breast,

내 아름다운 연인의 무르익는 가슴을 베게 삼아 누워

To feel for ever its soft fall and swell,

그 부드러운 오르내림을 영원히 느끼며

Awake for ever in a sweet unrest,

달콤한 불안에 영원히 깨어 있으면서,

Still, still to hear her tender-taken breath,

영원히, 그녀의 부드러운 숨소리에 영원히 귀 기울이며,

And so live ever - or else swoon to death.

그렇게 영원히 살고 싶어라. 그게 아니면 서서히 죽음으로 사라지어라.

(번역 허현숙, 빛나는 별, 존 키츠의 러브레터와 대표시, 존 키츠 지음, 솔 출판사, 2012, p.89)

steadfast [stédfæ̀s] 확고부동한, 고정된. lone [loun] 혼자의, 외톨의, 짝이 없는, 외로운. splendor [spléndər] 빛남, 광휘, 광채, 호화, 훌륭함. aloft [əlɔ́ft] 위에, 높이. eternal [itə́:rnəl] 영구한, 영원히 변치 않는, 불멸의. lid [lid] 뚜껑, 눈꺼풀. patient [péiʃənt] 인내심이 강한, 끈기 좋은, 환자. eremite [érəmàit] (특히 기독교의) 은자. sleepless [slí:plis] 잠 못 자는, 잠들 수 없는. priest [pri:st] 성직자, 목사. ablution [əblú:ʃən] 몸을 씻음, 목욕재계. moor [muər] 황무지, 광야. pillow [pílou] 베개, 베개를 베다. unrest 불안, 걱정. swoon [swu:n] 기절, 졸도, 기절하다, 쇠약해지다, 황홀해지다.

작품 해설

  이 시에서 시인은 빛나는 별을 바라보면서 별의 한결같음을 원하면서도 은자처럼 출렁이는 물결을 바라보기만 하거나 산야에 부드럽게 떨어진 눈을 바라보기만 하는 것은 원치 않는다. 그보다는 세상으로 나와서 사랑하는 여인의 젖가슴에 누워 숨결을 영원히 느끼고 싶어 한다. 그리고 그러한 꿈이 실현되지 않으면 차라리 죽는 것이 낫다고 생각한다. 연인에 대해 감각적인 애정을 표현한 사랑의 시라고 볼 수 있다.

31. Ode on a Grecian Urn / John Keats

그리스 항아리 / 존 키츠

1연

Thou still unravished bride of quietness,

너 아직도 더럽혀지지 않은 고요한 신부(新婦)여,

Thou foster-child of silence and slow time,

너 침묵과 느린 시간의 양자(養子)여.

Sylvan historian, who canst thus express

우리들의 시(詩)보다 더 감미로이 꽃다운 이야기를

A flowery tale more sweetly than our rhyme:

이처럼 표현할 수 있는 숲의 역사가여.

What leaf-fringed legend haunts about thy shape

무슨 가장자리 잎으로 꾸며진 신(神)들 혹은 인간들 혹은 둘 다의

Of deities or mortals, or of both,

전설이 네 모습가에 떠도는가.

In Tempe or the dales of Arcady?

템페인가 혹은 아르카디아의 골짜기인가?

What men or gods are these?

이들은 무슨 사람들 혹은 신들인가?

What maidens loth?

무슨 처녀들이 수줍어하는가?

What mad pursuit? What struggle to escape?

얼마나 미친 듯 뒤쫓는가? 도망치려 얼마나 몸부림치는가?

What pipes and timbrels? What wild ecstasy?

무슨 피리며 북들인가? 얼마나 미칠 듯한 황홀인가?

1연

ode [oud] 송시. urn [əːrn] 항아리. 단지. 자기. thou [ðau] 그대. 그대는. ravish [rǽviʃ] 강간하다. 황홀하게 하다. bride [braid] 신부. quiet [kwaiət] 고요한. 고요. foster [fɔ́ːstər] 조성하다. 발전시키다. 기르다. 양육하다. foster child 위탁 양육 아동. 수양자녀. sylvan 나무가 우거진. 숲의. 시골의. thus 이렇게 하여. 따라서. 그러므로. 그래서. canst [kænst] 주어가 thou 일 때의 can. flowery [flauəri] 꽃으로 덮인. 꽃무늬의. 꽃향기 나는. 너무 복잡한. rhyme 운. 운문. 시. 운이 맞다. 운을 맞추다. fringe [frindʒ] 앞머리. 술. 둘레를 형성하다. 장식을 꾸미다. deity [deiəti] 신. 하나님. mortal [mɔːrtl] 죽는. 치명적인. 인간. Tempe 템페 계곡(그리스 Thessaly 지방의 Olympus 산과 Ossa 산 사이의 계곡). Arcady [aːrkədi] Arcadia 아르카디아(목가적 이상향). maiden [meidn] 처녀. 아가씨. loth는 loathe [louð] 혐오하다. 싫어하다. timbrels는 탬버린.

2연

Heard melodies are sweet, but those unheard
들리는 멜로디는 아름답다. 그러나 들리지 않는 멜로디가
Are sweeter; therefore, ye soft pipes, play on;
더욱 아름답다. 그러니 부드러운 피리들아. 계속 불어라.
Not to the sensual ear, but, more endeared,
육체의 귀에다 불지 말고. 더욱 친밀히.
Pipe to the spirit ditties of no tone:
영혼에다 불어라 소리 없는 노래를.
Fair youth, beneath the trees, thou canst not leave
나무 아래 있는 아름다운 젊은이여. 그대는 노래를

112

Thy song, nor ever can those trees be bare;

그칠 수 없고 또 저 나무들도 잎이 질 수 없으리.

Bold Lover,

대담한 여인이여,

never, never canst thou kiss,

결코, 결코 그대는 키스하지 못하리

Though winning near the goal - yet, do not grieve;

비록 목표 가까이 닿긴 해도 - 그러나, 비탄하지 말라.

She cannot fade, though thou hast not thy bliss,

비록 그대 행복을 찾지 못할지라도, 그녀는 시들 수 없으니,

For ever wilt thou love, and she be fair!

영원히 그대는 사랑할 것이며 그녀는 아름다우리!

2연

pipe [paip] 관, 파이프, 피리, 수송하다. ye 그대들, 너희들. endear [indiər] 사랑받게 하다, 사모하게 하다, 가치를 높게 하다. ditty [diti] 짤막한 노래. grieve [giri:v] 비통해 하다, 대단히 슬프게 만들다. bliss [bris] 더 없는 행복. wilt [wilt] 고어로서 will 의 2인칭 단수.

3연

Ah, happy, happy boughs! that cannot shed

아, 행복한, 행복한 가지들이여!

Your leaves, nor ever bid the Spring adieu;

잎을 지게 할 수도 없고, 봄에 작별을 고할 수도 없는,

And, happy melodist, unwearied,

그리고 영원히 새로운 노래를 영원히 피리 부는

For ever piping songs for ever new;

지칠 줄 모르는 연주자여.

More happy love! more happy, happy love!

한층 더 행복한 사랑! 한층 더 행복하고 행복한 사랑이여!

For ever warm and still to be enjoyed,

영원히 따뜻하고 언제나 즐길 수 있고,

For ever panting, and for ever young;

영원히 헐떡거리며 영원히 젊은.

All breathing human passion far above,

몹시 슬픔에 잠기게 하거나 쾌락에 물리게 하는

That leaves a heart high-sorrowful and cloyed,

모든 숨 쉬는 인간의 정열을,

A burning forehead, and a parching tongue.

불타는 이마, 타는 듯한 혀를 초월한 사랑이여!

3연

bough [bau] 가지. shed 헛간, 비추다, 조명하다, 없애버리다, 흘리다, 벗다.
adieu [ədjúː] 작별, 안녕. melodist [melədist] 선율이 아름다운 성악가, 연주
가. cloy [klɔi] 물리다, 질리다. parch [pɑːrtʃ] 볶다, 굽다, 그을리다, 바짝 말
리다.

4연

Who are these coming to the sacrifice?

제사 지내는 곳으로 오고 있는 이들은 누군가?

To what green altar, O mysterious priest,

어느 푸른 제단(祭壇)으로, 오 신비로운 사제(司祭)여,

Lead'st thou that heifer lowing at the skies,

그대는 하늘을 보며 우는 저 송아지를 데리고 가는가

And all her silken flanks with garlands dressed?

- 명주 같은 허리에 온통 꽃다발을 두르고서?

What little town by river or sea shore,

강가, 혹은 바닷가, 혹은 평화로운 성곽(城廓)으로

Or mountain-built with peaceful citadel,

산 위에 지어진 어떤 작은 타운이,

Is emptied of this folk, this pious morn?

이 경건스런 아침, 인적이 끊어졌는가?

And, little town, thy streets for evermore

그리고 작은 타운이여, 네 거리는 영원히

Will silent be; and not a soul, to tell

조용하리라, 그리고 한 사람도,

Why thou art desolate, can e'er return.

왜 네가 황폐케 되었는지, 말하러 돌아올 수 없으리.

4연

sacrifice [sǽkrəfɑis] 희생, 제물, 희생하다, 제물로 바치다. altar [ɔ́:ltər] 제단, 성찬대. heifer [féfər] 어린 암소. low [lou] 낮은, 낮게, 소가 음매 울다. garland [gɑ́:rlənd] 화환, 화환을 씌우다. drest [drest] 고어, 시어에서 dress의 과거, 과거분사. citadel [sitədl] 성채, 요새. morn [mɔ:rn] 시어로서 morning. for evermore 영원히. desolate [désəlit] 황폐한, 쓸쓸한.

5연

O Attic shape! Fair attitude! with brede

115

오 아티카의 형체여! 아름다운 자태여!

Of marble men and maidens overwrought,

대리석 남자와 처녀들의 그림과

With forest branches and the trodden weed;

숲의 나뭇가지와 짓밟힌 잡초로 온 표면이 수놓인,

Thou, silent form, dost tease us out of thought

말없는 형상이여, 너는 영원처럼

As doth eternity: Cold Pastoral!

우리를 생각이 미칠 수 없게 괴롭히는구나, 차가운 목가(牧歌)여!

When old age shall this generation waste,

늙음이 이 세대(世代)를 황폐케 할 때,

Thou shalt remain, in midst of other woe

너는 우리의 고통과는 다른 고통의

Than ours, a friend to man, to whom thou say'st,

한복판에서, 인간에게 친구로 남으리, 그리고 인간에게 말하리,

"Beauty is truth, truth beauty," — that is all

"아름다움은 진리이고, 진리는 아름다움"이라고, – 이것이

Ye know on earth, and all ye need to know.

너희들이 이 세상에서 아는 전부고, 알 필요가 있는 전부다.

(번역 이재호, 장미와 나이팅게일, 지식산업사, 1993, p.208-213)

5연

Attic 옛 그리스의 아티카. attitude [ǽtitjːd] 태도, 자세, 마음가짐. brede [bliːd]는 braid [breid] 끈, 노끈, 땋은 머리, 땋다, 짜다, 꼰 끈으로 꾸미다. overwrought 온통 장식품을 붙인. dost [dʌst] do의 2인칭 단수 직설법 현재(thou가 주어일 때). doth [dʌθ] do 의 3인칭 단수 직설법 현재. pastoral

[pǽstərəl] 목가. 전원시. 목자의. ye [ji] thou의 복수형. 그대들. woe [wou]
비애. 고뇌. 고통.

작품 해설

그리스 자기(瓷器)에 부치는 노래는 완벽한 침묵의 이미지와 함께 시작된다.
고대 자기의 표면에는 여러 형태의 무늬와 그림들이 장식되어 있었을 것이고
그들의 내용은 신화 속의 수많은 신들과 인간들의 모습일 것이다. 이렇게 옛
적의 신화를 담고 있기 때문에 이 자기는 '숲 속의 역사가'가 될 수 있고 나뭇
잎의 장식이 신화를 수놓고 있기 때문에 '잎으로 술 장식을 한 전설'이 될 수
있는 것이다.

또한 디오니소스의 축제라도 하듯 조각된 남녀 상들은 피리와 북을 연주하
며 광란의 춤과 음악을 즐기고 있기 때문에 '광란의 환희'라고 표현될 수 있
다. 이러한 열기 속에서 어떤 여인들은 사내들의 음욕스러운 추적을 피하기
위해 필사의 몸부림을 치고 있으나 광란의 축제가 암시하듯 그들의 몸짓은 두
려움으로부터의 도주를 의미하지 않고 오히려 그러한 도주와 함께 환희를 기
대하는 것처럼 보인다.

이러한 환희에 찬 추적과 도피의 모습이 보이고 더욱이 피리와 퉁소, 북 등
이 눈에 띄지만, 생명이 없는 고대 자기는 아무 소리도 내지 않고 있다. 그러
나 그와 같이 들을 수 없는 선율을 시각에 호소하는 영감적인 장면은 보는 이
로 하여금 들을 수 있는 눈을 갖게 한다. 또한 이 작품 역시 키츠의 다른 시
와 같이 두 개의 감각, 즉 시각과 청각이 서로 긴밀히 연합된 공감각이 더할
수 없는 정적의 상태를 만들어 내어 심미적 효과를 극대화하고 있다. 작품에
서 노리는 이 정적의 효과는 두 연인의 몸짓에 초점이 맞춰지면서 완전해진
다. 애욕스러운 추적과 환희의 도피 끝에 두 연인은 낙원 속의 나무 아래 자
리를 잡고 사랑의 행위를 시작하려 한다. 하지만 그 용감한 애인(추적자)은 달
콤한 첫 키스마저 성사시키지 못한다. 여인의 입술에 아슬아슬하게 접근한 그
의 입술은 결코 원하는 목적지에 다다를 수 없었던 것이다.

그의 입술이 자기와 함께 굳어서 영원 속에 멈추어 버렸기 때문에 실망할
필요가 없다고 시는 노래한다. 그녀의 입술 역시 결코 사라지지 않고 연인 앞
에 영원히 멈추어 있기 때문이다. 그들의 열정, 젊음, 미는 이 자기 속에 영원

히 살아서 숨 쉬게 될 것이다. 그 누구도, 그 어느 세대도 이들의 전설을 지울 수 없으리라. 그렇기 때문에 이 자기는 '강탈당하지 않은 침묵의 색시'가 되는 것이다. 이러한 영원한 전설의 혼을 품고 있는 자기를 보면서 관찰자는 감정 이입을 통하여 자기 속에 몰입하게 되고 마침내는 도자기와의 완전한 일치를 이루게 된다. 감정이입을 통한 자연 및 사물과의 완전한 동화는 키츠에 있어서 감각적 경험의 본체에 접근하기 위한 필연적 선행과정이다.

[네이버 지식백과] 그리스 자기(瓷器)에 부치는 노래 [Ode on a Grecian Urn] (낯선 문학 가깝게 보기 : 영미문학, 2013. 11., 이동일, 위키미디어 커먼즈)

32. Ode to a Nightingale / John Keats

나이팅게일에게 바치는 오드 / 존 키츠

1연

My heart aches, and a drowsy numbness pains

내 가슴은 쓰리고, 졸립게 하는 마비가 내 감각에

My sense, as though of hemlock I had drunk,

고통을 주는구나. 마치 잠시 전에 독당근을 마시거나

Or emptied some dull opiate to the drains

어떤 감각을 둔하게 하는 아편을 찌꺼기 까지 들이켜

One minute past, and Lethe-wards had sunk;

망각(忘却)의 강 쪽으로 가라앉기나 한 듯이:

'Tis not through envy of thy happy lot,

이는 네 행복한 신세를 부러워해서가 아니라

But being too happy in thine happiness, -

네 행복에 너무 행복해서 -

That thou, light-winged Dryad of the trees,

가벼운 날개 달린 나무의 정령(精靈)인 네가

In some melodious plot

푸른 너도밤나무의

Of beechen green, and shadows numberless,

어느 선율적인 곳에서, 헤아릴 수 없는 그늘에서,

Singest of summer in full-throated ease.

마음 놓고 목청 높이 여름을 노래하기 때문이라.

1연

ache [eik] 아프다, 못 견디다, 통증. drowsy [drauzi] 졸리는, 나른하게 만드는. numbness [nʌmnis] 마비, 저림, 무감각. hemlock [hemlaːrk] 독미나리, 독미나리 독. opiate [oupiət] 아편이 든 약, 아편제. dull [dʌl] 따분한, 재미없는, 흐릿한, 무딘. lethe [liːəi] 레테, 망각의 강. ward [wɔːrd] 보호, 감독, 감방, 병실, 병동, 받아넘기다, 피하다. Dryad [draiæd] 나무의 요정. melodious [məloudiəs] 듣기 좋은, 음악 같은. plot [plaːt] 구성, 줄거리, 소구획, 음모, 구상하다, 음모를 꾸미다. beechen [biːtʃən] 너도밤나무의. green 녹색의, 야채의, 녹색, 초원. throated [θroutid] ~한 목을 가진, ~한 소리가 나는. ease [iːz] 쉬움, 용이, 편의성, 편안함.

2연

O for a draught of vintage! that hath been

아 오랜 세월 깊이 파인 땅속에서 냉각되어

Cool'd a long age in the deep-delved earth,

'꽃의 여신 플로라'와 시골 목장, 춤,

119

Tasting of Flora and the country green,

프로방스의 노래와 햇볕에 탄 기쁨이

Dance, and Provencal song, and sunburnt mirth!

맛도는 포도주를 한 잔 들이켰으면!

O for a beaker full of the warm South,

아, 따뜻한 남불(南佛)로 가득 찬, 진짜

Full of the true, the blushful Hippocrene,

진홍빛 히포크린 영천(靈泉)으로 가득 찬,

With beaded bubbles winking at the brim,

잔 가에 염주방울이 윙크하는,

And purple-stained mouth;

입가가 자줏빛으로 물든 포도주를 한잔 했으면,

That I might drink, and leave the world unseen,

그래서 술을 들이켜 내가 이 세상을 남몰래 빠져나가

And with thee fade away into the forest dim:

너와 함께 어슴푸레한 숲 속으로 사라져버렸으면.

2연

draught 한줄기 찬바람, 한 모금. vintage [vintidʒ] 포도주, 포도수확기. delve [delv] 뒤지다, 파들어 가다, 캐내다. Flora [plɔːrə] 식물군, 플로러(꽃의 여신). provencal [prouvənsaːl] 프로방스 사람(말). mirth [məːrə] 웃음소리, 즐거움. beaker [biːkə] 비커(컵). blushful [blʌʃfəl] 얼굴을 붉히는, Hippocrene [hipəkriːn] 히포크리네 샘, 시상(詩想).

3연

Fade far away, dissolve, and quite forget

멀리 사라져, 녹아져, 아주 잊어버렸으면,

What thou among the leaves hast never known,

네가 잎 새 사이에서 한 번도 알지 못했던 것을,

The weariness, the fever, and the fret

이 곳 세상의 피로, 열병과 초조를,

Here, where men sit and hear each other groan;

여기선 사람들은 앉아 서로의 신음 소리를 듣고;

Where palsy shakes a few, sad, last gray hairs,

중풍 환자가 마지막 몇 가닥 남은 슬픈 백발을 떨고,

Where youth grows pale, and spectre-thin, and dies;

젊은이는 파리하고, 유령처럼 여위어 죽고,

Where but to think is to be full of sorrow

생각만 해도 슬픔과

And leaden-eyed despairs:

게슴츠레한 절망으로 가득차고,

Where Beauty cannot keep her lustrous eyes,

미녀(美女)는 빛나는 눈을 간직할 수가 없고,

Or new Love pine at them beyond to-morrow.

새 '사랑'도 내일을 넘어 그녀의 눈을 그리워 할 수가 없다.

3연

palsy [pɔ́:lzi] 중풍. spectre [spéktər] 불안, 유령. leaden [ledn] 납빛의, 탁한 회색의, 무거운. lustrous [lʌ́strəs] 광택 있는, 윤기 흐르는. pine [pain] 소나무, 몹시 슬퍼하다.

4연

Away! away! for I will fly to thee,

그만둬! 술은 그만! 왜냐하면 나는 네게 날아갈 테니,

Not charioted by Bacchus and his pards,

표범이 끄는 바커스의 전차(戰車)를 타지 않고,

But on the viewless wings of Poesy,

눈에 띄지 않는 시(詩)의 날개를 타고서,

Though the dull brain perplexes and retards:

비록 둔한 두뇌가 혼란케 하고 더디게 하지만:

Already with thee! tender is the night,

벌써 네게 왔어! 밤이 온화하구나,

And haply the Queen-Moon is on her throne,

때마침 달 여왕님이, 주위에

Cluster'd around by all her starry Fays;

별 요정들로 둘러싸여, 왕좌에 앉아 있네.

But here there is no light,

하지만 여기엔 빛이 없다,

Save what from heaven is with the breezes blown

오직 푸른 어둠과 꾸불꾸불한 이끼 낀 길을 통해

Through verdurous glooms and winding mossy ways.

하늘로부터 산들바람에 불려오는 빛뿐.

4연

away [əwéi] 떨어져서, 저쪽으로, 부재하여, 집에 없어, 저리 가. chariot [t∫ǽriət] 마차, 전차. Bacchus [bǽkəs] 바커스(주신). pard [pa:rd] 동료, 표

범. viewless [vjuːlis] 눈에 보이지 않는. 선견지명이 없는. Poesy [pouəsi] 시. perplex [pərpleks] 당혹케 하다. retard 지연시키다. haply [hæpli] 우연히. 아마. 어쩌면. throne [θroun] 왕좌. 옥좌. cluster [klʌstər] 무리. 모이다. starry [staːri] 별이 총총한. 별 같은. Fay [fei] 요정. 예쁜 아이. 백인. 밀착시키다. verdurous [vəːrdʒərəs] 푸릇푸릇한. 신록의. massy [mɔːsi] 이끼로 뒤덮인. 이끼가 낀.

5연

I cannot see what flowers are at my feet,

나는 볼 수가 없다. 무슨 꽃이 내 발밑에 있는지,

Nor what soft incense hangs upon the boughs,

또 무슨 부드러운 향내가 이 가지들에 달려 있는지,

But, in embalmed darkness, guess each sweet

그러나, 향긋한 어둠 속에서, 짐작한다

Wherewith the seasonable month endows

계절의 달이 풀. 잡목숲과 야생 과실나무에게

The grass, the thicket, and the fruit-tree wild;

주는 온갖 향기를,

White hawthorn, and the pastoral eglantine;

하얀 꽃 피는 산사나무. 그리고 목장의 찔레꽃,

Fast fading violets cover'd up in leaves;

잎에 가려져 급히 시드는 제비꽃.

And mid-May's eldest child,

그리고 5월 중순의 맏아들인

The coming musk-rose, full of dewy wine,

이슬로 가득 찬. 여름저녁 날벌레들이 붕붕대는

The murmurous haunt of flies on summer eves.

피어오는 사향(麝香)장미를.

5연

incense [insens] 향, 화나게 하다. bough [bau] 가지. embalm [imbaːrm] 방부처리를 하다. wherewith 무엇으로, 그것으로. seasonable 계절에 알맞은, 적절한. endow [indau] 기부하다. thicket [θikit] 덤불, 잡목숲, 복잡하게 얽힌 것. hawthorn [hɔːθɔrn] 산사나무. pastoral [pǽstərəl] 목회자의, 목가적인, 목축의. eglantine [eglǝntain] 들장미. violet [vaiǝlǝt] 제비꽃, 보라색. musk-rose [mʌskrouz] 사향장미. murmurous [mə́ːrmǝrǝs] 살랑거리는, 중얼거리는. haunt [hɔːnt] 종종 방문하다, 자주 드나드는 곳.

6연

Darkling I listen; and, for many a time

어둠 속에 나는 귀를 기울인다. 그리고 몇 번이고

I have been half in love with easeful Death,

안락한 '죽음'과 반이나 사랑에 빠져

Call'd him soft names in many a mused rhyme,

많은 명상적인 시(詩)로 죽음에게 부드러운 이름을 불렀다,

To take into the air my quiet breath;

내 고요한 숨결을 그치게 해달라고.

Now more than ever seems it rich to die,

지금이 그 어느 때보다도 죽기에 알맞은 듯해,

To cease upon the midnight with no pain,

한밤중에 아무 고통 없이 숨지는 것이.

While thou art pouring forth thy soul abroad

네가 내 영혼을 밖으로 내쏟는 동안에

In such an ecstasy!

이렇게 황홀히!

Still wouldst thou sing, and I have ears in vain -

여전히 너는 노래하리라. 그러나 나는 듣지 못하리-

To thy high requiem become a sod.

네 높은 진혼가(鎭魂歌)를 들으며 나는 흙이 되리.

6연

darkling [da:rkliŋ] 어두워 오는, 어스레한. easeful [izfl] 안락한, 평화로운. muse [mju:z] 뮤즈(시, 음악의 여신), 사색하다, 혼자 말을 하다. rhyme [raim] 운, 운문, 운이 맞다, 운을 맞춰 쓰다. more than ever 더욱 더, 점점 더. abroad 외국으로, 사방으로. requiem [rekwiəm] 추모 예배, 추도 미사, 진혼곡.

7연

Thou wast not born for death, immortal Bird!

너는 죽도록 태어나지 않았다. 영원불멸의 새여!

No hungry generations tread thee down;

어떤 굶주린 세대(世代)도 너를 짓밟지 못한다.

The voice I hear this passing night was heard

이 밤에 내가 듣는 이 목소리

In ancient days by emperor and clown:

고대(古代)에 황제와 농부가 들었고,

Perhaps the self-same song that found a path

125

아마도 '루스'가 고향이 그리워, 눈물에 젖어,

Through the sad heart of Ruth, when, sick for home,

낯 선 나라의 밀밭 사이에 서 있을 적에, 그녀의 슬픈

She stood in tears amid the alien corn;

가슴에 흘러들어갔던 똑같은 노래이리라.

The same that oft-times hath

쓸쓸한 선경(仙境)의

Charm'd magic casements, opening on the foam

위험한 바닷물거품을 향해 열려 있는

Of perilous seas, in fairy lands forlorn.

마술의 창문을 자주 요술 걸었던 바로 그 노래이리라.

7연

immortal [imɔ́:rtl] 죽지 않는, 영원한. ancient [éinʃənt] 고대의, 고대인. emperor [émpərər] 황제, 제왕. clown [klaun] 어릿광대, 천한 사람, 익살을 부리다. self-same 그와 똑같은. alien [éiljən] 외국의, 성질이 다른, 지구 밖의, 우주의. corn [kɔ:rn] 낟알, 옥수수(미), 밀(영), 곡식을 거두다. oft-times 자주, 종종. casement [kéismənt] 두 짝 여닫이 창문. perilous [pérələs] 위험한. forlorn [fərlɔ́:rn] 버려진, 버림받은, 쓸쓸한.

8연

Forlorn! the very word is like a bell

쓸쓸한! 바로 이 말이 나를 너로부터

To toll me back from thee to my sole self!

나 자신에게로 불러내는 조종(弔鐘)같구나!

Adieu! the fancy cannot cheat so well

잘 가거라! 공상(空想)은, 사람을 속이는 요정이라

As she is famed to do, deceiving elf.

소문나 있지만, 그처럼 잘 속이진 못하는구나.

Adieu! adieu! thy plaintive anthem fades

잘 가거라! 잘 가거라! 네 구슬픈 노래는 사라진다

Past the near meadows, over the still stream,

가까운 목장을 지나, 고요한 시내물 위로,

Up the hill-side; and now 'tis buried deep

언덕 위로; 그리고 지금 깊이 묻히었다

In the next valley-glades:

다음 골짜기의 숲 속에.

Was it a vision, or a waking dream?

이게 환상인가, 아니면 백일몽(白日夢)인가?

Fled is that music: - Do I wake or sleep?

사라져버렸구나 그 음악. 내가 깨었는가, 자는가?

(번역 이재호, 장미와 나이팅게일, 지식산업사, 1993, p.252-259)

8연

toll [toul] 통행세, 대가, 희생, 종 등을 울려서 알리다. sole [soul] 오직 하나, 혼자의, 고독한, 발바닥, 구두창을 대다. adieu [ədjúː] 안녕히 가세요, 이별, 작별. fancy [fǽnsi] 공상, 환상, 좋아함, 취미, 공상의, 엄청난, 공상하다. famed 유명한, 저명한. anthem [ǽnθəm] 성가, 찬송가, 성가로 찬양하다. still [stil] 정지한, 고요한, 아직도, 하지만, 고요, 침묵, 고요하게 하다, 달래다. glade [gleid] 숲속의 빈터. flee [fliː] 달아나다, 사라져 없어지다, flee-fled-fled.

127

정원에서 들려오는 나이팅게일의 오묘한 선율은 시인에게 무한한 영감의 원천을 제공하며 미의 전형을 깨닫게 해준다. 시에 등장하는 나이팅게일은 생로병사의 과정을 필연적으로 거쳐야 하는 유한한 인간세계와 달리 시간과 공간을 초월하여 모든 사람들에게 즐거움과 아름다움을 선사하는 불멸의 상징이자 무한한 영향력을 행사하는 자연에 비유된다. 흔히 키츠는 감각의 시인이라 불리는데 그는 오감(五感)을 사용하여 대상과의 완전한 몰입을 시도한다.

이러한 몰입을 통해 시인은 대상의 본질인 미의 실체에 접근하게 되는데 여기에는 몇 개의 과정이 놓여 있다. 시인의 관심은 일차적으로 청각을 통해 포착된 나이팅게일의 아름다운 선율에 집중된다. 하지만 나이팅게일이 제공하는 노래는 단지 시인의 귀를 즐겁게 해주는 오락의 차원을 넘어 슬픔과 번뇌가 가득한 인간세계와 대조를 이루는 이상적인 환상의 세계로 인도하는 매개체 역할을 하게 된다. 더욱이 이 아름다운 노래 소리는 시간과 공간을 통과하여 모든 이들에게 기쁨을 선사하기 때문에 불멸의 가치로 승화된다. 환상의 세계에 영원히 머물고자 하는 시인의 염원은 죽음에 대한 동경으로 이어지지만 이내 시인은 환상이 제공하는 세계의 허구성을 깨닫고 다시 현실세계로 돌아오게 된다.

이러한 깨달음은 마지막 연의 조종 소리에 비유되는 '쓸쓸하구나!'에서 잘 드러나고 있다. 새의 아름다운 노래 소리는 청각을 통해 음미되어진다. 즉 시인은 이 청각의 도움으로 인해 나이팅게일이 제공하는 불멸성을 체험하게 되는 것이다. 하지만 환상의 세계를 동경한 나머지 죽음을 선택하게 된다면 미의 본질을 감지하는데 없어서는 안 될 청각 역시 그 기능을 발휘하지 못하고 사라지게 되는 것이다. 바로 여기에 시인의 고뇌가 담겨 있게 된다. 하지만 이러한 이상과 현실 사이의 피할 수 없는 간극(間隙)은 숙명처럼 시인의 예술혼을 끊임없이 자극하며 또 다른 심미적 여정을 재촉하게 된다.

[네이버 지식백과] 나이팅게일에 부치는 노래 [Ode to a Nightingale] (낯선 문학 가깝게 보기 : 영미문학, 2013. 11., 이동일, 위키미디어 커먼즈)

33. To Autumn / John Keats

가을에 부쳐 / 존 키츠

1연

Season of mists and mellow fruitfulness!

안개와 무르익는 여물음의 계절

Close bosom-friend of the maturing sun;

익어가는 햇님의 정다운 벗님으로서

Conspiring with him how to load and bless

햇님과 함께 은근스러이 초가지붕 밑 덩굴에

With fruit the vines that round the thatch-eves run;

열매를 달아 주고 축복을 말하는 그대.

To bend with apples the moss'd cottage-trees,

이끼 낀 나뭇가지 능금으로 휘이며

And fill all fruit with ripeness to the core;

열매마다 속속들이 익음을 채우고

To swell the gourd, and plump the hazel shells

조롱박을 부풀리며 꿀개암 여물게 하고

With a sweet kernel; to set budding more,

꿀벌을 위하여 철 늦은 꽃 멍울지게 하여

And still more, later flowers for the bees,

따스한 철 언제까지나 끝날 날 없을 듯,

Until they think warm days will never cease,

벌들 잉잉댄다.

For Summer has o'ver-brimm'd their clammy cells.

여름이 벌집에 넘쳤기에.

1연

mist [mist] ⓝ안개, ⓥ안개가 끼다. mellow [mélou] ⓐ익어 달콤한, ⓥ달콤하게 하다. fruitfulness 열매가 풍성함. bosom [búzəm] ⓝ가슴. bosom-friend 친구. mature [mətjúr] ⓐ익은, 심사숙고한, ⓥ성숙시키다, 성숙하다. conspire [kənspáiər] ⓝ공모하다. load [loud] ⓝ적하, 부담, ⓥ싣다, 탄환을 재우다. conspiring은 현재분사로서 bosom-friend를 수식. vine [vain] ⓝ덩굴, 포도나무. load와 bless의 목적어는 vines. that는 주격 관계대명사. round [raund] 둥근, 돌아서, 둥글게 하다, 원, 한 바퀴, 순시(구역). thatch [θætʃ] ⓝ짚, 초가지붕, ⓥ짚으로 이다. moss [mɔːs] ⓝ이끼, ⓥ이끼로 덮다. cottage [kátidʒ] ⓝ시골집, 작은집, 오두막. bend의 목적어는 cottage-trees. ripeness [raipnis] ⓝ성숙. core [kɔːr] ⓝ응어리, 핵심. to bend, to swell, to set 등은 모두 how to에 연결됨. swell [swel] ⓥ부풀다, 부풀리다. ⓝ팽창, 큰 파도. gourd [gɔːrd] ⓝ호리병박, 조롱박. plump [plʌmp] ⓐ부푼, ⓥ볼록해지다, 털썩 떨어지다. hazel [héizəl] 개암나무(의). shell [ʃel] ⓝ껍질, 조개, 포탄, ⓥ껍질을 벗기다. kernel [kə́rnəl] ⓝ과일의 인, 중핵. budding ⓐ싹이 트는, ⓝ발아. set (flower) budding (꽃을) 발아시키다. still more 더욱 더. later flowers 철 늦은 꽃. cease [siːs] 그만두다, 그치다. over-brim 넘치다. clammy [klǽmi] ⓐ끈끈한, 냉습한.

2연

Who hath not seen thee oft amid thy store?
가멸(풍요) 속에 자리한 그대 누구나 보았다.
Sometimes whoever seeks abroad may find
그대를 찾아 나서면, 그대는 곳간의 마루에서
Thee sitting careless on a granary floor,
이삭 날리는 바람으로 머리카락 날리며

Thy hair soft-lifted by the winnowing wind:

아무렇게나 앉아 있다. 아니면 그대

Or on a half-reap'd furrow sound asleep,

양귀비 진한 향기에 취해 떨어진 듯

Drowsed with the fumes of poppies, while thy hook

곤히 반쯤 베어낸 밭두렁에 잠들어 있다.

Spares the next swath and all its twined flowers:

다음 이랑의 곡식이며 얽혀 있는 꽃 그대로 둔 채.

And sometime like a gleaner thou dost keep

또 어떤 때 이삭 줍는 사람처럼 그대는

Steady thy laden head across a brook;

짐을 인 머리를 가누며 개울을 건너고

Or by a cyder-press, with patient look,

또는 사과즙 짜는 곳에서 참을성 있게

Thou watchest the last oozings hours by hours.

방울 듣는 사과즙을 몇 시간이고 지켜본다.

2연

hath [hæs]는 have의 3인칭·현재·단수(고어). thee [ði:]는 thou의 목적격. 그대에게, 그대를. oft는 often. amid 한 가운데에. store [stɔ:r] ⓝ저축, 비축, 가게, ⓥ저축하다. amid thy store 그대의 풍성함이 한창일 때에. whoever는 복합 관계 대명사로서 명사절 인도. abroad 해외로, 널리 퍼져, 집 밖에. granary [gréinəri] ⓝ곡창(지대). sitting은 목적 보어. sit careless 태평하게 앉아 있다. soft-lift 가볍게 올리다. Thy hair soft-lifted 그대의 머리카락이 가볍게 날리며. winnow [wínou] ⓥ까부르다, 날려버리다, ⓝ까부르기, 키(질). furrow [fə́:rou] ⓝ밭고랑. (Thee) sound asleep 깊이 잠들어 있는(목적 보어). drowsed 조는, 활발치 못한. fume 증기, 향기. poppy [pápi] ⓝ양귀비.

hook 갈고리(모양의 낫). spare [spɛər] ⓥ절약하다. 떼어 두다. 용서해 주다.
ⓐ여분의. 부족한. swath [swɑθ] ⓝ한번 낫질한 넓이. 긴 줄. glean [gli:n]
ⓥ이삭을 줍다. dost는 do 2인칭·단수·현재(고어). keep steady 고정시키다.
가누다. laden head 짐을 인 머리. cyder-press 사과 착즙기. watchest는
watch의 2인칭·단수·현재·과거형(고어). ooze [u:z] ⓥ스며나오다.

3연

Where are the songs of Spring? Ay, where are they?

봄날의 노래는 어디에 있는가? 그 어디에 있는가?

Think not of them, thou hast thy music too,ㅡ

생각지 말라 봄노래. 그대 노래 없지 않으니.

While barred clouds bloom the soft-dying day,

아롱진 구름 부드러이 스러지는 날을 꽃 피우고

And touch the stubble-plains with rosy hue;

그루터기 듬성한 밭 장미빛으로 물들일 때

Then in a wailful choir the small gnats mourn

강가의 버드나무 사이 지고 이는 바람 따라

Among the river sallows, borne aloft

멀리 불려 울려지고 또는 처져 내리며

Or sinking as the light wind lives or dies;

하루살이 떼 서러운 합창으로 우느니.

And full-grown lambs loud bleat from hilly bourn;

한껏 자란 양떼 언덕의 개울가에 울고

Hedge-crickets sings; and now with treble soft

귀뚜라미 나무 울 곁에 운다. 동산의 한쪽에서

The red-breast whistles from a garden croft;

부드럽고 드높게 울새는 노래하고

And gathering swallows twitter in the skies.

제비들 모여 하늘에서 지저귀느니.

(번역 김우창, 가을에 부쳐, 존 키츠, 민음사, 1997, p.52-57.>

3연

ay [ei] (놀라움이나 후회의) 아아! bar [bɑːr] ⓝ막대기, 술집, 빗장, 법정. ⓥ
빗장을 지르다. 줄무늬지다. barred clouds 줄무늬가 있는 구름들. stubble
[stʌ́bəl ⓝ그루터기. hue [hjuː] ⓝ색조. wailful [wéilfəl] ⓐ비탄하는, 애절한.
choir [kwáiər] ⓝ합창단. gnat [næt] ⓝ각다귀. mourn [mɔːrn] ⓥ애도하
다. sallow [sǽlou] ⓐ엷은 청황색의, ⓝ버드나무. borne [bɔːrn] bear의 과
거 분사. aloft [əlɔ́ːft] 위에, 높이. borne aloft or sinking 높게 올리거나 처
지는(서러운 합창으로). bleat [bliːt] 매애하고 울다. bourn [bɔːrn] ⓝ개울,
목적지. hedge [hedʒ] ⓝ산울타리, 장벽. cricket [kríkit] ⓝ귀뚜라미. treble
[trébəl] ⓝ3배, 고음, ⓐ3배의. with treble soft 고음의 부드러움으로.
red-breast 울새. whistle 휘파람(을 불다). croft 작은 농장, 소작하다.
twitter [twítər] ⓥ지저귀다.

작품 해설

25세의 나이에 요절한 John Keats(1795-1821)는 바이런과 셸리와 함께 영
국의 후기 낭만주의 대표적인 시인으로서 강렬한 상상력과 심미적 감각으로
주옥같은 많은 시를 썼다. 그중에서 특히 그의 송시, Ode to a Nightingale
과 On a Grecian Urn 등은 유명하다. To Autumn에서 그는 탄생과 죽음,
충만함과 공허가 동시에 존재한다는 자연의 원리를 깨달으며 조락의 순간에
생명이 다시 잉태되는 기쁨을 노래하고 있다.

34. Today / Thomas Carlyle

오늘 / 토마스 칼라일

So here hath been dawning

여기 이렇게

Another blue Day:

또 다른 푸른 날이 동트고 있다.

Think wilt thou let it

생각하라. 그대여

Slip useless away.

이 날을 헛되이 보낼건지.

Out of Eternity

이 새날은

This new Day is born;

영원(永遠)으로부터 태어나며

Into Eternity,

밤에는 영원(永遠) 속으로

At night, will return.

돌아갈 것이다.

Behold it aforetime

아무도

No eye ever did;

미리 보지 못했고

So soon it forever

너무나도 빠르게 영원(永遠)히

From all eyes is hid.

모든 눈으로부터 숨겨진다.

Here hath been dawning

여기

Another blue Day;

또 다른 푸른 날이 동트고 있다.

Think wilt thou let it

생각하라, 그대여,

Slip useless away.

이 날을 헛되이 보낼건지.

(번역 이선우, 젊은이들을 위한 키워드로 읽는 영시, 도서출판 재하, 2021, 101쪽-104쪽)

hath [hæθ] 고어로서 have의 3인칭 단수 직설법 현재. dawn [dɔːn] 새벽, 여명, 밝다, 분명해지다. wilt [wilt] 고어로서 will의 2인칭 단수. thou [ðau] 고어로서 2인칭 단수 주격. useless [júːslis] 소용없는, 쓸모없는. afore [əfɔːr] 이전. aforetime 이전에, 이전의.

작가 및 작품 해설

Thomas Carlyle(1795-1881)은 영국의 평론가, 역사가로 이상주의적인 사회 개혁을 제창하였다. 19세기 사상계에 큰 영향을 주었으나 영웅숭배론 등 민주주의의 흐름에 역행하는 사상으로 현대에 와서는 영향력이 많이 사라졌다.

과거는 무한이 길다. 미래도 아마 앞으로 무한이 뻗어나갈 것 같다. 그렇다면 현재는? 현재는 찰나이다. 과거나 미래도 현재의 연속일 뿐이라고? 오늘이라는 시간은 어제의 연속이 아니다. 어둠을 뚫고 영원으로 새롭게 탄생한 시간이며, 곧 어둠을 통해 영원 속으로 사라질 것이다. 영원은 되돌릴 수 없으며 미리 찾아볼 수 없는 시간이다. 평범해 보이는 오늘 하루는 사실 평범한 것이 아니다.

이 날을 그대는 어찌할 것인가? 어제와 똑같이 그렇게 보낼 것인가? 아니면 이 하루에 어제와 다른 새로운 생명을 부여할 것인가? 이렇게 생각해보자. 몇 년을 돈을 모아서 배낭여행을 갔다고 치자. 오늘 하루 숙소에서 무의미하게 보낼 것인가? 아니면 새로운 경험을 찾아 밖으로 나갈 것인가? 정답은 명확하다. 인생이라는 여행길에서 오늘 하루는 당신에게 어떤 하루가 될 것인가? 지금 이 순간 당신이 하기에 달려있다. (해설 이선우)

35. Concord Hymn / Ralph Waldo Emerson
콩코드 찬가 / 랠프 월도 에머슨

By the rude bridge that arched the flood,
강 위의 허름한 아치형 다리 곁에서
Their flag to April's breeze unfurled,
그들의 깃발은 4월의 산들바람에 펄럭거렸다.
Here once the embattled farmers stood
여기서 한때 진용(陣容)친 농부들이 서서
And fired the shot heard round the world.
온 세상에 울렸던 탄환을 쏘았다.

The foe long since in silence slept;
적은 오래 전에 조용히 잠들었고

Alike the conqueror silent sleeps;

승리자 역시 조용히 잠들어 있다;

And Time the ruined bridge has swept

그리고 '세월'은 바다를 향해 기어가는

Down the dark stream which seaward creeps.

검은 강물 아래로, 황폐한 다리를 휩쓸어갔다.

On this green bank, by this soft stream,

이 푸른 강둑 위 이 잔잔한 강가에,

We set today a votive stone;

우리 오늘 봉헌비(封獻碑)를 세우나니;

That memory may their deed redeem,

기억이 그들의 행위를 회복해주도록,

When, like our sires, our sons are gone.

우리의 조상들처럼, 우리의 자식들도 가버렸을 적에.

Spirit, that made those heroes dare

저 영웅들로 하여금 용감히 죽게 하고

To die, and leave their children free,

그들의 자손들을 자유롭게 한 정신(精神)이여,

Bid Time and Nature gently spare

'시간'과 '자연'에게 명해다오, 우리가 그들과 그대에게

The shaft we raise to them and thee.

세우는 이 기념비를 고이 보존해주도록.

(Sung at the Completion of the Battle Monument, July 4, 1837)

(1837년 7월 4일 전투 기념비 완성을 기리는 노래)

(번역 이재호, 장미와 나이팅게일, 지식산업사, 1993, p.162-163)

rude [ru:d] 버릇없는, 교양 없는, 무뚝뚝한, 거친, 미숙한, 튼튼한. flood [flʌd] 홍수, 밀물, 강이나 바다(시어와 고어에서), 범람시키다. furl [fə:rl] 감아 접다. 걷다. 개키다. 감아서 걷음. unfurl 펴다. 올리다. 바람에 펄럭이게 하다. embattled 진용을 정비한, 싸울 준비가 된, 요새화된, 흉벽꼴의 요철이 있는. conqueror [kάŋkərər] 정복자, 승리자. stream [stri:m] 시내, 개울, 흐름, 연속, 흐르다. seaward [sí:wərd] 바다 쪽, 바다를 면한, 바다 쪽으로. votive [vóutiv] 봉납한, 봉헌의. redeem [ridí:m] 되찾다, 회복하다, 구제하다, 매립하다, 이행하다. sire [saiər] 폐하(고어), 아버지(시어), 조상(시어), 낳게 하다. completion [kəm'pli:ʃn] 완료, 완성.

작가 및 작품 해설

  랠프 월도 에머슨(1803-1882)는 미국의 사상가·시인. 8세 때 목사인 아버지를 여의고 고학으로 하버드 대학을 졸업하고 보스턴 제2교회 목사가 되었으나 애처(愛妻)의 사(1831) 후 종교에 회의를 느끼고 1832년 성찬식 집행을 반대, 사임한 뒤 유럽 여행을 떠나 칼라일과 우정을 맺는 등 많은 정신적 소득을 얻고 귀국했다. 1836년 〈자연론 Nature〉을 발표, 동지들이 모여들자 〈초절(超絶)클럽〉이 조직되고 1840~44년 사이에는 그 기관지 (The Dial)을 발간하고 그는 모교에서 미국의 문화적 독립 선언서라고 불리는 (미국의 학자 The American Scholar(1837))와 〈신학부 강연(1838)〉을 설파, 급진적인 사상가의 지위를 굳혔다. 이후 수많은 강연·강좌에 초청되어 물질주의적이던 당시에 이를 경고하고 "흔히 고향인 자연"에 돌아갈 것을 고창하는 예언자가 되었다. 그는 체계를 경시한 직관적인 사상가로서 동양의 사상에 심취했으며 인격의 존엄과 범신론적인 신비주의로서 청교도적인 부정적 인간관을 버리고 긍정적인 인간관을 말했다. '콩고드의 철인'으로서 시에 있어서는 철학적 상징시의 걸작들이 있다.

[네이버 지식백과] 에머슨 [Ralph Waldo Emerson] (인명사전, 2002. 1. 10., 인명사전편찬위원회)

이 시는 에머슨이 미국의 독립기념일을 축하하기 위해서 1837년에 쓴 시로서 다음해 1838년 4월 19에 완성된 콩코드 기념비 받침대에 이 시의 전문이 새겨져 있다고 한다. 콩코드 기념비는 미국의 독립전쟁 (1775-1783)의 시작인 1775년 4월 19일 민병대와 영국군에 의해 보스턴 콩코드 올드 노스 브리지 부근에서 발생한 콩코드 전투를 기리기 위한 기념비이다.

36. How Do I Love Thee? / Elizabeth Barrett Browning
내 그대 얼마나 사랑하는지 / 엘리자베스 배릿 브라우닝

How do I love thee? Let me count the ways.

내 그대 얼마나 사랑하는지 세어보리.

I love thee to the depth and breadth and height

내 그대 사랑하노니 내 영혼 닿을 수 있는

My soul can reach, when feeling out of sight

깊이, 넓이, 높이까지, 보이지 않는 채로

For the ends of being and ideal Grace.

내 영혼이 존재의 목적, 그윽한 은총 찾아 헤매는 때에.

I love thee to the level of every day's

내 그대 사랑하노니 낮이나 밤이나

Most quiet need, by sun and candle-light.

일상이 가장 고요히 원하는 정도까지.

I love thee freely, as men strive for right.

내 그대 사랑하노니 마치 정의를 위해 싸우듯 아낌없이;

I love thee purely, as they turn from praise.

내 그대 사랑하노니 마치 찬양을 외면하듯 순수하게.

I love thee with the passion put to use

내 그대 사랑하노니 그 정열은

In my old griefs, and with my childhood's faith.

내 노년의 비탄, 내 유년의 신앙에 쓰일 정열.

(나의 옛 슬픔에서 느꼈던 열정과 내 유년의 신앙으로, 편역자)

I love thee with a love I seemed to lose

내 그대 사랑하노니 내 성인을 잃으면서

With my lost saints. I love thee with the breath,

잃었다 생각했던 사랑으로 - 내 그대 사랑하리,

Smiles, tears, of all my life! - and, if God choose,

내 모든 인생의 숨결로, 미소로, 눈물로! - 그리하여 만일 허락된다면

I shall but love thee better after death.

난 그대 더욱 사랑하리라 죽음 후에도.

(번역 김인성, 내 그대 얼마나 사랑하는지, 평민사, 2001, p.62-63)

thee [ði:] thou의 목적격, 그대에게, 그대를. depth [depθ] 깊이, 깊은 곳. breadth [bredθ] 나비, 폭. height [hait] 높이, 키, 고도. out of sight 보이지 않는 곳에, 먼 곳에. ideal [aidí:əl] 이상적인, 더할 나위 없는, 관념적인. grace [greis] 우미, 우아, 매력, 은총. quiet [kwáiət] 조용한, 정숙한, 평온한, 은밀한. strive [straiv] 노력하다, 투쟁하다. praise [preiz] 칭찬, 찬양, 칭찬하다, 찬미하다. passion [pǽʃən] 열정, 열망, 격노, 수난.

작가 및 작품 해설

   엘리자베스 배릿 브라우닝은(1806~1861)은 영국 더럼 근교 출생. 8세 때 그리스어로 호메로스를 읽은 재원이었으나 병약하고 고독하였다. 39세 때 연하의 시인 R.브라우닝과 결혼하였는데, 그 이전부터 몇 권의 시집을 내었다. (포

르투갈인으로부터의 소네트) (1850)는 역시(譯詩)를 가장하여 남편인 R.브라우닝에 대한 애정을 솔직하게 노래한 작품이다. 장편서사시 (오로라 리 Aurora Leigh) (1857)는 사회문제 ·여성문제를, (캐서귀디의 창 Casa Guidi Window) (1851)은 이탈리아의 독립에 대한 동정을 노래한 시이다. 결혼 후에는 평생을 피렌체에서 보냈다. 두 시인의 연애는 V.울프의 (플러시 Flush) (1833)에 의해 널리 알려졌다.

[네이버 지식백과] 엘리자베스 브라우닝 [Elizabeth Barrett Browning] (두산백과 두피디아, 두산백과)

이 시는 그녀의 포르투갈 소네트 43으로 사랑을 노래한 가장 잘 알려진 시라고 볼 수 있다. 그녀의 사랑은 영원하고 무한하며 열정과 신앙으로 무장되고 마침내 죽어서도 신이 허락하면 더욱 더 사랑하겠다는 의지를 담고 있다. 이 시는 셰익스피어의 소네트 18번 (그대를 여름날에 비할까요?)와 함께 영시에서 가장 많이 읽혀지는 사랑에 관한 명시로 평가되고 있다.

37. A psalm of life / Henry Wadsworth Longfellow
인생 찬가 / 헨리 워즈워스 롱펠로

Tell me not, in mournful numbers,

내게 말하지 말라, 구슬픈 가락으로,

Life is but an empty dream!

인생은 한낱 텅 빈 꿈이라고!

For the soul is dead that slumbers,

왜냐하면 잠든 영혼은 죽은 셈이고,

And things are not what they seem.

사물은 겉보기와는 다르기에.

Life is real! Life is earnest!

인생은 현실이며, 인생은 진지한 것!

And the grave is not its goal;

무덤이 인생의 목표는 아니다.

Dust thou art, to dust returnest,

너는 흙이니 흙으로 돌아가란 말은

Was not spoken of the soul.

영혼을 두고 한 말이 아니다.

Not enjoyment, and not sorrow,

즐김도 슬픔도

Is our destined end or way;

우리의 운명지어진 목표나 길이 아니다.

But to act, that each to-morrow

행동하라. 그래서 내일이

Find us farther than to-day.

오늘보다 더 나은 우리를 발견하도록.

Art is long, and Time is fleeting,

예술은 길고, 시간은 화살 같다.

And our hearts, though stout and brave,

그리고 우리의 심장은 튼튼하고 용감하긴 하나,

Still, like muffled drums, are beating

언제나, 천으로 감싼 북마냥, 무덤으로의

Funeral marches to the grave.

장례행진곡을 울리고 있다.

In the world's broad field of battle,

세계의 드넓은 전장(戰場)에서,

In the bivouac of Life,

인생의 야영장에서,

Be not like dumb, driven cattle!

말 못하는, 쫓기는 가축처럼 되지 말라.

Be a hero in the strife!

투쟁해서 영웅이 되라!

Trust no Future, howe'er pleasant!

'미래'는 믿지 말라, 아무리 즐겁다 할지라도!

Let the dead Past bury its dead!

죽은 '과거'로 하여금 죽은 자를 묻도록 하라!

Act, - act in the living Present!

행동하라, - 행동하라 살아 있는 '현재'에서!

Heart within, and God o'erhead!

마음속엔 용기, 머리 위엔 하느님!

Lives of great men all remind us

위대한 사람들의 생애는 모두 우리에게 상기케 한다.

We can make our lives sublime,

우리가 우리의 인생을 숭고하게 만들 수 있음을,

And, departing, leave behind us

그리고, 떠나면서 우리 뒤에

Footprints on the sands of time;

시간의 모래밭에 발자국을 남길 수 있음을.

Footprints, that perhaps another,

발자국 – 어쩌면 인생의 엄숙한 바다 위로

Sailing o'er life's solemn main,

항해하는 다른 사람이,

A forlorn and shipwrecked brother,

쓸쓸한 난파당한 형제가

Seeing, shall take heart again.

보고서, 다시금 용기를 얻게 될 발자국.

Let us, then, be up and doing,

자, 그러니 일어나 일하자.

With a heart for any fate;

어떠한 운명도 감수할 마음 갖고.

Still achieving, still pursuing,

언제나 성취하며, 언제나 추구하며,

Learn to labor and to wait.

일하는 것과 기다리는 법을 배우자.

(번역 이재호, 장미와 나이팅게일, 지식산업사, 1993, p.198-201)

psalm [sɑːm] 찬송가. 성가. mournful [mɔ́ːrnfəl] 슬픔에 잠긴. 쓸쓸한. 우울한. number [nʌ́mbər] 수, 숫자, 번호, 운율, 시, 노래, 세다. empty [émpti] 빈, 공허한, 헛된, 빈 것, 빈집. 비우다. earnest [ə́ːrnist] 진지한, 성실한, 중대한, 진심. destine [déstin] 운명으로 정해지다, 예정하다. farther [fɑ́ːrðər] 더 멀리, 더 앞에, 더 먼, 그 이상의. fleet [fliːt] 함대, 선대, 어느덧 지나가다, 빨리 지나가다. stout [staut] 튼튼한, 견고한, 굳센. brave [breiv] 용감한, 훌륭한. muffle [mʌ́fəl] 감싸다, 싸서 소음하다, 소음기, 약한 소리.

bivouac [bívuæk] 야영지. dumb [dʌm] 말 못하는, 벙어리의. pleasant [plézənt] 즐거운, 유쾌한, 기분 좋은. sublime [səbláim] 위대한, 숭고한, 숭고한 것, 높이다. 고상하게 하다. main [mein] 주요한, 최대의, 본관, 간선, 바다. forlorn [fərlɔ́ːrn] 버림받은, 버려진.

작가 및 작품 해설

헨리 워즈워스 롱펠로(1807-1882)는 메인주(州)의 포틀랜드 출생. 보든대학교 졸업 후 약 3년 동안 유럽에 유학하고, 귀국 후 모교의 근대어학 교수가 되었다(1829~1835). 1835년 하버드대학교 교수가 되기 전에 또다시 유럽으로 갔으며, 이때 첫 번째 부인을 잃었다. 스위스에서 프랑세즈 애플턴을 발견하고 그녀를 산문 이야기 (하이페리온)의 여주인공으로 묘사하였다가 그녀의 반감을 사기도 했으나 1843년 드디어 그녀와 결혼하였다. 그러나 이 두 번째 부인도 1861년 불행한 사고로 불타 죽었다. 18년간 하버드대학 교수직에 있었으며, 그 동안 케임브리지에 살면서 많은 시작(詩作)을 발표하였다. 그 중에서도 식민지 전쟁을 배경으로 한 비련의 이야기 (에반젤린)(1847), 핀란드의 (칼레발라)의 영향을 받고서 쓴 인디언의 신화적 영웅 이야기 시 (하이어워사의 노래)(1855), 청교도 군인의 연애 이야기 (마일즈 스탠디시의 구혼)(1858) 등의 장시(長詩)가 유명하다.

이것 외에도 (인생찬가)를 포함한 (밤의 소리)(1839), (마을의 대장간)을 포함한 (민요)(1842), (화살과 노래)를 포함한 (블루주의 종루)(1845) (길가 여인숙 이야기)(1863~1874), 단테의 (신곡)의 번역(1865~1867), (황금 전설)(1851) (뉴잉글랜드의 비극)(1868) (신성(神聖) 비극)(1871)으로 된 시극 (크리스터스)(1872) 등이 있다. 시는 독창성과 직감의 깊이가 없으나, 유럽의 시적 전통, 특히 유럽 대륙 여러 나라의 민요를 솜씨 있게 번안·번역함으로써 미국 대중에게 전달한 공적은 크다. 오늘날 최대 걸작으로 높이 평가되는 작품은 단테의 (신곡) 번역에 붙인 소네트 (신곡)으로, 그의 다른 시에서는 볼 수 없는 사상의 깊이가 보인다.

[네이버 지식백과] 헨리 롱펠로 [Henry Wadsworth Longfellow] (두산백과 두피디아, 두산백과)

1838년에 발표된 이 시는 롱펠로의 시중에서 잘 알려진 시 중에 하나로서 젊은이들에게 인생을 적극적으로 살아갈 것을 권하는 교훈시이다. 지나간 과거는 죽은 자들에게 맡겨놓고 더 이상 미련을 갖지 말 것이며 미래 또한 너무 믿지 말고 현실을 충실하게 살아가라고 충고하고 있다. 내일은 오늘보다 더 나은 날이 될 수 있도록 오늘 하루하루를 성실하게 살라는 롱펠로의 말은 200년 가까이 흐른 현대의 젊은이들에게도 해당되는 말이라고 생각된다.

38. The Arrow and the Song / Henry Wadsworth Longfellow
화살과 노래 / 헨리 워즈워스 롱펠로

I shot an arrow into the air,
나는 공중으로 화살 하나를 쏘았다.
It fell to earth, I knew not where;
땅에 떨어졌는데, 어디인지 몰랐다.
For, so swiftly it flew, the sight
너무 빨리 날아가는 바람에 시력이
Could not follow it in its flight.
날아가는 화살을 쫒아가지 못했다.

I breathed a song into the air,
나는 허공으로 노래 한 곡 속삭였다.
It fell to earth, I knew not where;
땅에 떨어졌는데, 어디인지 몰랐다.
For who has sight so keen and strong,

아무리 날카롭고 강한 시력을 가진들

That it can follow the flight of song?

노래의 비행을 쫓아갈 수 있으랴?

Long, long afterward, in an oak

아주, 아주 먼 훗날, 한 참나무에서

I found the arrow, still unbroke;

아직 안 부러진 그 화살을 찾았다.

And the song, from beginning to end,

그 노래는 시종일관 한결같았던

I found again in the heart of a friend.

한 벗의 가슴속에서 다시 찾았다.

(번역 김천봉, 헨리 워즈워스 롱펠로, 헨리 워즈워스 롱펠로 지음, 한국학술정보, 2012, p.116-117)

arrow [ǽrou] 화살. sight [sait] 시각, 시력, 목격, 일견, 시계, 견지, 견해, 조망, 찾아내다, 겨냥하다. flight [flait] 날기, 비상, 비행, 화살, 떼를 지어 날다, 도주, 패주, 탈출. breath [breθ] 숨, 호흡, 한번 붐, 생기, 활기. breathe [briːð] 호흡하다, 숨 쉬다, 살아 있다, 발산하다, 나타내다. keen [kiːn] 날카로운, 예민한, 강렬한, 통렬한, 훌륭한. afterward [ǽftərwərd] 그 후, 뒤에. oak [ouk] 참나무, 떡갈나무, 가시나무. unbroke [ʌnbróuk] unbroken 파손되지 않은, 꺾이지 않은, 깨지지 않은.

작품 해설

이 시는 화살과 노래를 대비해서 사랑과 우정의 소중함을 일깨워주고 한편으로는 한번 내 뱉은 말은 다시 주워 담을 수 없다는 것을 상기시켜주는 교훈시라고 할 수 있다. 그래서 이 시는 미국 국민이 즐겨 읽는 시가 되었고 교과

서에도 종종 수록된다고 한다.

39. The village blacksmith / Henry Wadsworth Longfellow
마을 대장장이 / 헨리 워즈워스 롱펠로

1연

Under a spreading chestnut-tree
드넓게 휘덮인 밤나무 아래
The village smithy stands;
마을 대장장이가 서 있네. (마을 대장간이 있네. 편역자)
The smith, a mighty man is he,
대장장이는 굉장히 힘센 사내,
With large and sinewy hands,
커다라니 툭툭 불거진 손에
And the muscles of his brawny arms
늠름한 팔 근육은
Are strong as iron bands.
무쇠차꼬처럼 단단하다네.

2연

His hair is crisp, and black, and long;
머리칼은 곱슬곱슬, 새까만 장발,

His face is like the tan;

얼굴은 햇볕에 그을린 듯하고.

His brow is wet with honest sweat,

이마는 정직한 땀에 젖어있네.

He earns whate'er he can,

그는 일하는 만큼 벌어먹으며

And looks the whole world in the face,

온 세상을 똑바로 쳐다보는 사람.

For he owes not any man.

누구에게도 빚이 없으니 그럴밖에.

3연

Week in, week out, from morn till night,

일주일 내내, 아침부터 밤까지,

You can hear his bellows blow;

그의 풀무질 소리 들리리.

You can hear him swing his heavy sledge,

묵직한 쇠망치 휘두르는 소리 들리리.

With measured beat and slow,

박자에 맞춰 천천히 치는 소리.

Like a sexton ringing the village bell,

저녁 해가 나직이 떨어질 때

When the evening sun is low.

교회 머슴이 마을 종을 울리듯이.

4연

And children coming home from school

학교에서 귀가하는 아이들이

Look in at the open door;

열린 문틈으로 들여다보네.

They love to see the flaming forge,

타오르는 용광로 구경하다,

And hear the bellows roar,

시끄러운 풀무소리 견뎌내고. (풀무소리 들으며, 편역자)

And catch the burning sparks that fly

도리깨질하는 마당의 왕겨처럼

Like chaff from a threshing-floor.

나부끼는 불똥잡기놀이 즐겨한다네.

1연~4연

chestnut [tʃésnʌt] 밤, 밤나무, 밤색, 밤색의. smithy [smíθi] 대장장이의 일터, 대장간. smith [smiθ] 대장장이. mighty [máiti] 강력한, 강대한, 위대한. sinewy [sínjuːi] 힘줄의, 근육이 불끈 솟은. brawny [brɔ́ːni] 근골(筋骨)이 늠름한, 억센, 튼튼한, 센. crisp [krisp] 파삭파삭한, 부서지기 쉬운, 상쾌한, 곱슬곱슬한. tan [tæn] 무두질하다, 햇볕에 태우다, 부드러워지다, 황갈색, 탠 껍질. owe [ou] 빚지고 있다, ~의 덕택이다. bellow [bélou] 큰 소리로 울다, 고함치다, 울부짖는 소리, 울리는 소리. bellows [bélouz] 풀무. blow [blou] 불다, 숨을 내쉬다, 폭발하다, 격노하다, 한 번 불기, 강풍, 송풍하다. sledge 는 sledgehammer 대형 쇠망치. measured 정확히 잰, 측정한, 신중한, 잘 생각한, 박자가 맞는, 세련된. sexton [sékstən] 교회의 머슴 또는 관리인. forge [fɔːrdʒ] 용광로, 제철소, 대장간, 쇠를 불리다, 날조하다. chaff [tʃæf] 왕겨, 여물, 썰다, 놀림. thresh [θreʃ] 타작하다, 탈곡.

5연

He goes on Sunday to the church,

주일날에 그는 교회에 나가,

And sits among his boys;

자식들 틈에 앉아서,

He hears the parson pray and preach,

목사의 기도와 설교를 듣네,

He hears his daughter's voice

마을 성가대에서 노래하는

Singing in the village choir,

딸아이의 목소리 들으면

And it makes his heart rejoice.

그의 마음 더없이 기쁘다네.

6연

It sounds to him like her mother's voice

마치 낙원에서 노래하는

Singing in Paradise!

아이엄마의 목소리처럼 들린다네!

He needs must think of her once more,

어김없이 무덤에 누워있는

How in the grave she lies;

아내 모습 다시 떠올라,

And with his hard, rough hand he wipes

딱딱하고 거친 손으로 두 눈에 괸

A tear out of his eyes.

눈물방울 훔쳐낸다네.

7연

Toiling, - rejoicing, - sorrowing,

고생하고 - 기뻐하고 - 슬퍼하며,

Onward through life he goes;

앞으로도 평생을 살아갈 것이네.

Each morning sees some task begin,

아침마다 무슨 일이든 시작해

Each evening sees it close;

저녁이면 꼭 마무리하리.

Something attempted, something done,

뭔가를 시도하고 뭔가를 끝내,

Has earned a night's repose.

밤의 휴식을 벌며 살아가리.

8연

Thanks, thanks to thee, my worthy friend,

고맙네, 고마워, 존경스러운 벗이여,

For the lesson thou hast taught!

자네가 가르쳐준 교훈!

Thus at the flaming forge of life

그렇게 타오르는 인생용광로에서

Our fortunes must be wrought;

우리네 운명들도 빚어지나니,

Thus on its sounding anvil shaped

그렇게 울려 퍼지는 모루 위에서

Each burning deed and thought.

열띤 행위도 생각도 모습을 갖춰가나니.

(번역 김천봉, 헨리 워즈워스 롱펠로, 헨리 워즈워스 롱펠로 지음, 한국학술정보, 2012, p72-79)

5연~8연

rejoice [ridʒɔ́is] 기뻐하다, 즐겁게 하다. sound [saund] 소리, 소리가 나다, 소리 나게 하다. onward [ɑ́nwərd] 앞으로, 전방에, 나아가서. attempt [ətémpt] 시도하다, 꾀하다, 시도, 기도. earn [əːrn] 생활비를 벌다, 획득하다, 이익 등을 나게 하다. worthy [wə́ːrði] 훌륭한, 존경할 만한, 가치 있는, 훌륭한 인물. fortune [fɔ́ːrtʃən] 운, 우연, 운명, 행운, 행복, 번영, 재산, 우연히 일어나다, 재산을 주다. wrought [rɔːt] 고어에서 work의 과거, 과거분사. shape [ʃeip] 모양, 형상, 상태, 모양 짓다, 실현하다, 모양을 취하다. burning [bə́ːrniŋ] 불타는, 열렬한, 뜨거운, 지독한.

작품 해설

1840년에 발표된 이 시는 미국 국민의 사랑을 많이 받은 시라고 한다. 왜냐하면 이 시는 자신에게 주어진 일을 겸손하고 성실하게 해내고 가족에게서 행복을 찾고 또한 하나님을 섬기는 전형적인 미국 국민의 모범을 보이고 있기 때문이다. 시인은 이 시에서 불타는 용광로에서 우리의 행복이 만들어지고 당당한 모루에서 우리의 행동과 사고가 단련된다는 것을 말해주고 있다.

40. Crossing the Bar / Alfred, Lord Tennyson
모래톱을 지나며 / 알프레드, 로드 테니슨

Sunset and evening star,

노을과 저녁 별

And one clear call for me!

그리고 나를 부르는 분명한 소리!

And may there be no moaning of the bar,

내 바다로 나아갈 때

When I put out to sea,

모래톱의 애도하는 소리 없기를

But such a tide as moving seems asleep,

소리가 나거나 거품이 일기에는 너무나 충만한

Too full for sound and foam,

잠자듯 움직이는 물결만이 있기를 바라네.

When that which drew from out the boundless deep

끝없는 깊음으로부터 나온 그것이

Turns again home.

집으로 돌아갈 때

Twilight and evening bell,

황혼 그리고 저녁 종소리

And after that the dark!

그리고 그 후에 다가올 어둠!

And may there be no sadness of farewell,

이별의 슬픔일랑 없기를 바라네.

When I embark:

나의 배가 떠날 때

For tho' from out our bourne of Time and Place

시간과 공간의 한계로부터

The flood may bear me far,

물살이 나를 멀리 데려간다고 해도

I hope to see my Pilot face to face

나의 안내자 얼굴을 마주 보게 되기를 바라네.

When I have crost the bar.

모래톱을 건넜을 때

(번역 이선우, 젊은이들을 위한 키워드로 읽는 영시, 도서출판 재하, 2021, 30쪽-33쪽)

bar [ba:r] 술집, 카운터, 빗장을 지르다, 막다, 여기에서는 sandbar의 의미로 쓰였음. sandbar 모래톱. sunset [sʌnset] 해질녘, 일몰, 저녁노을, 노을빛의, 끝날 무렵의. moan [moun] 신음하다, 불평하다, 신음, 불평. moaning 신음소리. tide [taid] 조수, 흐름, 물결. foam [foum] 거품, 포말, 거품을 일으키다. twilight [twailait] 황혼, 땅거미, 황혼의, 불가사의한, 비밀스러운, 중간지대의. farewell [ferwel] 작별(인사), 안녕히 가세요. embark [imba:rk] 승선하다, 출항하다, 배에 태우다. bourne [bɔ:rn] 한계, 경계, 목적지. tho'는 though의 비격식. pilot [pailət] 조종사, 수로 안내인, 도선사, 지도자, 수로를 안내하다, (비행기나 배를) 조종하다. crost는 crossed의 뜻으로 봄.

작가 및 작품 해설

알프레드 테니슨(1809-1892)은 중부 잉글랜드, 랭카셔의 서머스비 출생. 목사의 아들로 태어나 엄격한 아버지의 교육을 받았다. 1828년 케임브리지대학의 트리니티 칼리지에 입학하여, 시 (팀북투 Timbuctoo)(1829)로 총장상 메달을 받았다. 이미 형 찰스와 (두 형제 시집 Poems by Two Brothers)(1827)을 익명으로 내놓았는데, 실은 장형 프레드릭까지 포함한 3형제 시집이다. 이어 (서정시집 Poems, Chiefly Lyrical)(1830)을 발표, L.헌트에게 인정을 받았고, 1831년 아버지가 죽자 대학을 중퇴하였다.

1832년의 (시집)에는 고전을 제재로 한 (연(蓮)을 먹는 사람들 The Lotos-Eaters), (미녀들의 꿈 The Dreams of Fair Women), 중세(中世)에서 제재를 얻은 (샬럿의 아가씨 The Lady of Shalott), 그의 예술관을 보여 주는(예술의 궁전 The Palace of Art) 등의 가작(佳作)이 들어 있다. 이 해 친구 아서 핼럼과 함께 유럽을 여행하였고, 이듬해 핼럼이 죽자 애도의 시를 쓰기 시작하였다. 1842년의 2권본 (시집)에는 (아더왕의 죽음), (율리시스 Ulysses), (록슬리 홀 Locksley Hall), (두 목소리 Two Voices), (고다이바 Godiva) 등의 명작 외에 (정원사의 딸), (도라) 등의 전원시(田園詩)가 실렸다. 이것은 T.칼라일, 에머슨, E.포 등에게도 애독되었으며, 다시 1847년의 (왕녀 (王女) The Princess)로 명성을 떨쳤다.

1850년에는 걸작 (인 메모리엄 In Memoriam)이 출판되었으며, W.워즈워스의 후임으로 계관시인(桂冠詩人)이 되었다. 이 해에 그는 약혼녀 에밀리 셀우드와 결혼하였다. (인 메모리엄)은 17년간을 생각하고 그리던, 죽은 친구 핼럼에게 바치는 애가(哀歌)로, 어두운 슬픔에서 신(神)에 의한 환희의 빛에 이르는, 시인의 '넋의 길'을 더듬은 대표작일 뿐만 아니라, 빅토리아 시대의 대표 시이기도 하다. 그 후에도 (모드 Maud)(1855), 대작 (국왕목가(國王牧歌) Idylls of the King)(1859~1885), 담시(譚詩) (이녹 아든 Enoch Arden)(1864) 등을 써서 애송되었으며, 여왕으로부터 영작(榮爵)을 받고, 빅토리아 시대의 국보적 존재가 되었다.

[네이버 지식백과] 알프레드 테니슨 [Alfred Tennyson] (두산백과 두피디아, 두산백과)

모래톱은 육지와 바다가 만나는 지점입니다. 땅에서 바다로 나아가는 지점이지요. 땅이 이승이라면 바다는 저 세계 즉 저승이겠네요. 살아가다 보면 죽음이 가까워 올 때가 닥칩니다. 노을과 저녁별이 보이면 이제 곧 나를 부르는 소리가 들릴 것입니다. 떠나야 할 때가 온 것이지요.

내가 바다로 나아갈 때 여기 모래톱에 남는 사람들이 슬퍼하지 않기를 바랍니다. 나는 새로운 여행을 떠날 뿐이니까요.

나는 내가 떠나온 바로 그곳 생명의 기원인 곳으로 다시 돌아갑니다. 그 과정이 조용하기만을 바랄 뿐입니다. 어쩜 자신의 죽음이 잔파도를 일으키길 바라지는 않지만 너무나 큰 시대적 흐름이 자신으로부터 와서 자신으로부터 돌아간다는 큰 자부심일지도 모릅니다. 너무나 큰 파도는 작은 소리나 거품을 만들어내지 않으니까요.

어쨌든 황혼과 저녁 종소리와 어둠이 차례로 다가오면 나는 저 바다로 항해를 떠납니다. 이 세계의 시공간 밖으로 우리가 그 길을 따라왔지만 이제 처음으로 가는 그 길에 좋은 안내인이 있어서 편안하길 기도합니다. (해설 이선우)

41. Ring out, wild bells / Alfred, Lord Tennyson
힘차게 울려라, 거친 종소리여 / 알프레드, 로드 테니슨

(In Memoriam A. H. H. / Canto 106)
(아서 헨리 할람을 기리며 / 제 106편)

Ring out, wild bells, to the wild sky,
크게 울려라, 거친 종소리여, 거친 하늘로
The flying cloud, the frosty light:
흘러가는 구름으로, 차가운 빛으로.
The year is dying in the night;
한 해가 이 밤에 사라지고 있네.

Ring out, wild bells, and let him die.

크게 울려라, 거친 종소리여, 그리고 그를 보내라.

Ring out the old, ring in the new,

낡은 것은 울려 보내고 새것을 울려 맞이하라.

Ring, happy bells, across the snow:

울려라, 행복한 종소리여, 눈 쌓인 곳을 가로질러.

The year is going, let him go;

한 해가 가고 있네, 그를 보내라.

Ring out the false, ring in the true.

거짓된 것은 울려 보내고 진실한 것을 울려 맞이하라.

Ring out the grief that saps the mind

우리가 여기에서 더 이상 볼 수 없는 사람들에 대해

For those that here we see no more;

마음을 갉아먹는 슬픔은 울려 보내라.

Ring out the feud of rich and poor,

부자와 빈자의 반목은 울려 보내라.

Ring in redress to all mankind.

모든 인류를 위한 치유를 울려 맞이하라.

Ring out a slowly dying cause,

천천히 죽어가는 명분과,

And ancient forms of party strife;

옛날 방식의 당파 싸움은 울려 보내라.

Ring in the nobler modes of life,

보다 고상한 삶의 양식을 울려 맞이하라.

With sweeter manners, purer laws.

보다 상냥한 예절, 보다 공정한 법과 함께.

Ring out the want, the care, the sin,

가난, 근심, 죄악과,

The faithless coldness of the times;

신뢰할 수 없는 이 시대의 냉혹함은 울려 보내라.

Ring out, ring out my mournful rhymes

보내라, 나의 슬픔에 젖은 노래는 울려 보내라,

But ring the fuller minstrel in.

하지만 보다 충실한 음유시인을 울려 맞이하라.

Ring out false pride in place and blood,

신분과 혈통에 있어서 잘못된 오만함,

The civic slander and the spite;

대중의 중상과 악의를 울려 보내라.

Ring in the love of truth and right,

진실과 정의에 대한 사랑을 울려 맞이하라.

Ring in the common love of good.

선에 대한 일반의 사랑을 울려 맞이하라.

Ring out old shapes of foul disease;

오래 된 유형의 나쁜 악폐는 울려 보내라.

Ring out the narrowing lust of gold;

황금에 대한 편협한 욕망은 울려 보내라.

Ring out the thousand wars of old,

지난날의 천년 전쟁은 울려 보내라.

Ring in the thousand years of peace.

평화의 천년을 울려 맞이하라.

Ring in the valiant man and free,

용감하고 자유롭고,

The larger heart, the kindlier hand;

보다 마음이 너그럽고 친절한 손길의 사람을 울려 맞이하라.

Ring out the darkness of the land,

이 땅의 어둠은 울려 보내고

Ring in the Christ that is to be.

계시는 그리스도를 울려 맞이하라.

(번역 동일성)

frosty [frɔ́ːst] 서리가 내리는, 혹한의, 냉담한. sap [sæp] 수액, 수액을 짜내다, 대호를 팜, 파서 무너뜨리다, 서서히 해치다. feud [fjuːd] 불화, 싸움, 반목, 다투다. redress [ríːdres] 배상, 구제, [ridrés] 고치다, 시정하다, 제거하다. cause [kɔːz] 원인, 이유, 근거, 주장, 대의, 원인이 되다, 일으키다. care [kɛər] 걱정, 근심, 돌봄, 보살핌. faithless 신의 없는, 불충실한. mode [moud] 양식, 형식. rhyme [raim] 운, 압운, 운문, 운을 달다, 시로 만들다. mournful [mɔ́ːrnfəl] 슬픔에 잠긴, 음침한, 쓸쓸한. minstrel [mínstrəl] 음유시인. place [pleis] 장소, 곳, 지역, 지방, 입장, 처지, 지위, 신분, 공간, 좌석. blood [blʌd] 피, 혈액, 혈통, 가문. civic [sívik] 시의, 도시의, 시민의. slander [slǽndər] 중상, 비방, 비방하다. spite [spait] 악의, 심술, 원한, 심술부리다. common [kɑ́mən] 공동의, 협동의, 일반의, 보통의, 비속한, 공유

160

지. foul [faul] 더러운, 비열한, 부정한, 몹시 나쁜. disease [dizíːz] 병, 질병,
불건전, 퇴폐, 악폐, 병들게 하다. lust [lʌst] 욕망, 갈망, 육욕. valiant
[væljənt] 용감한, 씩씩한, 훌륭한.

작품 해설

이 시는 알프레드 테니슨이 죽은 친구를 기리기 위해 1833년에 집필해서
1850년에 완성한, 서문 포함해서 133편에 이르는 장편시 In Memoriam A.
H. H. 중의 하나이다. 세계적으로 유명한 시로서 각국에서 제야의 종소리를
울리면서 많이 인용된다고 한다.

42. Alone / Edgar Allan Poe
나 홀로 / 에드거 앨런 포

From childhood's hour I have not been
유년 시절부터 난 다른 사람들과
As others were - I have not seen
같지 않았다. 난 다른 사람들이 보는 것처럼
As others saw - I could not bring
보지 않았다. 난 그들과 같은 샘에서
My passions from a common spring -
열정이 나올 수 없었다.
From the same source I have not taken
난 그들과 같은 근원에서 슬픔에
My sorrow - I could not awaken

161

잠기지 않았다. 난 다른 사람과 공감하여

My heart to joy at the same tone -

내 마음에 환희를 일깨울 수 없었다.

And all I loved - I loved alone -

그리고 내가 사랑했던 모든 걸 나 홀로 사랑했다.

Then - in my childhood - in the dawn

그때, 내 유년시절에,

Of a most stormy life - was drawn

아주 폭풍 같은 삶의 시작에,

From every depth of good and ill

선과 악의 모든 심연에서

The mystery which binds me still -

날 지금도 사로잡고 있는 세상의 신비를 보게 되었다.

From the torrent, or the fountain -

급류에서, 또는 샘에서

From the red cliff of the mountain -

산의 붉은 절벽에서

From the sun that 'round me rolled

날 둘러싸고 공전했던 태양에서

In its autumn tint of gold -

황금빛 가을 색조에서,

From the lightning in the sky

내 옆을 스쳐 지나갔던

As it passed me flying by -

하늘의 번개에서

From the thunder, and the storm -

우레와 폭풍에서

And the cloud that took the form

그리고 내 눈에는 악마의 형상을 짓는

(When the rest of Heaven was blue)

(나머지 하늘이 푸른색일 때)

Of a demon in my view -

구름에서 -

(번역 동일성)

childhood [tʃáildhùd] 어린 시절, 유년 시절. passion [pǽʃən] 열정, 정열, 격노, 열정을 느끼다. common [kάmən] 공동의, 협력의, 고유의, 비속한, 공유지. spring [spriŋ] 봄, 샘물, 근원, 동기, 용수철, 뛰다, 솟아오르다. source [sɔːrs] 수원, 원천, 근원, 출처. tone [toun] 음색, 어조, 색조, 기풍, 억양. joy [dʒɔi] 기쁨, 환희, 기뻐하다. awaken [əwéikən] 깨우다, 일으키다, 자각시키다. stormy [stɔ́rmi] 폭풍의, 격렬한, 난폭한, 논쟁하기 좋아하는. dawn [dɔːn] 새벽, 동틀 녘, 시작, 발단, 날이 새다, 밝아지다. mystery [místəri] 신비, 비밀, 불가사의, 성찬식, 추리소설, 수예. torrent [tɔ́rənt] 급류, 여울, 분출. depth [depθ] 깊이, 깊은 곳, draw [drɔː] 끌다. roll [roul] 구르다, 회전하다, 주기적으로 운행하다. autumn [ɔ́ːtəm] 가을, 추계. demon [díːmən] 악마.

작가 및 작품 해설

에드거 앨런 포(1809-1849)는 미국의 시인·작가·비평가. 양친은 지방 순회 무대 배우. 도박에서 짊어진 부채로 인하여 대학을 중퇴하고 사관 학교에 입학했으나 여기에서도 불량성으로 퇴학당했다. 1836년 14세 되는 종매와 결혼했으며 음주·도박·빈곤 속에, 1847년 그의 처의 죽음을 보게 되자, 종내 아편 중독으로 볼티모어에서 그의 기구한 생애의 막을 내렸다. 모두가 단일 효과를 노리고 있는 그의 단편 소설 (그로테스크와 아라베스크 Tales of the Grotesque and Arabesque(1840)) · (이야기 Tales(1845))에 모두 수록되어 있는데 음산 · 공포 · 우울 등의 효과에 성공하고, 시인으로서는 미의 창조가 시의 생명이라고 주장, 죽음 · 아름다움 · 우수 등을 테마로, 극히 음악적인 서정 표현에 성공했다.

그는 몽상가인 동시에 분석적 정신을 소유하여 "예술을 위한 예술"의 좁은 세계에 고립한 특이한 문학가로서, 보들레르 · 말라르메 등의 상징주의를 위시하여 유럽 근대 문학에 큰 영향을 주었다. 또 오늘날 대중 문학의 왕좌를 차지한 추리 소설도 그에게서 비롯하고 있다.

[네이버 지식백과] 포 [Edgar Allan Poe] (인명사전, 2002. 1. 10., 인명사전 편찬위원회)

이 시는 에드거 앨런 포가 20세인 1929년에 쓰였는데 자신이 어렸을 때 주변의 사람들과 함께 잘 어울리지 못하고 외톨이로 자라면서 정서적으로 불안정한 시절을 보냈고 그로부터 오는 외로움과 소외감 속에 미래에 대한 비관적인 생각이 잘 드러난 시라고 볼 수 있다.

43. Annabel Lee / Edgar Allan Poe
애너벨 리 / 에드거 앨런 포

It was many and many a year ago,

아주 아주 오랜 옛날,

In a kingdom by the sea,

바닷가 왕국에,

That a maiden there lived whom you may know

아마 당신도 알지 모를 소녀

By the name of Annabel Lee;

애너벨 리가 살았답니다 —

And this maiden she lived with no other thought

나를 사랑하고 내게 사랑받는 생각만으로

Than to love and be loved by me.

그 소녀는 살았답니다.

I was a child and she was a child,

이 바닷가 왕국에,

In this kingdom by the sea,

그녀도 어렸고 나도 어렸지만

But we loved with a love that was more than love—

우리, 나와 나의 애너벨 리는 -

I and my Annabel Lee—

사랑 이상의 사랑으로 사랑했답니다 -

With a love that the winged seraphs of Heaven

하늘나라 날개 달린 천사들도

Coveted her and me.

그녀와 나를 시샘할 만한 사랑을.

And this was the reason that, long ago,

바로 그것 때문에, 오래전,

In this kingdom by the sea,

이 바닷가 왕국에,

A wind blew out of a cloud, chilling

나의 아름다운 애너벨 리,

My beautiful Annabel Lee;

구름에서 바람 불더니 차갑게 식어버렸죠.

So that her highborn kinsmen came

그래서 그녀의 지체 높은 친척들 납시어

And bore her away from me,

내게서 그녀를 앗아가더니,

To shut her up in a sepulchre

이 바닷가 왕국 묘지 속에

In this kingdom by the sea.

그녀를 가둬버렸답니다.

The angels, not half so happy in Heaven,

우리의 절반도 행복하지 않은 천사들,

Went envying her and me—

하늘나라에서 그녀와 나를 시기했던 겁니다 -

Yes!—that was the reason (as all men know,

그래요! - (이 바닷가 왕국

In this kingdom by the sea)

모든 이들 알고 있듯) 그 이유 때문에,

That the wind came out of the cloud by night,

한밤 구름에서 바람 일더니,

Chilling and killing my Annabel Lee.

나의 애너벨 리 차갑게 죽게 된 거죠.

But our love it was stronger by far than the love

그러나 우리보다 나이든 사람들보다 -

Of those who were older than we—

우리보다 훨씬 현명한 많은 이들보다 -

Of many far wiser than we—

우리는 한층 더 강렬히 사랑했습니다.

And neither the angels in Heaven above

그래서 높은 하늘나라 천사들도

Nor the demons down under the sea

깊은 바다 아래 악마들도

Can ever dissever my soul from the soul

내 영혼과 아름다운 애너벨 리 영혼을

Of the beautiful Annabel Lee;

결코 갈라놓을 수 없답니다.

For the moon never beams, without bringing me dreams

달이 비출 때면 언제나 꿈을 꿉니다.

Of the beautiful Annabel Lee;

아름다운 애너벨 리를.

And the stars never rise, but I feel the bright eyes

별이 뜨면 언제나 빛나는 눈 느낍니다.

Of the beautiful Annabel Lee;

아름다운 애너벨 리 눈망울을 -

And so, all the night-tide, I lie down by the side

그래서 온밤 내내, 나는 누워 있답니다.

Of my darling—my darling—my life and my bride,

내 사랑 - 내 사랑 - 나의 생명, 나의 신부 곁

In her sepulchre there by the sea—

바닷가 그곳 그녀의 묘지 속 —

In her tomb by the sounding sea.

소리 나는 바닷가 그녀 무덤 속에.

(번역 손혜숙, 가지 않은 길, 미국 대표시선, 로버트 프로스트 외, 창비, 2014, p.21-23)

kingdom ['kɪŋdəm] 왕국. maiden [meidn] 처녀, 아가씨 seraph [sérəf] 치품천사(구품 천사들 중 가장 높은 천사). Covet [kʌvət] 탐내다, 갈망하다. chill [tʃil] 냉기, 오한, 아주 춥게 만들다, 차게 식히다. chilling ~ 부대상황을 나타내는 분사구문임. highborn 고귀한 태생의. kinsman [kɪnzmən] 친척, 혈족의 사람, 혈연자, 일가. bear~ away 운반해 가다, ~를 차지해 가다. sepulchre ['seplkə(r)] 무덤. demon [diːmən] 악마, 악령, 악의 화신, 마음을 괴롭히는 것.

작품 해설

　에드거 앨런 포(1809~1849)는 미국을 거대한 감옥으로 인식했다. 유랑극단 배우인 생부는 어느 날 종적을 감춰버렸다. 어머니마저 잃고 고아가 된 그는 양부의 손길을 거부하고 밑바닥 생을 선택했다.

　거친 생의 경계를 넘나들며 우울증과 도박, 마약에 빠져들었으나 문학적 세계관은 프랑스 보들레르나 말라르메가 동경할 정도의 참신한 것이었다.

　시 '애너벨 리'는 아내의 죽음을 애도하는 비가(悲歌)로 알려져 있다. 포가 쓴 마지막 시다. 사랑은 세월이나 지혜로도 갈라놓을 수 없을 만큼 강렬하다는 의미를 담고 있다. 흔히 서구문학에서 천사는 성스러운 대상이나, 이 시에선 사랑을 시샘하는 존재다. 포가 천사를 격하시킨 것은 초월적 신의 존재를 평소 부정했기 때문이다.

　2연의 첫 행은 '나는 아이였고 그녀도 아이였으나'다. 실제로 포와 아내 버지니아(Virginia Eliza Clemm)는 14세 차이를 극복하고 결혼했다. 결혼 당시

포는 27세, 버지니아는 13세. 심지어 사촌오빠와 동생 사이였다. 연구가들은 "두 사람은 남매처럼 살았고 버지니아는 처녀로 죽었다"고 분석한다. 버지니아의 사인은 결핵으로, 그녀가 죽을 때 24세였다. 2년 뒤 포도 세상을 떠났다. 과음이 원인이었다. (월간조선, 1991년 9월, 기자 김태완)

44. The raven / Edgar Allan Poe
갈까마귀 / 에드거 앨런 포

1연

Once upon a midnight dreary, while I pondered, weak and weary,

갖가지 별스럽고 기이한 책들, 지금은 잊혀진 설화들 펼쳐놓고,

Over many a quaint and curious volume of forgotten lore -

골똘히 생각하며 맥없이 지쳐 있던 어느 음산한 한밤중.

While I nodded, nearly napping, suddenly there came a tapping,

꾸벅대며 거의 졸고 있던 그때, 갑자기 두드리는 소리 있어,

As of some one gently rapping, rapping at my chamber door.

마치 누가 가벼이 톡톡 톡톡 내 방문 치는 듯한데,

"'Tis some visitor," I muttered, "tapping at my chamber door -

나는 중얼대길. "내 방문 두드리는 손님이겠지 -

Only this and nothing more."

단지 이번뿐, 더는 아니겠지."

Ah, distinctly I remember it was in the bleak December;

아, 분명히 기억나는 황량한 십이월의 일이었지,

And each separate dying ember wrought its ghost upon the floor.

흩어 꺼져가는 잿불들이 바닥에 환영 드리우고 있었지.

Eagerly I wished the morrow; - vainly I had sought to borrow

난 간절히 아침 오길 원하면서 - 잠시나마 책을 통해

From my books surcease of sorrow - sorrow for the lost Lenore -

죽은 레노어에 대한 슬픔 - 그 슬픔 잊길 바랐네 -

For the rare and radiant maiden whom the angels name Lenore -

천사들이 레노어라 부른 드물게 빛나던 그 여인 -

Nameless here for evermore.

여기서는 이름 없으리 영원히.

And the silken, sad, uncertain rustling of each purple curtain

자줏빛 커튼마다 알 수 없이 사각대는 슬픈 비단 소리,

Thrilled me - filled me with fantastic terrors never felt before;

나는 오싹하여 - 전에 못 느끼던 커다란 공포에 휩싸여,

So that now, to still the beating of my heart, I stood repeating

그래서 당장, 두근대는 심장 가라앉히려 일어나 되뇌니,

"'Tis some visitor entreating entrance at my chamber door -

"내 방에 들어오길 간청하는 손님일 테지 -

Some late visitor entreating entrance at my chamber door; -

문간에서 들어오길 간청하는 어떤 늦은 밤손님일 게야 -
This it is and nothing more."
이뿐이고, 더는 아니겠지."

Presently my soul grew stronger; hesitating then no longer,
곧 내 영혼 더 담대해져, 더 이상 주저 않고 말하게 되니,
"Sir," said I, "or Madam, truly your forgiveness I implore;
"선생님, 혹은 여사님, 진심으로 용서를 빕니다.
But the fact is I was napping, and so gently you came rapping,
당신이 조용히 내 방문 두드려, 너무도 어렴풋이 톡톡 두드려,
And so faintly you came tapping, tapping at my chamber door,
실은 깜박 선잠 든 채, 그 소리 그만 듣지 못했습니다." -
That I scarce was sure I heard you" - here I opened wide the door;
이러며 문 활짝 여니 -
Darkness there and nothing more.
거기엔 어둠뿐, 더는 아무 것도 없었지.

Deep into that darkness peering, long I stood there wondering, fearing,
나는 그 어둠 깊이 응시하며, 거기 오래 서 있었지. 의아하고 두렵고
Doubting, dreaming dreams no mortal ever dared to dream before;
의심스럽게, 어떤 인간도 그 이전에 감히 꾸지 못한 꿈꾸면서.

But the silence was unbroken, and the stillness gave no token,

그러나 고요는 깨지지 않았고, 어둠속엔 어떤 징조도 나타나지 않았고,

And the only word there spoken was the whispered word, "Lenore?"

거기서 내뱉은 유일한 말이라곤 속삭이는 한 마디, "레노어!"

This I whispered, and an echo murmured back the word, "Lenore!" -

이렇게 속삭이자, 나직이 메아리 돌아오길, "레노어!" -

Merely this and nothing more.

이 말뿐, 더는 아무것도 없었지.

Back into the chamber turning, all my soul within me burning,

뒤돌아 방으로 돌아오며, 내 안의 영혼 온통 불타는데,

Soon again I heard a tapping somewhat louder than before.

곧 다시 전보다 약간 더 크게 문 두드리는 소리 들렸네.

"Surely," said I, "surely that is something at my window lattice;

나는 말했지, "분명, 분명, 격자창에 뭔가 있어.

Let me see, then, what thereat is, and this mystery explore -

이제 거기 뭔가 있나 보고 이 의문 밝혀야지 -

Let my heart be still a moment and this mystery explore; -

잠시 마음 진정하고 이 의문 밝혀야지 -

'Tis the wind and nothing more!"

이것은 바람일 뿐, 아무것도 아니겠지!"

1연

raven [réivən] 갈까마귀, 큰 까마귀, 검고 윤이 나는, 강탈하다. dreary [dríəri] 황량한, 처량한, 음산한, 따분한 사람, 따분하게 하다. ponder [pándər] 숙고하다, 신중히 고려하다. weary [wíəri] 피로한, 지쳐 있는, 싫증 나는, 사람을 지치게 하는, 지치게 하다, 피로하다. lore [lɔːr] 민간전승, 지식, 교훈. curious [kjúəriəs] 호기심 있는, 기묘한. tap [tæp] 가볍게 두드리다, 똑똑 두드리다, 가볍게 두드리기. rap [ræp] 톡톡 두드리다, 톡톡 두드림. separate [sépərèit] 떼어 놓다, 분리하다. [sépərit] 갈라진, 분리된, 따로따로 의, 갈라진 것. wrought [rɔːt] (고어, 시어) work의 과거, 과거분사, 가공된, 정련한, 꾸민. eagerly 열망하여, 열심히, 간절히. morrow [mɔ́(ː)rou] 이튿날, 내일, 아침. surcease [sərsíːs] 그침, 정지, 그치다, 정지하다, 포기하다. rare [rɛər] 드문, 진기한. radiant [réidiənt] 빛나는, 밝은. for evermore 영원히, 언제까지나. silken [sílkən] 비단의, 보드라운. uncertain [ʌnsə́ːrtn] 불명확 한, 확실히 모르는, 변덕스러운. fantastic [fæntǽstik] 환상적인, 몽환적인, 야릇한, 변덕스런. still [stil] 정지한, 움직이지 않는, 조용한, 아직, 그러나, 고요, 정적, 가라앉히다, 달래다, 고요해지다. entreat [entríːt] 탄원하다, 간청하다. entrance [éntrəns] 입구, 입장, 취업, 입장료. implore [implɔ́ːr] 애원하다, 간청하다. peer [piər] 동료, ~에 필적하다, ~와 비견하다, 자세히 보다, 응시하다. stillness [stílnis] 고요, 정적, 침묵. token [tóukən] 징후, 징조, 특징, 기념품, 증거로서 주어진, 형식뿐인. lattice [lǽtis] 격자, 격자창, 격자를 붙이다. thereat 거기에, 그런 까닭에, 그 때. mystery [místəri] 신비, 비밀, 불가사의, 괴기소설. explore [iksplɔ́ːr] 탐험하다, 답사하다, 탐구하다.

2연

Open here I flung the shutter, when, with many a flirt and flutter,

이러고선 덧창 열어젖히니, 요란스레 펄럭대고 푸드덕대며,

In there stepped a stately Raven of the saintly days of yore;

신성한 옛날 옛적 갈까마귀 한 마리 당당히 방 안으로 들어왔네.

173

Not the least obeisance made he; not a minute stopped or stayed he;

조금도 굽실대지 않고, 한순간도 멈추거나 멈칫하지 않고,

But, with mien of lord or lady, perched above my chamber door -

귀족이나 귀부인의 자세로 내 방문 위로 올라앉았지 -

Perched upon a bust of Pallas just above my chamber door -

내 방문 바로 위 팔라스 흉상 위로 올라앉았지 -

Perched, and sat, and nothing more.

자리 잡고 앉을 뿐, 더는 아무 짓도 하지 않았지.

Then this ebony bird beguiling my sad fancy into smiling,

그러더니 이 흑단 같은 새, 진지하고 엄하고 예의 바른 표정으로

By the grave and stern decorum of the countenance it wore,

내 슬픈 공상을 미소로 바꿔주니, 나는 말하길,

"Though thy crest be shorn and shaven, thou," I said, "art sure no craven,

"비록 네 깃 잘리고 깎였어도, 분명 넌 겁쟁이가 아니요.

Ghastly grim and ancient Raven wandering from the Nightly shore -

밤 기슭 떠나 떠도는, 유령처럼 섬뜩한 태곳적 갈까마귀려니 -

Tell me what thy lordly name is on the Night's Plutonian shore!"

밤의 저승 기슭에서 네 잘난 이름 어떻게 불리는지 알려다오!"

Quoth the Raven "Nevermore."

갈까마귀 말하길, "결코 않으리."

Much I marvelled this ungainly fowl to hear discourse so plainly,

이 꼴사나운 새가 그토록 분명히 알아듣는 것에 깜짝 놀랐지.

Though its answer little meaning - little relevancy bore;

비록 그 대답 별 의미 없고 - 별로 적절치 않았지만.

For we cannot help agreeing that no living human being

자기 방문 위에 앉은 새를 보는 것, 어떤 살아 있는 사람도

Ever yet was blessed with seeing bird above his chamber door -

이제껏 가지지 못한 축복이란 걸 인정할 수밖에 없었지.

Bird or beast upon the sculptured bust above his chamber door,

자기 방문 위 조각된 흉상에 앉은 새나 짐승을 본다는 것,

With such name as "Nevermore."

"결코 않으리"란 이름의 새를 본다는 것이.

But the Raven, sitting lonely on the placid bust, spoke only

그러나 갈까마귀는 홀로 조용히 흉상에 앉아,

That one word, as if his soul in that one word he did outpour.

그 한마디에 제 넋 쏟아 부은 양, 오직 그 말만 되뇌고 있었지.

Nothing farther then he uttered - not a feather then he fluttered -

그러고는 더 이상 아무 말 않고 - 깃털도 펄럭이지 않아 -

Till I scarcely more than muttered "Other friends have flown before -

마침내 나는 그저 중얼대길, "다른 친구들 이미 날아갔고 -

On the morrow he will leave me, as my Hopes have flown before."

아침이면 저 새도 나를 떠나리. 내 희망 이미 날아간 것처럼."

Then the bird said "Nevermore."

그러자 그 새 말하길, "결코 않으리."

Startled at the stillness broken by reply so aptly spoken,

그렇게 적절한 대답으로 정적 깨지자 나는 놀라 말했지,

"Doubtless," said I, "what it utters is its only stock and store

"새가 지껄인 말은 분명 어떤 불행한 주인에게서 배운

Caught from some unhappy master whom unmerciful Disaster

유일한 밑천이자 자산. 무자비한 재앙이 쫓고 더 바짝 쫓아

Followed fast and followed faster till his songs one burden bore -

마침내 주인의 노래에 단 하나 후렴구만 남고 -

Till the dirges of his Hope that melancholy burden bore

마침내 그의 희망도 죽어 그 슬픈 후렴구만 남게 된 거야

Of 'Never - nevermore'."

'결코 - 결코 않으리'란 후렴구만이."

But the Raven still beguiling all my fancy into smiling,

그러나 갈까마귀는 슬픈 내 영혼 계속 유혹해 미소 짓게 하여,

Straight I wheeled a cushioned seat in front of bird, and bust and door;

나는 새와 흉상과 문 앞으로 푹신한 의자 쭈욱 밀고 갔지.

Then, upon the velvet sinking, I betook myself to linking

그리고는 벨벳에 깊숙이 몸담고, 공상에 공상을 이어가며,

Fancy unto fancy, thinking what this ominous bird of yore -

불길한 옛날 새 - 험상궂고, 꼴사납고, 섬뜩하고, 비쩍 마른,

What this grim, ungainly, ghastly, gaunt, and ominous bird of yore

불길한 이 옛날 새가 울어대는 의미가 뭔지 골똘히 생각했지,

Meant in croaking "Nevermore."

"결코 않으리"란 울음의 의미를.

2연

fling [fliŋ] 내던지다, 투입하다, 급파하다, 돌진하다, 뛰어들다, 창 등을 거칠게 열다, 내던지기, 투척, 도약, 격분. flirt [fləːrt] 시시덕거리다, 훨훨 날다, 농락하다, 튀기다, 홱 던지다, 바람난 여자, 홱 던지기, 활발한 움직임. flutter [flʌ́tər] 퍼덕거리다, 날개치다, 두근거리다, 퍼덕거림, 두근거림, 고동, 동요. saintly 성도 같은, 덕망 높은, 거룩한. yore [jɔːr] 옛날, 옛적. obeisance [oubéisəns] 경례, 절, 인사, 경의, 존경. mien [miːn] 풍채, 태도, 모습. perch [pəːrtʃ] 횃대, 마부석, 좌석, 횃대에 앉다, 자리잡다. Pallas [pǽləs] (그리스신화) 팔라스(Athena 여신의 이름, 지혜·공예의 여신). bust [bʌst] 흉상, 반신상, 여성의 앞가슴, 파열시키다, 부서지다. ebony [ébəni] 흑단, 흑단의, 칠흑의. beguile [bigáil] 현혹시키다, 미혹시키다, 속이다. fancy [fǽnsi] 공상, 환상, 변덕, 취미. decorum [dikɔ́ːrəm] 단정, 예의바름. countenance [káuntənəns] 생김새, 용모, 표정, 장려, 지지, 호의를 보이다, 장려하다, 후원하다. crest [krest] 볏, 도가머리, 꼭대기, 꼭대기 장식을 달다, 파도가 놀치다. shear (shear-shore-shorn) 낫으로 베어내다, 보풀을 베어내다, ~에게서 빼앗다, 가위질하다, 큰 가위(ph.), 깎기. craven [kréivən] 겁쟁이, 겁 많은. shave [ʃeiv] 깎다, 면도하다. nightly 밤의, 밤에 일어나는, 밤에 활동하는, 밤에, 밤마다. wander [wɑ́ndər] 헤매다, 어슬렁거리다, 길을 잃다, 방랑하다. grim [grim] 엄한, 냉혹한, 소름끼치는, 굳센. Pluto [plúːtou] (그리스 신화) 플루톤, 명부의 신, 명왕성. Plutonian [pluːtóuniən] pluto의, 명계의, 하계의, (천문학에서) 명왕성의. shore [ʃɔːr] 바닷가, 해안, 나라, 상륙하다, 둘러

싸다. lordly 군주(귀족)다운, 당당한, 숭고한, 위엄이 있는, 오만한. quoth [kwouθ] (고어) 말하였다. marvel [mɑ́ːrvəl] 놀라운 일, 경이, 경탄, 놀라다, ~을 기이하게 느끼다. ungainly 보기 흉한, 볼품없는, 어색한. fowl [faul] 닭, 가금, (시어, 고어) 새. discourse [dískɔːrs] 강연, 담화, 설교, 이야기. plain [plein] 분명한, 솔직한, 순수한, 검소한, 보통의, 분명히, 솔직히, 아주, 평지, 평원. relevance [rélevəns] 관련성, 타당성, 적절성. sculpture [skʌ́lptʃər] 조각, 조각하다. placid [plǽsid] 평온한, 조용한, 침착한. lonely [lóunli] 외로운, 고독한, 쓸쓸한, 호젓한. outpour 흘러나오게 하다, 흘러나오다, 유출시키다, 유출하다, 흘러나옴, 유출, 유출물. mutter [mʌ́tər] 중얼거리다, 투덜거리다. aptly 적절히, 교묘하게. stillness [stílnis] 고요, 정적, 침묵. doubtless [dáutlis] 의심할 바 없는, 확실한, 의심할 바 없이, 확실하게. stock [stɑk] 줄기, 혈통, 주식, 채권, 저장, 비축, 수중에 있는, 재고의, 표준의, 사들이다, 구입하다. store [stɔːr] 저축, 비축, 가게, 상점, 창고, 저축하다, ~에 공급하다, 창고에 비축하다. dirge [dəːrdʒ] 만가(輓歌), 애도가. bear [bɛər] 나르다, 가져가다, ~한 자세를 취하다, 몸에 지니다, 갖고 있다, 퍼뜨리다, 지탱하다, 떠맡다, 낳다, 휘두르다, 견디다, 참다, 압박하다, 영향을 주다, 향하다, 곰. burden [bə́ːrdn] 무거운 짐, 부담, ~에게 짐을 지우다, 시나 노래의 반복, 장단 맞추는 노래. melancholy [mélənkὰli] 우울, 우울증, 우울한, 슬픈. wheel [hwiːl] 수레바퀴, 회전, 수레로 나르다, 바퀴를 달다, 수레를 움직이다, 수레를 밀다, 선회하다. betake oneself to ~로 향하다, 가다, ~에 의지하다, 해보다. gaunt [gɔːnt] 수척한, 황량한, 무시무시한, 수척하게 하다. ominous [ɑ́mənəs] 불길한, 전조의, 험악한. croak [krouk] 깍깍 울다, 개골개골 울다, 깍깍 우는 소리, 개골개골 우는 소리.

3연

This I sat engaged in guessing, but no syllable expressing
앉아 이런 추측에 몰두하는 동안, 이글대는 그 새 눈빛
To the fowl whose fiery eyes now burned into my bosom's core;

내 가슴 한복판에 타들어와 나는 입조차 열 수 없었네.

This and more I sat divining, with my head at ease reclining

등잔 불빛 넉넉히 드리워진 쿠션 벨벳 안감 위로

On the cushion's velvet lining that the lamp-light gloated o'er,

편안히 머리 기대어 이리저리 추측했네.

But whose velvet-violet lining with the lamp-light gloating o'er,

등잔 불빛 넉넉히 드리워진 보랏빛 벨벳 안감 위로

She shall press, ah, nevermore!

아, 그녀는 결코 다시는 기대지 못하리!

Then, methought, the air grew denser, perfumed from an unseen censer

그러자 푹신한 바닥에 희미한 발소리 울리며 천사들이 흔드는

Swung by Seraphim whose foot-falls tinkled on the tufted floor.

보이지 않는 향로에서 향기 흘러넘쳐 방 공기 점점 짙어지는 것 같았네.

"Wretch," I cried, "thy God hath lent thee - by these angels he hath sent thee

"불쌍한 인간," 난 외쳤네. "신이 네게 준 것 - 이 천사들 통해

Respite - respite and nepenthe from thy memories of Lenore;

네게 준 것은 잠깐의 휴식 - 레노어에 대한 기억을 잠시나마 잊고 휴식하는 것.

Quaff, oh quaff this kind nepenthe and forget this lost Lenore!"

들이켜라, 고마운 망각의 약을, 오 들이켜라, 그리고 죽은 레노어를 잊으라!"

Quoth the Raven "Nevermore."

갈까마귀 말하길, "결코 않으리."

"Prophet!" said I, "thing of evil! - prophet still, if bird or devil! -

나는 말했네, "사악한 것! - 새든 악마든 예언자인 건 사실! -

Whether Tempter sent, or whether tempest tossed thee here ashore,

마귀가 널 보냈건, 폭풍우가 이곳 기슭으로 던져버렸건,

Desolate yet all undaunted, on this desert land enchanted -

외로워도 전혀 기죽지 않고 이 마법 걸린 황량한 땅에 -

On this home by Horror haunted - tell me truly, I implore -

공포에 사로잡힌 이 집에 들어왔으니 - 예언자여, 간청하니 진심으로 말해다오 -

Is there - is there balm in Gilead? - tell me - tell me, I implore!"

길르앗엔 향유가 있는가 - 있는 것인가? - 말해다오 - 간청하니 말해다오!"

Quoth the Raven "Nevermore."

갈까마귀 말하길, "결코 않으리."

"Prophet!" said I, "thing of evil! - prophet still, if bird or devil!

나는 말했네, "사악한 것! - 새든 악마든 예언자인 건 사실! -

By that Heaven that bends above us - by that God we both adore -

우리를 굽어보는 하늘에 맹세코 - 숭배하는 신에게 맹세코 -

Tell this soul with sorrow laden if, within the distant Aidenn,

멀리 에덴에서 천사들이 레노어라 부르는 성스러운 여인을 -

It shall clasp a sainted maiden whom the angels name Lenore -

천사들이 레노어라 부르는 드물고 빛나는 그 여인을,

Clasp a rare and radiant maiden whom the angels name Lenore."

슬픔 가득한 이 영혼이 껴안을 수 있는지, 껴안을 수 있는지 말해다오, 예언자여!"

Quoth the Raven "Nevermore."

갈까마귀 말하길, "결코 않으리."

"Be that word our sign of parting, bird or fiend!" I shrieked, upstarting -

"새든 악귀든, 그 말은 우리 헤어지자는 신호!" 나는 벌떡 일어나 외쳤지 -

"Get thee back into the tempest and the Night's Plutonian shore!

"돌아가라 폭풍우와 밤의 저승 기슭으로!

Leave no black plume as a token of that lie thy soul hath spoken!

까만 깃털 하나 남기지 마라 네 영혼이 지껄인 거짓의 흔적으로!

Leave my loneliness unbroken! - quit the bust above my door!

내 외로움 깨뜨리지 마라! - 방문 위 흉상에서 떠나라!

Take thy beak from out my heart, and take thy form from off my door!

네 부리 내 가슴에서 거둬가라. 네 형상 내 문에서 거둬가라!"

Quoth the Raven "Nevermore."

갈까마귀 말하길. "결코 않으리."

And the Raven, never flitting, still is sitting, still is sitting

그리고선 갈까마귀. 조금도 꿈쩍 않고. 조용히 앉아 있었지.

On the pallid bust of Pallas just above my chamber door;

내 방문 바로 위 팔라스 흉상에 조용히 앉아 있었지.

And his eyes have all the seeming of a demon's that is dreaming,

그리고 악마의 온갖 꿈꾸는 표정 그 눈에 담아내네.

And the lamp-light o'er him streaming throws his shadow on the floor;

그리고 등잔 불빛 그 몸 타고 흘러 바닥에 그림자 드리우네.

And my soul from out that shadow that lies floating on the floor

그러니 바닥에 떠다니듯 펼쳐 있는 그 그림자로부터

Shall be lifted - nevermore!

내 영혼 벗어날 일 - 결코 없으리!

(번역 손혜숙, 가지 않은 길, 미국대표시선, 로버트 프로스트 외, 창비, 2014, p.14-20)

3연

engage [engéidʒ] 약속하다. 속박하다. 보증하다. 고용하다. 예약하다. 끌어들이다. 교전시키다. 종사하다. 관계하다. 근무하다. 교전하다. engage in ~에 착수하다. ~을 시작하다. ~에 종사하다. syllable [síləbəl] 음절. 한 마디 말. 음절하다. 발음하다. 이야기하다. fiery [fáiəri] 불의. 불같은. 열렬한. 격하기 쉬운, 얼얼한. divine [diváin] 신의, 신성한, 성스러운, 성직자, 신학자, 예언하다, 점치다, 간파하다. recline 기대다, 눕다, 의지하다. gloat [glout] 흡족한 듯이 바라보다, 만족해함. Violet [váiəlit] 바이올렛, 보랏빛, 보라색의. perfume [pə́ːrfjuːm] 향기, 향기를 풍기다. seraph [sérəf] 천사, 세 쌍의 날개가 있는 치품천사. seraphim [sérəfim] seraph의 복수. censer [sénsər] 향로(香爐). foot-fall 발소리. tinkle [tíŋkəl] 딸랑딸랑, 딸랑딸랑 울리다. respite [réspit] 연기, 유예, 휴식, 연기하다, 유예하다, 휴식시키다. nepenthe [nipénθi] 걱정을 잊게 하는 약. quaff [kwɑːf] 쭉 들이켜다, 쭉 들이킴. prophet [prɑ́fit] 예언자, 선각자. tempter 유혹자, 사탄, 악마. tempest [témpist] 사나운 비바람, 폭풍우, 야단법석, 소동, 소동을 일으키다, 몹시 사나워지다. toss [tɔːs] 던지다, (머리를) 갑자기 뒤로 젖히다, (배를) 흔들다, 뒹굴다, 몹시 들까불다. desolate [désəlit] 황폐한, 쓸쓸한, 우울한, 황폐케 하다. undaunted 불굴(不屈)의, 서슴지 않는, 기가 꺾이지 않는, 겁내지 않는, 용감한. daunt [dɔːnt] 으르다, 주춤하게 하다, 기세를 꺾다. all [ɔːl] 모든, 전부, 아주, 완전히. enchant [entʃǽnt] 매혹하다, 황홀케 하다, 마법을 걸다. desert [dézərt] 사막, 황무지, 사막의, 황폐한. [dizə́ːrt] 버리다, 돌보지 않다, 버리다, 떠나다, 공적, 미덕. implore [implɔ́ːr] 애원하다, 간청하다. balm [bɑːm] 향유, 방향, 진통제, 진정시키다. Gilead 길레아드, Jordan 강 동쪽 지방, 현재는 요르단 왕국의 서북부 지역, 길레아드 산. Aidenn 낙원. sainted 시성(諡聖)이 된, 신성한. clasp [klæsp] 걸쇠, 버클, 악수, 포옹, 걸쇠로 걸다, 꽉 잡다, 포옹하다. fiend [fiːnd] 마귀, 악마. shriek [ʃriːk] 날카로운 소리, 비명, 비명을 지르다. upstart 어정뱅이, 벼락부자, 벼락출세한, 갑자기 일어서다. plume [pluːm] 깃털, 깃털 장식, 깃털을 다듬다, 자랑하다. flit [flit] 훌쩍 날다, 휙 지나가다, 가벼운 움직임. pallid [pǽlid] 윤기 없는, 핼쑥한, 창백한, 활기 없는. float [flout] 뜨다, 떠돌아다니다, 표류하다, 뜨는 것, 부유물.

이 시는 1945년에 발표되어 에드거 앨런 포를 일약 유명한 시인으로 만들었지만 경제적으로 큰 도움은 되지 않았다. 갈까마귀의 방문으로 해서 시인은 침울한 심정에서 점차 격분해지고 거의 미칠 지경에 이르게 된다. 전체적인 시의 분위기는 음침하고 신비하며 시인의 죽은 연인에 대한 헌신적인 사랑이 잘 나타나고 있다.

45. Life / Charlotte Bronte
인생 / 샬럿 브론테

Life, believe, is not a dream,
믿으세요, 인생은, 현자들이 말하듯,

So dark as sages say;
그렇게 어두운 꿈은 아니랍니다.

Oft a little morning rain
때론 아침에 조금 내린 비가

Foretells a pleasant day:
화창한 날을 예고하거든요.

Sometimes there are clouds of gloom,
때로는 어두운 구름이 끼기도 하지만,

But these are transient all;
이들은 전부 금방 지나간답니다.

If the shower will make roses bloom,
만일 소나기가 장미꽃을 활짝 피게 한다면,

Oh, why lament its fall?
왜 소나기 내리는 걸 슬퍼하겠어요?

Rapidly, merrily,

빠르고 유쾌하게,

Life's sunny hours flit by,

인생의 밝은 시간들은 스쳐가 버려요.

Gratefully, cheerily

감사하며 즐겁게,

Enjoy them as they fly.

날아가는 그 시간들을 즐기세요.

What though death at times steps in,

가끔 죽음이라는 것이 우리 인생에 끼어 들어

And calls our Best away?

우리가 가장 좋아하는 이를 불러간들 어때요?

What though Sorrow seems to win,

슬픔이 희망을 이겨서

O'er hope a heavy sway?

짓누르고 있으면 또 어때요?

Yet Hope again elastic springs,

그래도 희망은 쓰러져도 꺾이지 않고

Unconquered, though she fell,

다시 탄력 있게 일어서거든요.

Still buoyant are her golden wings,

그 금빛 날개는 여전히 활기차고

Still strong to bear us well.

우리를 잘 지탱해 줄 만큼 여전히 강하답니다.

Manfully, fearlessly,

씩씩하게, 두려움 없이,

The day of trial bear,

시련의 날을 견뎌요.

For gloriously, victoriously,

영광스럽게, 늠름하게,

Can courage quell despair!

용기는 절망을 이길 수 있으니.

(번역 이선우, 젊은이들을 위한 키워드로 읽는 영시, 도서출판 재하, 2021, 9쪽-12쪽)

sage [seidʒ] 현자. oft [ɔːft] often. often [ɔːfn] 자주, 흔히. foretell [fɔːrtel] 예언하다, 예지하다. gloom [gluːm] 우울, 침울, 어둠. transient [trænziənt] 일시적인, 순간적인. rapidly 빠르게, 재빨리, 순식간에. merrily 즐겁게, 명랑하게. sway [swei] 흔들리다, 흔들림, 지배. heavy [hevi] 무거운. elastic [ilæstik] 고무 밴드, 고무로 된, 탄력 있는. buoyant [buːjənt] 경기가 좋은, 자신감에 차 있는, 물 위에 뜰 수 있는. bear [bɛər] 참다, 견디다, ~할 것이 못된다, 곰.

작가 및 작품 해설

샬럿 브론테(1816-1855)는 영국의 소설가이자 시인으로 세 명의 브론테 자매들 샬럿, 에밀리 (1818-1848), 안네(1820-1849) 중에서 맏언니입니다. Jane Eyre의 작가로 당대에는 세 자매 중에서 가장 인기 있는 작가였습니다.

인생이란 어떤 걸까요? 시인은 일단 인생은 결코 어두운 것은 아니라고 말합니다. 지금은 혹시 힘들지라도 좋은 삶을 예고하고 있다는 것이지요. 비가 온 뒤에야 맑은 하늘을 만날 수 있다는 겁니다. 결국 인생이란 공간에서는 슬픈 일이 곧 지나갈 것이듯이 기쁜 순간들도 쉽게 지나가니 주어진 그 시간들을 즐기라는 것이 됩니다.

슬프고 즐거운 여러 가지 일 뒤에는 결국 죽음이 기다리고 있습니다. 죽음은 영원한 이별이지요. 그러나 우리는 그 슬픔마저 극복하는 희망을 가지고 있습니다. 희망은 금빛 날개처럼 우리를 받쳐줄 만큼 강합니다. (해설 이선우)

46. O Captain! My Captain! / Walt Whitman
오 선장! 나의 선장이여! / 월트 휘트먼

1연

O Captain! my Captain! our fearful trip is done;

오 선장! 나의 선장이여! 우리들의 무서운 여행은 끝났습니다.

The ship has weather'd every rack, the prize we sought is won;

배는 온갖 풍랑을 무사히 이겨냈고, 우리가 찾던 상은 획득했습니다.

The port is near, the bells I hear, the people all exulting,

항구는 가까워지고, 종소리가 들립니다. 모두들 기뻐 날뛰고,

While follow eyes the steady keel, the vessel grim and daring;

한편 시선들이 안정된 용골(龍骨)을, 엄연하고 대담한 배를 따르고 있습니다.

But O heart! heart! heart!

그러나 오 가슴이여! 가슴이여! 가슴이여!

O the bleeding drops of red,

오 뚝뚝 떨어지는 붉은 핏방울이여,

Where on the deck my Captain lies,

갑판 위에 나의 선장이

Fallen cold and dead.

차갑게 죽어 쓰러져 누워 있는 곳에.

1연

weather [weðər] 날씨, 햇빛에 변하다, 무사히 헤쳐 나가다. rack [ræk] 받침대, 선반, 고문대, 괴롭히다. prize [praiz] 상품, 소중한 것, 상을 받을만한, 훌륭한. win [win] 이기다, 쟁취하다, 승리. exult [igzʌlt] 기뻐서 어쩔 줄 모르다, 의기양양하다. keel [ki:l] 용골, 뒤집히다, 전복되다. vessel [vésəl] 그릇, 용기, 배. grim [grim] 엄숙한, 단호한, 암울한. daring [derin] 대담한, 위험한, 대담성.

2연

O Captain! My Captain! rise up and hear the bells;

오 선장! 나의 선장이여! 일어나서 종소리를 들어주소서.

Rise up—for you the flag is flung

일어나십시오 – 당신을 위해 깃발은 나부낍니다.

—for you the bugle trills;

나팔이 울립니다.

For you bouquets and ribbon'd wreaths—

당신을 위해 꽃다발과 리본을 감은 화환들이 있고 해안이

for you the shores a-crowding;

군중들로 붐비고 있습니다.

For you they call, the swaying mass,

당신을 위해 밀리는 군중들은,

their eager faces turning;

열렬한 얼굴을 돌리며, 외칩니다.

Here captain! dear father!

여기에 선장이여! 사랑하는 아버지여!

This arm beneath your head;

머리 밑에 팔을 베고서!

It is some dream that on the deck,

무슨 꿈과 같습니다. 갑판 위에

You've fallen cold and dead.

당신이 차갑게, 죽어 쓰러져 있는 것이.

2연

begle [bjuːgl] 나팔. trill [tril] 떨리는 목소리, 지저귀는 소리, 떨리는 소리를 내다, 지저귀다. bouquet [bukei] 꽃다발. wreath [riə] 화환. shore [ʃɔːr] 해안, 호숫가. a-crowding은 being crowded의 의미임(시어나 고어에서 현재 분사 앞에 a가 붙었을 때). swaying 흔들리는. mass [mæs] 덩어리, 모임, 다량, 많은, 대량의, 대중적인.

3연

My Captain does not answer,

나의 선장은 대답이 없다.

his lips are pale and still;

입술은 창백하고

My father does not feel my arm,

나의 아버지는 내 팔을 느끼지 못하고,

he has no pulse nor will;

맥박도 의지도 없다.

The ship is anchor'd safe and sound,

배는 안전하게 든든히 닻을 내렸고,

its voyage closed and done;

항해는 끝장이 났다.

From fearful trip, the victor ship, comes in with object won;

무서운 여행으로부터 승리한 배는 목적을 달성하고 입항한다.

Exult, O shores, and ring, O bells!

기뻐 날뛰라 오 해안들이여, 울려라 오 종들이여!

But I, with mournful tread,

하지만 나는, 슬픔에 찬 걸음으로

Walk the deck my captain lies,

걷는다, 나의 선장이 차갑게 죽어 쓰러져

Fallen cold and dead.

누워 있는 갑판 위를.

3연

still [stil] 정지한, 조용한, 평온한, 아직도. pulse [pʌls] 맥박, 고동, 파동, 경향. anchor [ǽŋkər] 닻, 닻을 내리다, 정박하다. mournful [mɔ́ːrnfəl] 슬픔에 잠긴, 쓸쓸한, 애처로운.

(번역 이재호, 장미와 나이팅게일, 지식산업사, 1993, p.106-109)

작가 및 작품 해설

뉴욕 주 롱아일랜드에서 태어난 월트 휘트먼(1819년~1892년)은 목수이면서 민중의 대변인으로, 혁신적인 작품들을 통해 미국의 민주주의 정신을 표현한 시인이다. 휘트먼은 대부분 독학으로 지식을 깨우쳤는데, 11살에 일하기 위해 학교를 떠나는 바람에, 미국 작가들에게 존경심을 갖고 영국 작가들을 모방하게 만드는 전통적인 교육을 받지 않게 되었다. 그가 평생 수정하고 교정했던 시집 《풀잎(Leaves of Grass)》(1855)에는 미국인에 의해 쓰인 가장 독창적인 작품인 〈나 자신의 노래(Song of Myself)〉가 실려 있다. 비록 크게 성공은 못 했지만, 이 대담한 시집에 대해 에머슨을 비롯한 여러 사람들이 보내준 열정적인 찬사는 시인으로서 휘트먼의 입지를 확인시켜주었다.

모든 피조물을 찬미하고 있는 사변적인 시집 《풀잎》은 에머슨의 글로부터 많은 영감을 받았는데, 재미있는 점은, 에머슨은 수필 〈시인〉에서 휘트먼같이 신념이 강하고 마음이 열려 있으며 우주적인 시인을 예견했다는 것이다. 《풀잎》의 혁신적이고 각운에 연연하지 않는 자유시 형식, 성(性)에 대한 묘사, 생동감 있는 민주주의적 감수성에 대한 공개적인 찬미, 시인의 자아는 시, 우주, 독자와 하나라는 식의 극단적으로 낭만주의적인 주장 등은 미국 시의 방향을 완전히 바꾸어놓았다.

(출처 네이버 지식백과, 월트 휘트먼(Walt Whitman) 미국의 문학, 미국 국무부, 주한 미국대사관 공보과)

이 시는 표면적으로는 한 선장의 죽음을 노래하고 있지만, 그 진짜 의미는 암살당한 에이브러햄 링컨 대통령을 추모하는 것이다.

배가 고난의 원정에서 마지막 위대한 승리를 거두고 열렬한 환영을 받으며 항구로 돌아왔지만, 그 모든 영광의 주인공인 선장은 자신을 향한 사람들의 환호성과 선원의 간절한 외침도 듣지 못하는 싸늘한 주검이 되어 누워 있다는 내용은 남북전쟁을 북부의 승리로 이끌었지만 전쟁이 끝난 지 얼마 되지도 않아 암살자의 흉탄에 생을 마감하고 만 링컨을 비유적으로 표현하고 있다. (출처 나무위키)

47. Dover Beach / Matthew Arnold

도버 해안 / 매슈 아널드

1연

The sea is calm tonight.

바다는 오늘밤 잔잔하오.

The tide is full, the moon lies fair

조수(潮水)는 밀물이고, 달은 해협 위에

Upon the straits: on the French coast the light

아름답게 비치고, - 프랑스 해안에선 등대불이

Gleams and is gone; the cliffs of England stand,

반짝거리다가 사라지오; 영국의 절벽은 저 멀리

Glimmering and vast, out in the tranquil bay.

아물거리며 고요한 만(灣)에 돌출해 있소.

Come to the window, sweet is the night-air!

창문으로 오시오, 밤공기 시원하니!

Only, from the long line of spray

다만, 바다가 달빛으로 표백된 육지를

Where the sea meets the moon-blanched land,

만나는 물보라 이는 해안선으로부터

Listen! you hear the grating roar

들어보오! 파도가 뒤로 끌어당겼다가, 다시 돌아올 때,

Of pebbles which the waves draw back, and fling,

높은 해안에 던져 올려지는 자갈들이

At their return, up the high strand,

마찰하는 포효소리가

Begin, and cease, and then again begin,

느리고 떨리는 운율로

With tremulous cadence slow, and bring

시작했다, 그쳤다, 다시 시작하는 것을, 그리고

The eternal note of sadness in.

영원한 슬픈 가락을 마음속에 스며들게 하는 것을.

1연

fair [fɛər] 공평한, 꽤 많은, 살이 흰, 금발의, 아름다운, 정정 당당히, 정중히, 깨끗하게. tranquil [trǽŋkwil] 조용한, 평온한. spray [sprei] 물보라, 비말, 물보라를 날리다, 물을 뿜다. only [óunli] 유일한, 바로, 단지, 그저. blanch [blæntʃ] 희게 하다, 희어지다. grating [gréitiŋ] 격자, 창살, 삐걱거리는, 귀에 거슬리는. draw [drɔː] 끌다. fling [fliŋ] 내던지다, 돌진하다, 뛰어들다. roar [rɔːr] 으르렁거리다, 으르렁 소리. strand [strænd] 물가, 바닷가, 해안, 밧줄 가닥. tremulous [trémjələs] 떠는, 전율하는. cadence [kéidəns] 운율, 박자, 율동적으로 하다.

2연

Sophocles long ago

소포클레스도 저 먼 옛날에

Heard it on the Ægean, and it brought

이 소리를 에게 해(海)에서 듣고서,

Into his mind the turbid ebb and flow

그의 마음속에 인간의 비참함의

Of human misery; we

혼탁한 간만(干滿)을 상기시켰었소. 우리도

Find also in the sound a thought,

또한 그 소리 속에 한 생각을 발견하오

Hearing it by this distant northern sea.

이 먼 북쪽 바닷가에서 그 소릴 들으면서.

2연

Sophocles [sάfəklìːz] 소포클레스(옛 그리스의 비극시인; 496?-406? B.C.).
Aegean [idʒíːən] 에게해의, 다도해의. turbid [tə́ːrbid] 흐린, 혼탁한, 어지러
운, 흙탕물의. misery [mízəri] 불행, 비참한 신세. northern [nɔ́ːrðərn] 북쪽
에 있는.

3연

The Sea of Faith

신앙(信仰)의 바다

Was once, too, at the full, and round earth's shore

역시 한때는 만조였소. 그리고 지구의 해안 둘레를

Lay like the folds of a bright girdle furled.

겹겹이 두른 빛나는 허리띠처럼 감겨 있었소.

But now I only hear

그러나 지금 나는 오직 들을 뿐이오

Its melancholy, long, withdrawing roar,

구슬픈 긴 물러가는 포효소리가,

Retreating, to the breath

밤바람의 숨결에 맞춰

Of the night-wind, down the vast edges drear

세계의 광막하고 황량한 가장자리와

And naked shingles of the world.

노출된 자갈 해안 아래로 물러나는 것을.

3연

faith [feiθ] 신념, 믿음. fold [fould] 주름, 접은 자리, 접다, 구부리다. girdle [gə́ːrdl] 띠, 허리 띠, ~에 띠를 두르다. furl [fəːrl] 감아 걷다, 개키다, 접다, 감아올림. melancholy [mélənkὰli] 우울, 울적함, 우울한, 침울한. withdraw [wiðdrɔ́] 움츠리다, 회수하다. retreat [ritríːt] 퇴각, 물러나다. breath [breθ] 숨, 호흡, 한번 붊, 미풍, 살랑거림. drear [driər] 시어로서 dreary. dreary [dríəri] 황량한, 따분한, 따분한 인물, 따분하게 하다. shingle [ʃíŋgəl] 지붕널, 지붕널로 이다, 조약돌이 깔린 해변.

4연

Ah, love, let us be true

아! 님이여, 우리

To one another! for the world, which seems

서로 진실합시다, 왜냐하면 우리 앞에

To lie before us like a land of dreams,

몹시 다채롭게, 몹시 아름답게, 몹시 새롭게

So various, so beautiful, so new,

꿈나라처럼 펼쳐 있는 세계도

Hath really neither joy, nor love, nor light,

실은 기쁨도, 사랑도, 빛도,

Nor certitude, nor peace, nor help for pain;

확실성도, 평화도, 고통에 대한 도움도 갖고 있지 않기에,

And we are here as on a darkling plain

그리고 우리는 여기에 있소. 마치 무지한 군대들이

Swept with confused alarms of struggle and flight,

밤에 충돌하며, 싸움과 도망의 혼란한 경적(警笛)으로

Where ignorant armies clash by night.

휩쓸린 캄캄한 전장(戰場)에 있듯이.

(번역 이재호, 장미와 나이팅게일, 지식산업사, 1993, p.172-175)

4연

certitude [sə́:rtətjùːd] 확신, 확실성. darkling [dάːrkliŋ] 어두운, 기분 나쁜, 몽롱한, 어둠 속에. alarm [əlάːrm] 경보, 놀람, 공포, 불안. ignorant [ígnərənt] 무지한, 예의를 모르는. clash [klǽʃ] 충돌, 격돌, 부딪히는 소리를 내다, 충돌하다, 소리를 내다.

작가 및 작품 해설

　매슈 아널드(1822~1888)는 시인, 비평가. 옥스퍼드 출신. 1851년 이후 거의 일생을 장학관 · 옥스퍼드의 시학교수로 지냈다. 그의 문학자로서의 경력은 우선 시인으로 비롯되나, 얼마 안 있어 비평 활동에 정열을 기울였다. (비평론집)(1865)으로 대표되는 그의 문예비평은 "대상을 본질 그대로 관찰한다", "시는 인생의 비평이다"라는 말로써 유럽 문학의 전통적 기준을 강조함과 아울러 비평의 사회적 기능을 명확히 하면서 당시 영국의 '속물 근성'과 '지방성'을 공격했다. 문예비평은 곧 문명비평 · 사회비평 · 종교비평에까지 미쳐 (교양과 무질서)(1869)에서는 사회의 혼란과 무질서를 구출할 수 있는 것으로서 '교양'을 제시했다. 그의 '교양'이란 "이 현실사회에서 생각되고 알려진 최선의 것"을 알려고 하는 노력이며, 미와 밝음에 대한 정열이다.

[네이버 지식백과] 매슈 아널드 [Matthew Arnold] (세계문학사 작은사전, 2002. 4. 1., 김희보)

　이 시는 1867년에 발표되었는데 시각적이고 청각적인 이미지를 효과적으로 사용하여 시인이 의도하는 함축적 의미를 잘 나타낸, 매슈 아널드의 시 가운데에서 가장 잘 알려진 걸작이라고 할 수 있다.

이 시는 과학기술의 발달로 인하여 사회가 급격히 변화되고 이에 따라서 전통적인 가치와 사고방식, 신념과 신앙이 흔들리는 현상에 대해 시인이 느끼는 상실감과 슬픔을 노래하고 있다. 시인은 기쁨과 사랑, 신념과 평화가 없어지고 무지하게 서로 싸우는 어두운 광야에 서 있는 우리들의 모습을 그리고 있다.

48. A Bird, came down the Walk / Emily Dickinson
새 한 마리가 산책로에 내려오더니 / 에밀리 디킨슨

A Bird, came down the Walk -
새 한 마리가 산책로에 내려오더니 -
He did not know I saw -
내가 보고 있는 줄도 모르고 -
He bit an Angle Worm in halves
지렁이를 물어뜯어 반으로 나누더니
And ate the fellow, raw,
그 친구를 날것으로 먹어 치웠네.

And then, he drank a Dew
그리고 나더니 가까워서 이용하기 편한
From a convenient Grass -
풀에서 이슬을 마셨네 -
And then hopped sidewise to the Wall

그리고 나더니 딱정벌레가 지나가도록

To let a Beetle pass -

옆으로 뛰어 벽 쪽으로 비켜 주었네 -

He glanced with rapid eyes,

서둘러 사방을 살피는

That hurried all abroad -

날쌘 눈으로 그가 흘낏 보았다네 -

They looked like frightened Beads, I thought,

눈은 겁에 질린 구슬 같았다네 -

He stirred his Velvet Head. -

그는 벨벳 같은 머리를 흔들었네.

Like one in danger, Cautious,

위험에 처한 자처럼, 조심스럽게

I offered him a Crumb,

나는 그에게 빵부스러기를 던졌다네.

And he unrolled his feathers,

그러자 그가 날개를 펼치더니

And rowed him softer Home -

노를 저어 집으로 가버렸다네 -

Than Oars divide the Ocean,

은빛으로 가르고도 흔적도 없이 꿰매는

Too silver for a seam,

대양을 가르는 노보다도 -

Or Butterflies, off Banks of Noon,

아니면 한낮의 강둑에서 뛰어들어 물장구 소리도 내지 않고

Leap, plashless as they swim.

헤엄을 치는 나비들보다도 더 사뿐히.

(번역 윤명옥, 디킨슨 시선, 에밀리 디킨슨 지음, 지식을 만드는 지식, 2011, p.46-47)

walk [wɔːk] 걷다, 산책하다, 걷기, 산책, 보도, 샛길, 산책길, Angle Worm 낚시 밥으로 쓰이는 지렁이. bite [bait] 물다, 물어뜯다, 괴롭히다, 묾. bite-bit-bitten. convenient [kənvíːnjənt] 편리한, 형편이 좋은. hop [hɔp] 뛰다, 한 발로 뛰다, 뛰어 다니다. beetle [bíːtl] 투구벌레, 딱정벌레. glance [glæns] 흘끗 봄, 일별, 흘끗 보다. abroad [əbrɔ́ːd] 외국으로, 널리, 사방으로, hurry [hə́ːri] 매우 급함, 허둥지둥, 열망, 서두르다. stir [stə́ːr] 움직이다, 휘젓다, 분발시키다, 움직임, 휘젓기. row [rou] 열, 줄, 노를 젓다. row [rau] 법석, 소동, ~와 말다툼을 하다. oar [ɔːr] 노, 노 젓는 사람, 젓는 배, 노를 젓다. divide [diváid] 나누다, 가르다, 분배. seam [siːm] 솔기, 이음매, 경계선, 주름, 자국. plash [plæʃ] 절벅절벅, 철벙, 철썩철썩, 웅덩이, 반점.

작가 및 작품 해설

에밀리 디킨슨은 1830년 미국 매사추세츠 주 앰허스트에서 출생하였다. 독실한 청교도 가정에서 자랐고, 1847년 마운트 홀리요크 학교에 진학하였으나 1년 후 중퇴하였다. 1855년 만난 찰스 워즈워즈 목사에게서 신앙적인 영향을 받기도 했다. 평생 독신으로 살았으며, 외출을 거의 하지 않고 늘 집안에서 은둔하며 단조로운 삶을 살다가 55세에 사망했다.

디킨슨은 사랑과 이별, 죽음, 영원 등의 소재를 즐겨 다루었다. 운율은 17세기 풍에 가까웠으나 기법은 파격적이었다. 평생 2,000여 편의 시를 썼으나 생전에는 4편의 시만이 발표되었으며, 일부 평론가들 외에 대중의 주목은 받지 못했다. 사후 여동생이 시를 모아 시집을 출간하면서 널리 알려졌다.

　이 시는 시인이 산책길에서 우연히 만난 새를 관찰하면서 화가가 그림을 그리듯이 세세한 것들을 간결한 문체로 묘사하여 시적 이미지가 강한 시라고 볼 수 있다. 시인은 이 시를 통해서 자연의 아름다움과 동시에 자연의 비정함을 보여주고 또한 새와 인간의 교감과 동시에 단절을 보여주고 있다.

49. Because I Could Not Stop For Death / Emily Dickinson
내가 죽음의 신을 찾아갈 수 없었기에 / 에밀리 디킨슨

Because I could not stop for Death -
내가 죽음의 신을 찾아갈 수 없었기에 -
He kindly stopped for me -
그분이 친절하게도 나를 찾아 주었다네 -
The Carriage held but just Ourselves -
마차는 우리 둘만 태웠다네 -
And Immortality.
아니, 불멸도.

We slowly drove - He knew no haste
그분은 서두름을 모르기에 -우리는 천천히 갔다네.
And I had put away
게다가, 그분의 정중함 때문에.

200

My labor and my leisure too,

나는 나의 노고와 여가도

For His Civility -

두고 온 참이었다네 -

We passed the School, where Children strove

우리는 학교를 지나갔다네. 휴식시간이라 -

At Recess - in the Ring -

운동장에서 - 아이들이 겨루고 있었다네 -

We passed the Fields of Gazing Grain -

곡식이 응시하고 있는 들판도 지나갔다네 -

We passed the Setting Sun -

우리는 지고 있는 태양도 지나갔다네 -

Or rather - He passed Us -

아니, 오히려 태양이 우리를 지나갔다네 -

The Dews drew quivering and Chill -

이슬이 스며들어 춥고 떨렸다네 -

For only Gossamer, my Gown -

나는 단지 얇은 명주로 짠 - 겉옷을 입고 -

My Tippet - only Tulle -

얇은 명주로 짠 - 스카프만 하고 있었기에 -

We paused before a House that seemed

우리는 땅이 부풀어 오른 것 같아 보이는

A Swelling of the Ground -
한 채의 집 앞에 멈추었다네 -
The Roof was scarcely visible -
지붕은 거의 보이지 않았고 -
The Cornice - in the Ground -
처마돌림 띠는 - 땅속에 묻혀 버린 상태였다네 -

Since then - 'tis Centuries - and yet
그때 이후로 - 수 세기가 지났건만 -
Feels shorter than the Day
말들의 머리가 영원을 향하고 있다고,
I first surmised the Horses' Heads
내가 처음으로 느꼈던 그날보다
Were toward Eternity -
더 짧게 느껴진다네 -

(번역 윤명옥, 디킨슨 시선, 에밀리 디킨슨 지음, 지식을 만드는 지식, 2011, p.98-99)

stop for ~을 위해 서다, ~에 들르다. carriage [kǽridʒ] 객차, 마차, 운반. immortality [ìmɔːrtǽləti] 불멸, 불후의 명성. leisure [líːʒər] 레져, 여가 활동. civility [səvíləti] 정중함, 공손함. strive [straiv] 분투하다, 싸우다, 노력하다. put away 넣다, 치우다, 모으다, 먹어치우다. recess [ríːses] 휴회 기간, 휴회, 쉼, 휴식. dew [duː] 이슬, 방울, 상쾌함. grain [grein] 낟알, 알갱이, 곡식. quiver [kwívər] 떨다, 흔들리다. chill [tʃil] 냉기, 한기, 차가운. gossamer [gáːsəmə] 거미줄, 고운, 섬세한. tippet [típit] 스카프 따위의 길게 늘어진 부분, 어깨걸이, 목도리. tulle [tuːl] 명주나 나이론으로 망사처럼 짠 천. cornice [kɔ́ːrnis] 배내기(처마 밑에 있는 장식). surmise [sərmáiz]

추측하다. 추측. eternity [itə:rnəti] 영원, 영겁.

작품 해설

   이 시는 삶과 죽음에 관한 시인의 생각이 잘 나타난 시라고 볼 수 있다. 시인은 죽음을 의인화하여 죽음을 맞이하여 무덤까지 가는 여정을 묘사하고 죽은 이후의 영원성을 시로서 노래하고 있다. 2연에서 시인은 자신의 노동과 여가를 포기하고 정중하게 대해주는 죽음을 기꺼이 받아들인다. 3연에서는 학교의 아이들이 상징하는 유년기, 여물은 곡식의 들판이 상징하는 중년기, 지는 해가 상징하는 노년기를 지나는 삶의 여정을 나타내고 있다. 5연에서는 무덤에 도착하였고 6연에서 죽음이 삶의 종착지가 아닌 영원함의 시작임을 암시하고 있다.

50. Hope Is the Thing with Feathers / Emily Dickinson
희망은 깃털 달린 것이다 / 에밀리 디킨슨

Hope is the thing with feathers
희망은 깃털 달린 것이다 - -
That perches in the soul,
영혼 속에 횃대를 잡고 - -
And sings the tune without the words
말없이 노래를 부르며 - -
And never stops at all,
결코 - - 멈추지 않고 - -

And sweetest in the gale is heard,

광풍 속에서 - - 가장 달콤하게 들린다 - -

And sore must be the storm

그토록 많은 이들을 따스하게 해준

That could abash the little bird

저 작은 새를 무색하게 만들 수 있는 - -

That kept so many warm.

그런 폭풍은 정말 쓰라린 것이리라 - -

I've heard it in the chillest land,

난 그 노래를 아주 냉랭한 땅에서도 들었고 - -

And on the strangest sea,

아주 이상한 바다 위에서도 들었다 - -

Yet, never, in extremity,

하지만, 결코, 아무리 극한 상황에서도,

It asked a crumb of me.

그 것은 내게서 - - 빵 조각 하나 요구하지 않았다.

(번역 류주환, 에밀리 디킨스 시 전집, 퍼플, 2023)

feather [féðər] 깃, 깃털, 원기, ~에 깃털을 달다. 깃으로 장식하다. perch [pəːrtʃ] 횃대, 횃대에 앉다. 자리를 잡다. tune [tjuːn] 곡, 곡조, 선율, 가락을 맞추다, 조율하다. gale [geil] 강풍, 돌풍, 미풍(고어나 시어에서). sore [sɔːr] 아픈, 슬픈, 쓰라린, 격심한, 심하게, 상처. abash [əbǽʃ] 부끄럽게 하다, 당혹케 하다. strange [streindʒ] 이상한, 생소한, 낯선. extremity [ikstréməti] 말단, 극한, 궁지, 극도. crumb [krʌm] 작은 조각, 빵가루, 부스러뜨리다.

작품 해설

이 시는 1862년에 쓰였고 그녀의 가장 알려진 시 중에 하나다. 시의 희망적인 메시지 때문에 이 시를 소재로 해서 많은 노래가 작곡되었다고 한다. 시인은 희망이란 인간의 영혼에 자리 잡은 작은 새로 비유하면서 강풍이 불거나 아무리 어려운 환경에 처해도 꿋꿋하게 희망의 새는 노래를 부르며 많은 사람들을 따스하게 감싸주고 또한 아무것도 대가를 바라지 않는다고 하며 사람들이 절망에 빠졌을 때에도 희망을 잃지 말 것을 독자들에게 주문하고 있다.

51. I'm Nobody! Who are you? / Emily Dickinson
난 무명인이오! 당신은 누구시오? / 에밀리 디킨슨

I'm Nobody! Who are you?

난 무명인이오! 당신은 누구시오?

Are you - Nobody - too?

당신도 - 무명인 - 이오?

Then there's a pair of us!

그렇다면 우리는 한 쌍이군요?

Don't tell! they'd advertise - you know!

말하지 마시오! 사람들이 떠들어 댈 테니 - 잘 아시잖소!

How dreary - to be - Somebody!

유명인이 - 되는 게 - 얼마나 처량한지!

How public - like a Frog -

찬탄하는 늪에게 -

To tell one's name - the livelong June -

평생 당신의 이름을 나발대는 개구리처럼 -

To an admiring Bog!

얼마나 공개적인지!

(번역 윤명옥, 디킨슨 시선, 에밀리 디킨슨 지음, 지식을 만드는 지식, 2011, p.33)

advertise [ǽdvərtàiz] 광고하다, 선전하다, 짐짓 눈에 띄게 하다. dreary [dríəri] 황량한, 처량한, 따분한 인물, 따분하게 하다. public [pʌ́blik] 공중의, 일반 국민의, 공적인, 공립의, 공공연한, 소문난, 유명한, 공중, 국민, ~계, ~사회. admiring [ædmáiərin] 찬미하는, 감탄하는. bog [bɑg] 소택지, 습지, 소택지에 가라앉히다.

작품 해설

이 시는 유명인이 되기보다는 무명인으로 살아가면서 사생활을 침해받지 않고 내적으로 충만한 삶을 살고자 하는 시인의 생각이 잘 나타난 시라고 할 수 있다.

52. I taste a liquor never brewed / Emily Dickinson
나는 양조장에서는 빚어진 적이 없는 술을 맛보네 / 에밀리 디킨슨

I taste a liquor never brewed -
나는 양조장에서는 빚어진 적이 없는 술을 맛보네 -
From Tankards scooped in Pearl -
큼직한 술잔들에 떠 담겨 진줏빛 거품이 이는 술을 -
Not all the Vats upon the Rhine

라인 강변에 있는 양조장의 술 탱크들 중 어느 것도

Yield such an Alcohol!

이런 술을 빚지는 못하지!

Inebriate of air ‑ am I ‑

공기를 마시고 주정뱅이가 되어 ‑ 나는 ‑

And Debauchee of Dew ‑

그리고 이슬을 마시고 난봉꾼이 되어 ‑

Reeling ‑ thro' endless summer days ‑

취해 비틀거리며 ‑ 끝없이 이어지는 여름날들 내내

From inns of molten Blue ‑

녹아내릴 듯 푸른 지붕의 주막들을 헤매 다니네.

When "Landlords" turn the drunken Bee

술집 "주인장들"이 만취한 꿀벌을 돌려보낼 때도

Out of the Foxglove's door ‑

디기탈리스 꽃 술집 출입문에서.

When Butterflies ‑ renounce their "drams" ‑

나비들이 ‑ 잔에 남은 "한 모금"을 포기할 때도 ‑

I shall but drink the more!

나는 여전히 더 마실 거야!

Till Seraphs swing their snowy Hats ‑

천사들이 눈처럼 흰 모자를 흔들어대고 ‑

And Saints ‑ to windows run ‑

성자들이 - 창가로 몰려올 때까지 -

To see the little Tippler

햇살에 - 기대어 있는 -

Leaning against the - Sun!

이 조그만 술꾼을 바라보기 위해서

(번역 나희경, 에밀리 디킨슨의 시 읽기, 도서출판 동인, 2022, p.79-81)

taste [teist] 맛, 미각, 경험, 기미, 감식력, 맛보다, 경험하다. liquor [líkər] 독한 증류주, 술, 용액. brew [bru:] 양조하다, 양조. tankard [tǽŋkərd] 뚜껑과 손잡이가 달린 커다란 컵. scoop [sku:p] 주걱, 국자, 움푹 팬 곳, 대성공, 퍼올리다. scooped 둥글게 깊이 파인. Vat [væt] 큰 통. berry [béri] 핵 없는 소과실, 딸기류와 장과류(포도, 토마토, 바나나등). inebriate [iní:brièit] 취하게 하다, 도취하게 하다. [iní:briət] 술취한, 고주망태, 주정뱅이. debauchee [dèbɔːtʃí:] 방탕아, 난봉꾼. reel [ri:l] 릴, 얼레, 얼레에 감다, 귀뚤귀뚤 울다, 휘청거리다, 비틀거리다. inn [in] 여인숙, 여관, 술집, 주막. molten [móultn] melt의 과거분사, 녹은, 용해된. blue [blu:] 푸른, 우울한, 파랑, 창공, 푸른 바다, 파래지다. landlord [lǽndlɔ̀:rd] 지주, 집주인, (하숙·여관의) 주인. foxglove [fɑ:ksglʌv] 디기탈리스. seraph [sérəf] 천사(angel), 치품천사(熾品天使). saint [seint] 성인, 성도, 덕이 높은 사람, 성인으로 하다. tippler [típlər] 술꾼, 술고래.

작품 해설

이 시에서 시인은 아름다운 어느 여름날 맑은 공기에 취하고 깨끗한 이슬에 취하여 비틀거리며 햇빛에 기댄 채 서 있다. 그러자 천사들이 흰 모자를 흔들고 성자들이 창가로 다가가서 이 "조그만 술꾼"을 웬일인가 바라보고 있다. 자연의 아름다움에 취한 시인과 천사들과 성자들이 하나로 어울리고 있다.

53. My Life had stood - a Loaded Gun / Emily Dickinson
내 인생은 장전된 한 자루 총이네 / 에밀리 디킨슨

My Life had stood - a Loaded Gun -
내 인생은 장전된 - 한 자루 총이네 -
In Corners - till a Day
주인이 지나가다 -알아보고 -
The Owner passed - identified -
나를 데려가는 - 어느 날까지
And carried Me away -
나는 모퉁이에 서 있었네 -

And now We roam in Sovereign Woods -
우리는 지금 국왕의 숲을 헤매고 다니며 -
And now We hunt the Doe -
암사슴을 사냥하네 -
And every time I speak for Him
내가 주인을 위해 말할 때마다
The Mountains straight reply -
산들이 곧장 대답하네 -

And do I smile, such cordial light
힘찬 빛이 계곡에서 반짝이듯이
Upon the Valley glow -

나는 미소짓네 -

It is as a Vesuvian face

그 미소는 베수비어스 화산이

Had let it's pleasure through -

즐거움을 분출하는 듯하네 -

And when at Night - Our good Day done -

밤이 되어 - 우리의 멋진 하루가 끝나면 -

I guard My Master's Head -

나는 주인의 머리맡을 지키네 -

'Tis better than the Eider Duck's

그것은 푹신한 오리털 베개보다

Deep Pillow - to have shared -

- 더 좋네 -

To foe of His - I'm deadly foe -

주인의 적에게 - 나는 무서운 적이네 -

None stir the second time -

노란 총구를 겨누거나 -

On whom I lay a Yellow Eye -

엄지에 힘을 주면 -

Or an emphatic Thumb -

아무도 다시는 움직이지 못하네 -

Though I than He - may longer live

비록 주인보다 내가 - 오래 살긴 하겠지만

He longer must - than I -

주인이 나보다 - 오래 살아야하네 -

For I have but the power to kill,

나에게는 죽이는 능력이 있어도,

Without - the power to die -

죽는 능력은 - 없으므로 -

(번역 책사모, 에밀리 디킨슨, 도서출판 에이프릴, 2015.)

load [loud] 짐, 부담, 장전, 짐을 싣다, 탄환을 재다. identify [aidéntəfài] (본인임을) 확인하다, ~와 동일시하다, 일체가 되다, 공감하다. carry away 가 저가버리다, 열중케 하다. sovereign [sɑ́vərin] 주권자, 군주, 주권이 있는, 군주의, 독립한, 최상의. roam [roum] 어슬렁거리다, 방랑하다, 돌아다님, 배회. cordial [kɔ́ːrdʒəl] 충심으로부터의, 따뜻한, 친절한, 기운을 돋우는, 강심제. glow [glou] 빨갛게 타다, 백열하다, 빛을 내다, 반짝이다, 붉어지다, 백열, 붉은 빛, 달아오름, 만족감. Vesuvian [vəsúːviən] Vesuvius 화산의. Vesuvius [vəsúːviəs] 베수비오 산. let through 통과시키다, 간과하다, 눈감 아주다. Eider Duck 솜털 오리. emphatic [imfǽṭik] 어조가 강한, 힘준, 뚜렷한, 단호한. thumb [θʌm] 엄지손가락, 엄지손가락으로 만지다, 책장을 넘기다, 훑어보다.

작품 해설

이 시는 장전된 총을 의인화하여 쓴 시로서 주인은 권력을 가진 남성을, 총은 여성을 상징하는 것으로 보고 여성이 숨겨진 힘을 행사함으로서 당시 남성 우월주의 사회에 대해 저항하고 여성의 권익을 신장하고자 하는 열망을 담고 있는 시라고 볼 수 있다.

54. Success is counted sweetest / Emily Dickenson
성공을 가장 달콤하게 여기네 / 에밀리 디킨슨

Success is counted sweetest
성공하지 못한 이들은
By those who ne'er succeed.
성공을 가장 달콤하게 여기네.
To comprehend a nectar
꿀맛을 알기 위해서는
Requires sorest need.
가장 절실한 필요가 요구되듯이.

Not one of all the purple Host
오늘 깃발을 든
Who took the Flag today
자주빛 군대의 누구도
Can tell the definition
승리의 개념을
So clear of victory
뚜렷이 내릴 수는 없다네

As he defeated - dying -
패전하여 - 죽어가는 이의 -
On whose forbidden ear
들리지 않는 귀에는

The distant strains of triumph

멀리서 울리는 승리의 노랫가락이

Burst agonized and clear!

고통스럽고 분명하게 터지네!

(번역 책사모, 에밀리 디킨슨, 도서출판 에이프릴, 2015.)

count [kaunt] 세다, 계산하다, ~라고 생각하다, 계산, 셈. nectar [néktər] (그리스 신화) 신주, 감미로운 음료. sore [sɔːr] 아픈, 슬픈, 쓰라린, 극도의, 몹시. require [rikwáiər] 요구하다, 필요로 하다. need [niːd] 필요, 욕구, 결핍, 부족, 필요하다. purple [pə́rpəl] 자줏빛의, 화려한, 자줏빛, 자줏빛으로 하다. host [houst] 주인, 많은 사람, 군대, 접대하다. flag [flæg] 기, 깃발, 깃발을 세우다. definition [dèfəníʃən] 한정, 명확, 정의, 설명. burst [bəːrst] 파열하다, 폭발하다, 파열, 폭발.

작품 해설

이 시는 실패하고 패배한 사람이 성공한 사람보다 더 성공의 기쁨과 가치를 알 수 있다고 하는 것을 독자들에게 전해주고 있다.

55. The Loneliness One dare not sound / Emily Dickinson
고독은 감히 잴 수 없는 것 / 에밀리 디킨슨

The Loneliness One dare not sound -

고독은 감히 잴 수 없는 것 -

And would as soon surmise

그 크기는 무덤 속에 들어가서

As in its Grave go plumbing

재는 대로

To ascertain the size -

추측할 뿐이라네 -

The Loneliness whose worst alarm

고독의 최악의 경종은

Is lest itself should see -

단지 자세히 검토하느라

And perish from before itself

스스로를 보고서 -

For just a scrutiny -

스스로 앞에서 소멸하지 않을까 하는 것이라네 -

The Horror not to be surveyed -

공포는 보이지 않은 채

But skirted in the Dark -

어둠 속에 주둔해 있는 것 -

With Consciousness suspended -

정지된 의식과 함께

And Being under Lock -

잠겨 있는 존재라네 -

I fear me this - is Loneliness -

이것이야말로 내가 두려워하는 - 고독 -

The Maker of the soul

영혼의 창조자,

Its Caverns and its Corridors

고독의 동굴과 고독의 통로는

Illuminate - or seal -

불이 밝혀 있거나 봉인되어 있다네 -

(번역 윤명옥, 디킨슨 시선, 에밀리 디킨슨 지음, 지식을 만드는 지식, 2011, p.107)

loneliness [lóunlinis] 쓸쓸함, 적막, 외로움, 고립. sound [saund] 소리, 음성, 음향, 소리 나게 하다, 건전한, 측량하다, 조사하다. would as soon ~as ~하는 것보다 차라리 ~하는 게 낫다. plumb [plʌm] 연추, 수직, 연추의, 수직의, 수직을 조사하다, 측량하다. ascertain [æsərtéin] 확인하다, 규명하다. alarm [əlɑ́ːrm] 경보, 경보를 울리다. lest ~ should ~하지 않도록. perish [périʃ] 멸망하다, 죽다, 사라지다. scrutiny [skrúːtəni] 음미, 조사, 응시. horror [hɔ́rər] 공포, 전율, 공포를 느끼게 하다. survey [sərvéi] 내려다보다, 전망하다, 관찰하다, 조사하다, 측량하다. skirt [skərt] 치마, 가장자리, 둘러싸다, 변두리를 지나다, 회피하다. suspend [səspénd] 중지하다, 보류하다. cavern [kǽvərn] 동굴, 굴. corridor [kɔ́ːridər] 복도, 회랑. illuminate [ilúːmənèit] 조명하다, 밝게 비추다. seal [siːl] 봉인, 봉인하다, 날인하다.

작품 해설

에밀리 디킨슨은 이 시에서 고독을 무서운 존재, 또는 영혼의 창조자로서 감히 측량해서는 안 된다고 주장하고 있다. 고독을 단지 응시하기만 해도 고독 앞에서 죽을 수 있기 때문이다. 따라서 죽어서 무덤으로 가서 고독의 크기를 알아보는 것보다는 그냥 추측하는 것이 낫다고 하는 것이다.

그래서 시인은 고독의 공포를 살피지 말고 어둠 속에서 피해야 하며 고독의 공포에 빠지지 않기 위해서 의식을 정지시키고 자물쇠로 잠그어 놓아야 한다고 한다.

　시인은 유복한 집안에서 태어나서 평생 독신으로 살면서 외출도 거의 하지 않고 집 안에서만 생활을 하였는데 독서를 하면서 많은 시를 썼다. 그녀에게 고독은 늘 함께 하는 동반자였다고 볼 수 있는데도 정작 자신은 고독을 두려워하고 고독에 빠지는 것을 피해야 한다는 것이 새삼스럽다.

56. Remember / Christina Rossetti
기억해주세요 / 크리스티나 로제티

Remember me when I am gone away,

나를 기억해주세요 내가 떠나거든.

Gone far away into the silent land;

고요의 나라로 멀리 떠나가거든.

When you can no more hold me by the hand,

당신도 더 이상 내 손을 잡지 못하고,

Nor I half turn to go yet turning stay.

나도 가던 길을 돌아와 머물지 못하게 되거든.

Remember me when no more day by day

나를 기억해주세요 더 이상 매일같이

You tell me of our future that you plann'd:

당신이 계획한 우리의 미래를 못 들려주게 되거든

Only remember me; you understand

꼭 나를 기억해주세요. 그때 가서

It will be late to counsel then or pray.

의논하고 빌어봐야 늦는다는 걸 당신도 알잖아요.

Yet if you should forget me for a while

하지만 당신이 나를 잠시 잊었다가

And afterwards remember, do not grieve:

훗날 기억하더라도, 슬퍼하지는 마세요.

For if the darkness and corruption leave

어둠에 싸여 썩더라도 한때 내가 품었던

A vestige of the thoughts that once I had,

생각들의 흔적이라도 남는다면,

Better by far you should forget and smile

당신이 기억하고 슬퍼하는 것보다는

Than that you should remember and be sad.

당신이 잊고 미소하는 편이 훨씬 나을 테니까요.

(번역 김천봉, 이브의 딸, 크리스티나 로세티 시선, 글과 글 사이, 2017, p.51-51)

go away 떠나가다, 집을 떠나다. hold [hould] 가지고 있다, 잡다, 붙들다. future [fjúːtʃər] 미래, 장래. counsel [káunsəl] 의논, 협의, 조언, 충고, 조언하다, 의논하다. pray [prei] 간원하다, 빌다, 기원하다, 기도하다. grieve [griːv] 슬프게 하다, 몹시 슬퍼하다. corruption [kərʌpʃən] 타락, 부패, 매수. vestige [véstidʒ] 자취, 흔적, 표적. by far 훨씬, 단연코.

작가 및 작품 해설

크리스티나 로제티(1830-1894)는 런던 출생. D.G.로세티의 누이동생으로, 어린 시절부터 시를 몹시 좋아하였다. 1848년부터 오빠들의 결사(結社)인 '라파엘 전파(前派)'의 기관지에 (꿈의 나라) 등 7편의 우수한 서정시를 익명으로

실었으며, 1862년에 최초의 시집 (요귀의 시장, 기타 Goblin Market and other Poems)(1862)를 발표하여 '라파엘 전파'의 시풍을 보였다. 그 후 (왕자의 순력(巡歷) Prince's Progress)(1866)과 때 묻지 않은 순결한 어린이의 마음을 노래한 동요시집 (창가(唱歌) Sing-Song)(1872), (신작 시집 New Poems)(1896) 등을 차례로 발표하였다.

그녀의 작품은 세련된 시어, 확실한 운율법, 온아한 정감이 만들어내는 시경 등으로 신비적·종교적 분위기를 자아냈다. 또 큰오빠 D.G.로세티와 공통된 색채감과 중세적 요소가 뚜렷하여, 영국 여류시인의 대표적인 한 사람이다. 그녀는 신앙상의 이유에 의한 두 차례의 실연으로 결혼을 단념하였으며, 그녀의 작품 중의 연애시의 대부분은 좌절된 사랑의 기록이다.

[네이버 지식백과] 크리스티나 로세티 [Christina Georgina Rossetti] (두산백과 두피디아, 두산백과)

이 시는 연인에 대한 애절한 사랑을 노래한 것으로서 자신이 떠난 이후에도 연인이 자신을 기억하고 슬퍼하기 보다는 자신을 잊어버리고 행복하게 살길 바라는 애틋한 마음을 잘 표현하고 있다.

57. When I am dead, My Dearest / Christina Rossetti
내가 죽었을 때 나의 사랑하는 이여 / 크리스티나 로제티

When I am dead, my dearest,
내가 죽었을 때 나의 사랑하는 이여
Sing no sad songs for me;
나를 위하여 슬픈 노래를 부르지 마오.
Plant thou no roses at my head.
내 머리 맡에는 아름다운 장미도

Nor shady cypress tree:

그늘진 사이프러스 나무도 심지 마오.

Be the green grass above me

내 위에 소나기와 이슬방울들로 젖은

With showers and dewdrops wet;

푸른 풀만 있게 하고

And if thou wilt, forget.

기억하고 싶으면 기억하고 잊고 싶으면 잊으시오!

I shall not see the shadows,

나는 그늘을 보지도 못하고

I shall not feel the rain;

또 나는 비도 느끼지 못할 것이요.

I shall not hear the nightingale

마치 고통받는 양 노래하는

Sing on, as if in pain:

밤 뻐꾹새의 노래도 듣지 못할 것이요.

And dreaming through the twilight

그리고 뜨지도 지지도 않는

That doth not rise nor set,

황혼 속에서 꿈꾸며

Haply I may remember,

나도 혹 기억할는지

And haply may forget.

잊어버릴는지!

(번역 이선우, 젊은이들을 위한 키워드로 읽는 영시, 도서출판 재하,

2021, p.34-37)

shady [ʃéidi] 그늘의, 그늘이 많은, 그늘진. cypress [sáipris] 삼(杉)나무의
일종, 삼나무 가지. twilight [twáilàit] (해뜨기 전·해질 무렵의) 박명(薄明), 땅
거미, 황혼, 박명의, 희미하게 비추다. haply (고어) 우연히, 아마.

작품 해설

죽음은 이승과 저승을 갈라놓는데, 이별의 시간에 떠나간 자를 위하여 우리
는 열심히 그의 마지막 집을 장식합니다. 왕릉만큼은 아니어도 여러 가지로
예쁘게 꾸미지요. 그것이 지극한 사랑의 표시인양 말입니다. 노래를 불러주고
장미꽃을 심어주고 사이프러스 나무를 심어줍니다. 시인은 말합니다. 다 부질
없는 짓이라고. 과연 그 무덤에 들어간 내가 무엇인들 느낄 수 있겠는가? 나
무 그늘을, 소나기를, 그 슬픈 노래를? 매일 매일 무상하게 내리는 소나기와
이슬이면 족할 듯하다.

그러니 나를 잊든지 기억하든지 편하게 하시라.

내가 죽어서 그대들을 기억할지 잊을지 알 수 없으니, 그대들도 편히 하시
라. (해설 이선우)

58. The Darkling Thrush / Thomas Hardy

어둠속의 티티새 / 토마스 하디

1연

I leant upon a coppice gate

나는 기대었다 잡목림 문에,

When Frost was spectre-grey,

서리가 유령처럼 회색이고

And Winter's dregs made desolate

겨울의 찌꺼기가 약해지는

The weakening eye of day.

낮의 눈을 황량스럽게 할 무렵.

The tangled bine-stems scored the sky

얽혀진 덩굴줄기가 하늘에 선을 그었다.

Like strings of broken lyres,

마치 끊어진 칠현금(七絃琴)의 현들마냥.

And all mankind that lived nearly

그리고 이웃에 사는 사람들은 모두 다

Had sought their household fires.

가정의 벽난로를 찾았다.

1연

lean [li:n] ⓥ기대다, 의지하다. ⓐ야윈, 깡마른, 빈약한. coppice [kɑ́pis] ⓝ 작은 관목 숲. frost [frɔ:st] ⓝ서리. ⓥ서리로 덮다. spectre [spéktər] ⓝ유령. grey(英) gray [grei] ⓐ회색의. ⓝ회색. ⓥ회색으로 하다. dreg [dreg] ⓝ 찌끼, 앙금. desolate [désəlɑt] ⓐ황폐한, 쓸쓸한. ⓥ황폐케 하다. weaken [wí:kən] ⓥ약하게 하다, 약해지다. eye of day는 태양을 가리킴. eye는 목적어. desolate는 목적 보어. tangle [tǽŋɡəl] ⓥ엉키게 하다, 혼란시키다, ⓝ엉킴, 혼란. bine [bain] ⓝ덩굴. bine-stem 덩굴 줄기. score [skɔ́:r] ⓝ20, 다수, 득점, 이유. ⓥ기록하다, 자국을 남기다. string [strinɡ] ⓝ끈, 줄, 실, ⓥ끈으로 묶다, 실같이 되다. lyre [láiər] ⓝ칠현금. haunt [hɔ:nt] ⓥ종종 방문하다, 늘 붙어 따라다니다. nigh는 near의 고어(가까이). seek-sought-sought (찾다). household [háushould] ⓝ가족, ⓐ가족의, 가사의.

2연

The land's sharp features seemed to be

대지의 뚜렷한 이목구비는

The Century's corpse outleant,

뻗어 있는 세기(世紀)의 시체인 듯,

His crypt the cloudy canopy,

그의 납골소(納骨所)는 구름 낀 천개(天蓋),

The wind his death-lament.

바람은 그의 만가(輓歌).

The ancient pulse of germ and birth

씨와 출생의 옛 맥박은

Was shrunken hard and dry,

단단히 메말라 오므라들었다.

And every spirit upon earth

그리고 땅 위의 모든 정신은

Seemed fervourless as I.

나처럼 열정이 식어 있었다.

2연

feature [fíːtʃər] ⓝ얼굴의 생김새, 특징, ⓥ특색 짓다, 중요한 역할을 하다. corpse [kɔːrps] ⓝ시체. Century's corpse 세기의 송장(이 시가 1900년 12월 31일 씌어졌는데 세기의 마감을 상징함). outleant 밖으로 내민. crypt [cript] ⓝ토굴, 지하실. canopy [kǽnəpi] ⓝ닫집, 하늘. lament [ləmént] ⓥ슬퍼하다, 애도하다, ⓝ비탄, 애도. death-lament 만가. His crypt 다음과 The wind 다음에 각각 seemed to be가 생략되었음. ancient [éinʃənt] ⓐ고대의, ⓝ고대인. germ [dʒəːrm] ⓝ미생물, 세균, 배종(背腫), ⓥ싹트다. shrink [ʃriŋk] ⓥ오그라들다, 움츠리다, ⓝ움츠림, 수축. fervourless 열정이

없는, 열렬함이 없는.

3연

At once a voice arose among

바로 그 찰라 한 목소리가 일어났다

The bleak twigs overhead

머리 위 황량한 나뭇가지 사이에서,

In a full-hearted evensong

한없는 환희의

Of joy illimited;

가슴 벅찬 저녁 노래가;

An aged thrush, frail, gaunt, and small,

연약하고 수척한 작은 늙은 티티새 한 마리,

In blast-beruffled plume,

깃털을 광풍(狂風)에 펄럭거리며

Had chosen thus to fling his soul

짙어 가는 땅거미에

Upon the growing gloom.

이처럼 그의 영혼을 내던지기로 작정한 것이었다.

3연

bleak [bliːk] ⓐ황폐한, 쓸쓸한. twig [twig] ⓝ잔가지. full-hearted 정성을 들인, 가슴이 벅찬. evensong 저녁(기도). illimited 제한되지 않은. thrush [θrʌʃ] ⓝ개똥지빠귀. frail [freil] ⓐ무른, 덧없는. gaunt [gɔːnt] ⓐ수척한, 황량한. ruffle [rʌfəl] ⓥ주름을 잡다. 주름이 잡히다. plume [pluːm] ⓝ깃털, ⓥ깃털로 장식하다. blast-beruffled plume 바람에 펄럭이는 깃털. had

223

chosen to는 had determined to. fling [fliŋ] ⓥ던지다, 돌진하다. ⓝ던지
기, 돌진.

4연

So little cause for carolings

이렇게 황홀한 소리의 축가(祝歌)의

Of such ecstatic sound

원인이 거의 적혀 있지 않았다.

Was written on terrestrial things

멀리 혹은 근처의

Afar or nigh around,

지상의 사물들엔.

That I could think there trembled through

그래서 나는 생각할 수 있었다. 그의 행복한

His happy good-night air

밤의 작별 노래 속에

Some blessed Hope, whereof he knew

그는 알고 있지만 내가 알지 못하는

And I was unaware.

무슨 즐거운 희망이 떨리고 있음을.

(번역 이재호, 장미와 나이팅게일, 지식산업사, 1996, p.214-217)

4연

cause [kɔ:z] ⓝ원인, 동기, 주의. ⓥ원인이 되다. 일으키다. carol [kǽrəl] ⓝ
기쁨의 노래, 찬가. ⓥ기뻐 노래하다. ecstatic [ekstǽtik] @열중한, 황홀한.
ⓝ도취하는 사람. terrestrial [təréstriəl] @지구상의. ⓝ지구의 생물. afar

224

[əfáːr] 멀리. nigh는 near. was의 주어는 cause. so~that~ 너무나 ~해서 ~하다. tremble은 some blessed Hope의 동사. tremble [trémbəl] ⓥ떨다. ⓝ떨림. whereof 의문 부사. 무엇의. 무엇에 관하여. 여기에서는 관계사로서 그것에 관하여. 선행사는 Hope. unaware [ʌnwέər] ⓐ눈치 채지 못하는. 알지 못하는.

작가 및 작품 해설

Thomas Hardy(1840-1928)는 George Gissing과 George Moor와 더불어 영국의 대표적인 자연주의 작가로서 자연의 진화 과정 속에서 작용하는 냉혹하고 맹목적인 '내재적 의지'에 의해 인간이 희롱당하는 처절한 모습을 그의 소설과 시를 통해 나타내고 있다. 그의 대표적인 소설 "Tess of the D'Urbervilles" 또한 주인공 Tess가 죽음으로서 '내재적 의지'의 농락에서 마침내 해방되는 비극을 다루고 있다.

이 시는 1900년 12월 31일에 발표되었는데 그 때는 퇴조해 가는 대영제국에 대하여 많은 지식인들이 허무주의에 빠져있는 시기였다. 작가는 이러한 분위기를 반영하여 해가 저물어 어둠이 내리는 숲 속을 바라보며 개똥지빠귀를 매개로 해서 그의 마음의 황량함과 상실감을 노래하고 있다.

59. God's Grandeur / Gerard Manley Hopkins
신의 장엄함 / 지 엠 홉킨스

1연
The world is charged with the grandeur of God.
세상은 신의 장엄함으로 충만하네.
It will flame out, like shining from shook foil;

신의 장엄함은 흔들리는 금박의 빛처럼 빛나고.

It gathers to a greatness, like the ooze of oil

으깨진 올리브 기름처럼 거대하게 모이리라.

Crushed. Why do men then now not reck his rod?

왜 인간은 지금 신의 법에 마음 기울이지 않는가?

Generations have trod, have trod, have trod;

세대는 계속하여 짓밟아 왔다.

And all is seared with trade; bleared, smeared with toil;

그리고 만물이 생업으로 시들고, 노역으로 흐릿하고, 더럽혀졌고.

And wears man's smudge and shares man's smell: the soil

인간의 더러움을 묻히고, 냄새가 배고 있다.

Is bare now, nor can foot feel, being shod.

땅은 지금 헐벗어, 발은 신발을 신어, 느낄 수가 없다.

1연

charge [tʃɑːrʤ] ⓥ짐을 싣다, 과하다, 부담시키다, 비난하다, ⓝ짐, 책임, 비난, 부담, 돌격. charged with ~으로 가득 차 있다. grandeur [grǽnʤər] ⓝ웅대, 장엄. it는 grandeur를 가리킴. flame [fleim] ⓝ불길, 불꽃, ⓥ타오르다. shake [ʃeik] ⓥ흔들다, 흔들리다, ⓝ동요. foil [fɔil] ⓝ박, ⓥ박으로 뒤를 붙이다. shook foil은 shaken metal sheet, 두들겨서 만든 얇은 금속 종이. gather [gǽðər] ⓥ모으다, 모이다, 점차 증대되다, 헤아리다, ⓝ수확. greatness [gréitnis] ⓝ위대함. ooze [uːz] ⓥ스며나오다, ⓝ스며나옴. crush [krʌʃ] ⓥ눌러서 뭉개다, ⓝ으깸. crushed는 oil을 수식. reck [rek] ⓥ주의하다, 상관하다. rod [rɑd] ⓝ장대, 지팡이, 권력, ⓥ장대를 달다. reck one's rod 어떤 권위에 관심을 기울이다. generation [ʤenəréiʃən] ⓝ세대, 산출. tread [tred] ⓥ밟다, 걷다, ⓝ발걸음, 밟은 자국. have trod의 목적어는 his rod. sear [siər] ⓥ그을리다, 시들다, ⓐ시든, 마른, ⓝ타고 그을린 자국.

trade [treid] ⓝ매매, 직업, ⓥ장사하다. blear [bliər] ⓐ(눈이) 흐린, ⓥ흐리게 하다, 멍하니 바라보다. smear [smiər] ⓥ바르다, 흐리게 하다, 더러워지다, ⓝ얼룩, 오점. toil [tɔil] ⓝ힘든 일, 수고, ⓥ수고하다. wear [wɛər] ⓥ몸에 지니다, 닳게 하다, 오랜 사용에 견디다, 닳아 해지다, ⓝ착용, 내구성, 닳아 해짐. smudge [smʌdʒ] ⓝ오점, 얼룩, ⓥ더럽히다, 더러워지다. bare [bɛər] ⓐ벌거벗은, 닳아 버린, 휑뎅그렁한, 그저 ~뿐인, ⓥ벌거벗기다. feel [fi:l] ⓥ만지다, ~을 느끼다, ~라고 생각하다, 손으로 더듬다, 느낌이 있다, ⓝ느낌.

2연

And for all this, nature is never spent;

그리고 모든 이러한 사실에도 불구하고, 자연은 결코 소진되지 않는다.

There lives the dearest freshness deep down things;

사물들 아래 깊숙한 곳에 가장 소중한 신선함이 살아있기에.

And though the last lights off the black West went

그리고 어두운 서쪽으로 마지막 빛이 사라졌지만,

Oh, morning, at the brown brink eastward, springs—

오, 아침이 갈색 동쪽으로 떠오르기에.

Because the Holy Ghost over the bent

왜냐면 성령이 굽은 세상 위로 따뜻한 가슴과

World broods with warm breast and with ah! bright wings.

아, 빛나는 나래로 감싸고 있기에.

(번역 김옥수, 20세기 영미시의 이해, 한빛문화, 2008, p.46-47)

2연

for all this 그럼에도 불구하고. spend [spend] ⓥ쓰다, 다 써 없애다, 낭비하다. There lives~ things는 the dearest freshness lives deep down in things. 가장 소중한 신선함은 모든 사물의 깊은 곳에 살아 있다. go off 일이 행해지다. 사라지다. 못쓰게 되다. 발사되다. springs는 주어인 morning의 동사. at the brown brink eastward 갈색의 동쪽 가장 자리에서. Holy Ghost 성령. the bent world 굽은 세계. brood [bruːd] ⓝ한 배 병아리. ⓥ 알을 품다. 곰곰이 생각하다. brood over ~을 품다. Holy Ghost over the bent world broods는 Holy Ghost broods over the bent world. 성령은 굽은 세계를 품고 있다.

작가 및 작품 해설

Gerard Manley Hopkins(1844-1889)는 교양 있는 집안의 8남매 중 장남으로 태어나서 런던에 있는 Highgate School을 졸업하고 옥스퍼드 대학에 들어가서 고전과 고대 역사, 철학을 공부하였다. 그는 44세의 길지 않은 생애 동안 교회의 목사로서 성직에 정진하면서 많은 시를 썼는데 생전에는 작품을 거의 발표하지 않았다. 그가 죽은 뒤 그의 친구인 계관 시인 로버트 브릿지즈가 그의 작품들을 모아 시집을 발간해 주었다. 그의 시는 대개 신의 사랑이 충만한 세상에 관한 것을 주제로 삼았고 어느 정도 고양된 시어를 사용하였으며 시의 리듬으로 내재운, 두운, 자운, 불협화음 등을 사용했다. 그의 시는 심오한 주제를 상징적 수법으로 썼기 때문에 조금 난해하다.

'God's Grandeur'는 신의 장엄함을 다시금 일깨워 주는 일종의 신앙 고백으로서 물질문명으로 인하여 자연은 훼손되고 인간은 자연을 감지할 수 없게 되지만 자연은 결코 인간에 의해 탕진되지 않고 비둘기 같은 성령이 인류를 포근한 가슴으로, 빛나는 날개로 품어준다는 신의 장엄함을 노래한 시다. 시인은 사람들에게 신앙과 인간 정신의 회복을 시로써 호소하고 있다.

60. The Windhover To Christ our Lord / Gerard Manley Hopkins

황조롱이 우리 주 그리스도에게 / 지 엠 홉킨즈

1연

I caught this morning morning's minion, king-dom of daylight's dauphin,

나는 보았다 오늘 아침 아침의 총아, 햇빛 왕국의

dapple-dawn-drawn Falcon, in his riding

황태자, 아롱진 새벽에 이끌려 나온 매가

Of the rolling level underneath him steady air, and striding

넘실거리는, 그의 밑이 평탄한, 안정된 공기를 말 타며,

High there, how he rung upon the rein of a wimpling wing

저 하늘높이 활보하는 것을, 물결치는 날개를 고삐 삼아

In his ecstasy! then off, off forth on swing,

아주 황홀히 도는 모습을! 이윽고 회전하며 휙휙 나아간다,

As a skate's heel sweeps smooth on a bow-bend: the hurl and gliding

마치 스케이트의 발꿈치가 활 굴곡(屈曲)을 그리며 매끄러이 미끄러지듯:

Rebuffed the big wind. My heart in hiding

돌진(突進)과 활주(滑走)가 박찬다 강풍(强風)을, 숨어 있는 내 마음은

Stirred for a bird,—the achieve of, the mastery of the thing!

설레인다 한 마리 새로 인하여, ―이 새의 성취(成就)와 숙달에!

1연

windhover [windhʌ́vər] ⓝ황조롱이(동반구 북부에 사는 매의 일종). catch [kætʃ] ⓥ붙들다, 포착하다, 불시에 습격하다, ⓝ붙듦, 파악. minion [mínjən] ⓝ앞잡이, 총아. dauphin [dɔ́ːfin] ⓝ프랑스 왕세자의 칭호. dapple [dǽpəl] ⓝ얼룩, ⓐ얼룩진, ⓥ얼룩지게 하다. dawn [dɔ́ːn] ⓝ새벽, ⓥ날이 새다. draw [drɔ́ː] ⓥ끌다, 끌어내다, 접근하다, ⓝ끌기, 비김, 추첨. falcon [fǽlkən] ⓝ송골매. dapple-dawn-drawn Falcon 아롱진 새벽에 이끌려 나온 매. minion, dauphin, Falcon은 모두 동격. rolling [róuliŋ] ⓐ구르는, 기복이 있는, ⓝ구르기, 회전. level [lévəl] ⓝ수평, 표준, ⓐ수평의, 대등한, ⓥ수평하게 하다. steady [stédi] ⓐ고정된, 안정된, ⓥ견고하게 하다. how he rung~ in his ecstasy!는 caught의 목적어절. stride [straid] ⓥ활보하다, 넘어서다, ⓝ큰 걸음. ring [riŋ] ⓝ고리, 반지, 원, 울림, ⓥ둘러싸다, 원을 그리며 돌다. rein [rein] ⓝ고삐, ⓥ고삐를 매다. wimple [wímpəl] ⓝ두건의 일종, 잔물결, ⓥ두건으로 싸다, 잔물결이 일다. wing [wiŋ] ⓝ날개, 비행, ⓥ날개를 달다, 날게 하다, 날다. a wimpling wing, 물결치는 듯 하는 날개. on swing 선회하여. heel [híːl] ⓝ뒤꿈치, 뒷발, ⓥ뒤축을 대다. sweep [swíːp] ⓥ청소하다, 스쳐 지나가다, ⓝ청소, 한 번 휘두르기, 진전. sweep smooth 부드럽게 스쳐 지나가다. on a bow-bend 활처럼 곡선으로 휘어져. hurl [həːrl] ⓥ집어 던지다, ⓝ집어 던지기. gliding ⓐ미끄러지는, ⓝ활공. rebuff [ribʌ́f] ⓝ거절, 퇴짜, ⓥ거절하다, 저지하다. in hiding 숨어서. achieve [ətʃíːv] ⓥ성취하다, 여기에서는 명사로 쓰였음(성취). mastery [mǽstəri] ⓝ지배, 숙달.

2연

Brute beauty and valour and act, oh, air, pride, plume, here
야수적(野獸的) 미와 용기와 행위, 오, 자태, 긍지, 영광이 여기에
Buckle! And the fire that breaks from thee then, a billion
허물어진다! 그러자 그때 그대에서 터져나오는 불은
Times told lovelier, more dangerous, O my chevalier!
억만 배나 더욱 아름답고, 더욱 위태롭다, 오 나의 기사(騎士)여!

230

No wonder of it: sheer plod makes plough down sillion

당연할 수밖에 : 꾸준한 노동이 이랑을 따라 가는 쟁기를

Shine, and blue-bleak embers, ah my dear,

광채나게 하고, 푸르스름한 등걸불도, 아 내 사랑하는 님이여,

Fall, gall themselves, and gash gold-vermilion.

떨어져, 찰상나고, 황금주홍빛 상처를 드러내기에.

(번역 이재호, 장미와 나이팅게일, 지식산업사, 1993, p.218-219)

2연

brute [bru:t] ⓝ짐승, ⓐ짐승 같은. valour [vǽlər] ⓝ용기. plume [plu:m]
ⓝ깃털, ⓥ깃털로 장식하다. buckle [bʌkəl] ⓝ죔쇠, ⓥ죔쇠로 죄다, 굽어지다,
굴종하다. that은 주격 관계 대명사. chevalier [ʃevəlíər] ⓝ중세의 기사.
wonder [wʌ́ndər] ⓝ불가사의, 경이, ⓥ놀라다, ~이 아닐까 생각하다, ⓐ멋진.
no wonder of it은 it is no wonder about it. sheer [ʃiər] ⓐ얇은, 깎아지
른 듯한, 단순한, 순전한. plod [plɑd] ⓥ터벅터벅 걷다, 끈기 있게 일하다, ⓝ
무거운 발걸음, 노고. plough [plau] ⓝ쟁기, 경작지, ⓥ쟁기로 갈다. sillion
은 furrow(밭고랑). down sillion 밭고랑을 따라. shine은 makes의 목적 보
어. bleak [bli:k] ⓐ황폐한, 냉혹한, 구슬픈. gall [gɔ:l] ⓝ물집, 찰과상, 담즙,
ⓥ문질러 벗기다, 문질러 벗겨지다. gash [gæʃ] ⓝ깊게 베인 상처, ⓥ깊은 상
처를 입히다. vermilion [vərmíljən] ⓝ주홍, ⓐ주홍의, ⓥ주홍으로 물들이다.

작품 해설

이 시에서 시인은 매를 매체로 하여 자연의 아름다움을 노래하며 그 뒤에
숨겨져 있는 신에 대한 경이로움을 찬미하고 있다. 1연에서 매는 하늘의 총아
로서 이 새가 보여주는 성취와 숙달의 미는 자연의 극치미임을 보여주고 2연
에서는 1연에서의 외형적 아름다움과 대조적으로 내면의 정신세계를 강조하고
더 나아가서 그리스도에게서 볼 수 있는 영광과 희생의 아름다움을 제시하고
있다.

61. Invictus: The Unconquerable / William Ernest Henley
굴복하지 않는 자 / 윌리엄 어니스트 헨리

Out of the night that covers me,

온 세상이 온통 칠흑 같은 암흑으로

Black as the Pit from pole to pole,

나를 뒤덮고 있는 밤 일지라도

I thank whatever gods may be

나의 굴하지 않는 영혼에 대해

For my unconquerable soul.

무슨 신이든 간에 신들께 감사하노라.

In the fell clutch of circumstance

환경의 가혹한 손아귀속에서도

I have not winced nor cried aloud,

나는 결코 움츠리거나 소리 내 울지 않았다.

Under the bludgeonings of chance

운명의 몽둥이질 아래 내 머리 피투성이 될지라도

My head is bloody, but unbowed.

나는 결코 굴복하지 않았다.

Beyond this place of wrath and tears

분노와 눈물들 너머로

Looms but the horror of the shade,

공포의 그늘이 드리워져도

And yet the menace of the years

세월의 위협들은 나를 보게 되리라

Finds, and shall find me, unafraid.

겁먹지 않는 나를.

It matters not how strait the gate,

제아무리 천국의 문이 좁다 해도

How charged with punishments the scroll,

내 죄에 대한 명부가 형벌로 가득 차 있다 해도

I am the master of my fate:

나는 내 운명의 주인이요

I am the captain of my soul.

나는 내 영혼의 선장이도다.

(번역 이선우, 젊은이들을 위한 키워드로 읽는 영시, 도서출판 재하, 2021, 65쪽-68쪽)

unconquerable [ʌnkaːŋkarəbl] 정복할 수 없는, 무적의. invictus 인빅터스는 라틴어로 정복불능이라는 뜻임. pit [pit] 구덩이, 갱. pole [poul] 막대기, 기둥, 극(지방). fell [fel] 베어 넘어뜨리다, 쓰러뜨리다, 사나운, 잔인한. clutch [klʌʃ] 움켜잡다. 클러치. wince [wins] 움찔하다. bludgeon [blʌdʒən] 몽둥이로 패다, 강요하다. wrath [ræs] 분노, 노여움. loom [luːm] 보이다, 나타나다. menace [menəs] 위협적인 존재, 위협하다, 협박. strait [streit] 해협, 궁핍, 좁은, 엄중한. scroll [stroul] 두루마리, 일람표, 말다.

작가 및 작품 해설

William Ernest Henley(1849-1903)는 빅토리아 시대 후기 영국의 시인이자 작가, 비평가 및 편집자이다. "Invictus"라는 시로 유명하다 이 시는 시인

자신의 불굴의 삶이 그대로 투영된 시로 그의 생을 대표하는 시가 되었다.

그는 12세 때 결핵성 골수염을 앓아 스무 살이 되기 전 왼쪽 다리를 절단했는데, 그 이후에도 그는 결코 희망을 잃지 않았고 열정적인 삶을 살았으며 쾌활한 친구였다. 그의 친구 로버트 루이스 스티븐슨은 한 편지에서 자기 작품 속의 Long John Silver가 바로 헨리를 모델로 한 것임을 밝힌 적이 있다.

불행은 한번만 오지 않았다. 이 작품을 쓰기 몇 년 전 그의 오른쪽 다리에도 감염이 진행됐다. 의사들은 절단 수술을 받아야 목숨을 건진다고 했지만 시인은 동의하지 않았다. 대신 3년에 걸쳐 끈질긴 치료를 받았고, 이후 30년 가까이 더 살았다. 이 시에는 고통을 넘어선 자의 환희가 담겨 있다. (이선우)

62. Loveliest of Trees / A. E. Housman
가장 어여쁜 나무 / A. E. 하우스만

1연

Loveliest of trees, the cherry now

가장 어여쁜 나무 벚나문 이제

Is hung with bloom along the bough,

가지에 만발한 꽃을 달고

And stands about the woodland ride

숲 속 승마로 둘레에 섰네

Wearing white for Eastertide.

부활절 무렵이라 흰 옷을 입고.

1연

lovely [lʌ́vli] ⓐ사랑스런, 즐거운. (pl.) ⓝ미녀. loveliest 가장 사랑스러운.

cherry [tʃéri] ⓝ버찌, 벚나무, ⓐ버찌의. hang [hæŋ] ⓥ매달다, 걸다, 목매
달다. bloom [blu:m] ⓝ꽃, 개화, ⓥ꽃피다. bough [bau] ⓝ큰 가지.
woodland [wúdlænd] ⓝ산림(지대), ⓐ산림(지대)의. ride [raid] ⓥ타다, ⓝ
타고 감, 탈 것, 승마 도로. wear [wɛər] ⓥ입다, 몸에 지니다, 오랜 사용에
견디다, 닳아 해지다, ⓝ착용, 닳아 해짐. wearing은 현재 분사로서 주격 보
어. Eastertide 부활절 계절(부활 주일로부터 오순절까지 50일 동안).

2연

Now, of my threescore years and ten,

이젠 내 칠십 평생에서

Twenty will not come again,

스무 해는 다시는 오지 않으리.

And take from seventy springs a score,

일흔 번 봄에서 스무 번 봄을 빼면

It only leaves me fifty more.

남는 건 오직 쉰 번의 봄.

2연

now 지금, threescore ⓝ60, ⓐ60의. threescore years and ten 70년.
seventy springs 70년. score [skɔ́:r] ⓝ20, 다수, 득점, 이유, ⓥ기록하다,
득점하다. leave [li:v] ⓥ남기다, 남기고 가다, 둔 채 잊다, 맡기다, 출발하다,
ⓝ허가, 휴가, 말미.

3연

And since to look at things in bloom

꽃핀 것들을 바라보기엔

Fifty springs are little room,

쉬흔 번의 봄도 잠깐 동안,

About the woodlands I will go

숲께로 나는 가야겠구나,

To see the cherry hung with snow.

흰 눈을 걸친 벚나물 보러.

(번역 김종길, 현대의 영시, 고려대학교출판부, 1998, p.22-23)

3연

since는 접속사로서 ~이므로. room [ruːm] ⓝ방, 공간, 여지, ⓥ묵다, 유숙시
키다. to look는 room을 수식하는 부정사의 형용사적 용법, 보기 위한 많지
않은 여지(기회). to see는 부정사의 부사적 용법(목적), 보기 위하여. hung은
과거 분사로서 cherry를 수식. with snow 눈처럼 흰 꽃으로.

작가 및 작품 해설

Alfred Edward Housman(1859-1936)은 영국 Shropshire주와 가까운
Fockbury에서 태어나 어려서부터 엄격한 종교 수양을 받으며 자랐다. 하지만
그는 나중에 무신론에 빠져 염세주의로 흐르기도 하였다. 그는 옥스퍼드 대학
교 존슨 대학에 진학하여 고전과 철학을 공부하였고 특허청에서 근무하면서
라틴 문학에 심취하였으며 1911년부터 죽을 때까지 캠브리지 대학교의 라틴어
교수로 재직하였다. 그의 시는 대개 Shropshire의 아름답고 소박한 자연을
소재로 하였으며 라틴의 서정시와 전통적인 발라드의 시풍에 영향을 받아 구
체적이면서도 간결하고, 규칙적이면서도 전혀 단조롭지 않다. 'Loveliest of
Trees'는 그의 첫 시집 A Shropshire Lad(1896)에 수록된 작품으로서 아름
다운 벚꽃을 바라보며 인생의 짧고 덧없음을 노래한 시이다. 1연에서 시의 화
자는 부활절 무렵 숲 속 승마로에 하얗게 핀 벚꽃을 기술하고 2연에서 20세가
된 젊은이는 평생 70을 산다고 하더라도 앞으로 50번밖에 봄을 맞이할 수 없
다는 산술적인 계산을 하며 3연에서 50번도 그리 많지 않은 숫자임을 상기시
키면서 세월이 가기 전에 벚꽃을 감상하자고 하면서 가는 세월을 아쉬워하고
있다. 시의 마지막 행에서 하얀 벚꽃을 차가운 흰 눈에 비유함으로서 화자는

인생이 덧없음을 독자들에게 다시금 일깨워주고 있다.

63. Death / W. B. Yeats
죽음 / 월리엄 버틀러 예이츠

Nor dread nor hope attend
절망이나 희망은
A dying animal:
죽어가는 동물에겐 오지 않는다.
A man awaits his end
인간은 자신의 최후를 기다린다.
Dreading and hoping all;
모든 것을 절망하고, 희망하며
Many times he died,
몇 번이고, 인간은 죽고,
Many times rose again.
몇 번이고, 다시 일어선다.

A great man in his pride
자부심 높은 위대한 인간은
Confronting murderous men
살인자들 앞에 직면한 순간에도
Casts derision upon

내쉬는 숨결마다

Supersession of breath;

조롱을 내 뱉는다;

He knows death to the bone

인간은 뼛속까지 죽음을 안다.

Man has created death.

인간이 죽음을 만들었던 것이다.

(번역 이선우, 젊은이들을 위한 키워드로 읽는 영시, 도서출판 재하, 2021, 26쪽-29쪽)

attend [ətend] 참석하다, ~에 다니다, 주의를 기울이다. dread [dred] 몹시 두려워하다, 두려움. murderous [mədərəs] 사람을 죽이려 드는. derision [diríʒən] 조롱, 조소. supersession 대신 들어서기, 교체, 경질, 폐기. create [krieit] 창조하다, 자아내다, 수여하다. to the bone 뼛속까지.

작가 및 작품 해설

월리엄 버틀러 예이츠(1865-1939)는 아일랜드 시인이자 극작가로 20세기 영국과 아일랜드의 문학에서 가장 영향력 있는 인물로 평가된다.

1923년 노벨 문학상을 수상하였고 엘리엇 등의 시인들에 의해 20세기의 가장 위대한 시인으로 칭송받았다.

우리가 가장 큰 불안을 느끼는 것은 무엇일까? 내 생각에는 죽음이라고 생각한다. 죽음은 존재 자체에 대한 부정이므로. 우리의 모든 것은 우리가 살아 있다는 사실 자체에서 출발한다고 할 때 죽음은 삶의 부정 즉 그 모든 것의 부정이라고 할 수 있다. 그런데 인간만이 죽음에 대한 불안을 가지고 있다는 것이다.

이 시에서 가장 결정적인 부분은 "인간이 죽음을 만들었다"는 구절이다. 어떻게 인간이 죽음을 만들었는가? 생물학적인 죽음은 이 세상 모든 생물에게

다가온다. 그러나 죽음을 추상화시켜 생각하는 존재는 인간 외에는 없을 것 같다. 즉 죽음을 느낄 수 있는 존재는 많지만 죽음에 대해 생각하는 존재는 인간 말고는 없다는 것이다. 그래서 결국 결론은 죽음이라는 개념은 인간이 만든 것이라는 것이다.

　　그래서 죽음 앞에서 인간만이 절망과 희망을 느낀다. 삶을 긍정하는 사람은 절망을, 삶을 부정하는 사람은 희망을 느낄 것이다. 아니면 그 희망이 죽음을 피할 수 있다는 헛된 희망을 말하는 것일 수도 있다. 여하튼 인간은 생각 속에서 수없이 죽고 다시 살아나면서 미리 죽음을 생각한다. (해설 이선우)

64. LEDA AND THE SWAN / William Butler Yeats
레다와 백조 / 윌리암 버틀러 예이츠

1연

A sudden blow: the great wings beating still
급습(急襲), 백조는 큰 두 날개를
Above the staggering girl, her thighs caressed
비틀거리는 여인 위에서 조용히 친다. 여인의 허벅다리는
By the dark webs, her nape caught in his bill,
새의 검은 두 지막(肢膜)에 쓰다듬기고, 목은 부리에 잡혀,
He holds her helpless breast upon his breast.
어찌 할 수 없이 여인의 가슴은 백조의 가슴에 껴 안긴다.

1연

sudden [sʌ́dn] ⓐ돌연한, 갑작스런. blow [blou] ⓥ불다, 바람에 날리다, 울

239

리다. ⓝ한번 불기, 강풍, 취주, 강타, 급습. beating~, caressed~, caught ~등은 모두 독립 분사구문으로 볼 수 있음. stagger [stǽgər] ⓥ비틀거리다, 비틀거리게 하다. thigh [θai] ⓝ넓적다리. caress [kərés] ⓝ애무, ⓥ애무하다. web [web] ⓝ피륙, 거미집, 물갈퀴, ⓥ거미줄을 치다. nape [neip] ⓝ목덜미. bill [bil] ⓝ계산서, 전단, 법안, 부리, ⓥ계산서에 기입하다, 전단을 붙이다, 부리로 비벼대다, 서로 애무하다. helpless 무기력한, 도움이 안 되는. breast [brest] ⓝ가슴, 유방, ⓥ대담하게 맞서다, 헤치며 나아가다.

2연

How can those terrified vague fingers push

공포에 사로잡혀 힘 빠진 손가락이 어떻게 맥 풀린 허벅다리에서

The feathered glory from her loosening thighs?

깃에 싸인 그 영광을 밀어젖힐 수 있겠는가?

And how can body, laid in that white rush,

백색의 급습에 내맡긴 육체가 그 품안에서

But feel the strange heart beating where it lies?

이상히 가슴 울렁임을 느끼지 않을 수 있으랴.

2연

terrify [térəfai] ⓥ겁나게 하다, 위협하다. vague [veig] ⓐ어렴풋한, 막연한, 희미한. feather [féðər] ⓝ깃털, 기분, ⓥ깃털을 달다, 깃털이 나다. glory [glɔ́:ri] ⓝ영광, 큰 기쁨, ⓥ기뻐하다. loosen [lú:sən] ⓥ풀다, 늦추다, 늦추어지다, 느슨해지다. from her loosening thighs 그녀의 느슨해진 허벅다리로부터. lay [lei] ⓥ누이다, 놓다, 알을 낳다, 옆으로 넘어뜨리다, 과하다, 제출하다, ⓝ지형, 방침, 속인, 노래. but은 부사로서 단지, 그저. beating 때림, 고동. the strange heart beating 기이한 심장의 고동(울렁임).

3연

A shudder in the loins engenders there

허리에 느꼈던 그 전율이

The broken wall, the burning roof and tower

무너진 벽과 불붙는 지붕과 탑과

And Agamemnon dead.

아가멤논의 죽음의 원인이었다.

Being so caught up,

하늘에서의 그 짐승 같은 피에

So mastered by the brute blood of the air,

그토록 붙잡혀 정복당하였으니,

Did she put on his knowledge with his power

언제 보았냐는 듯이 그 주둥이가 여인을 놓기 전에

Before the indifferent beak could let her drop?

그녀는 과연 그의 예지(叡智)뿐 아니라 힘까지도 전해 받은 것일까.

(번역 이창배, 예이츠 시의 이해, 문학과 지성사, 1997, p.227-228)

3연

shudder [ʃʌdər] ⓥ떨다. 전율하다. ⓝ전율. loin [lɔin] ⓝ허리. engender [indʒéndər] ⓥ발생시키다. 야기시키다. 생기다. 일어나다. 자식을 보다. 발생하다. Agamemnon [æɡəmémnɑn] ⓝ아가멤논(트로이 전쟁 때 그리이스군의 총사령관). dead [ded] ⓐ죽은. being so caught up. so mastered ~는 둘 다 분사구문을 이룸(때). master [mǽstər] ⓝ주인. 선생, 대가. ⓥ정복하다. 숙달하다. brute [bruːt] ⓝ짐승. 금수. ⓐ금수와 같은. 육욕의. put on 몸에 걸치다. ~을 가장하다. indifferent [indífərənt] ⓐ무관심한. 대수롭지 않은. beak [biːk] ⓝ부리. 매부리코. drop [drɑp] ⓝ방울. 소량. 낙하. ⓥ똑똑 떨어뜨리다. 버리다. 쓰러지다.

241

William Butler Yeats(1865-1939)는 영국의 식민지 교육을 받고 영어를 말하고 영어로 시를 쓴 영국 시인이긴 하지만 자신이 태어난 아일랜드를 사랑하고 아일랜드의 독자들에게 민족혼을 불어넣고자 혼신을 다한 아일랜드의 국민 시인이다. 그는 민족 해방운동에 앞장을 섰던 모드 곤을 깊이 사랑했고 그녀와 함께 시위와 폭동 현장에 동참하였으며 아일랜드의 정치적 폭력 사태를 주제로 한 많은 시를 썼다. 그는 말년에 가서 아일랜드 자치 국가가 의회를 구성했을 때 상원의원으로 추대되기도 하였다. 하지만 그의 정치시는 폭동의 현장을 있는 그대로 그리기 보다는 자신의 관념 속에서 그것을 여과하였고 폭도들의 뼈아픈 삶의 현실보다는 낭만 시인들처럼 그들의 소박한 아름다움을 노래하여 자신만의 미학으로 환원시켰다. 그는 현실 체험과 초월적 체험을 구분하지 않고 자유로운 상상의 나래를 펼쳐 그것을 시에 불어 넣었다.

이 시는 그리이스 신화를 배경으로 하고 있다. 그리이스 신화에서 Aetolia의 왕녀였던 Leda가 Eurotas강에서 목욕을 하고 있을 때 제우스신이 백조의 모습으로 하늘에서 내려와 그녀와 교정이 이루어졌다. 그래서 Leda는 두 개의 알을 낳았는데 한 알에서는 Troy전쟁의 원인이 되었던 Helen이 나왔고 다른 알에선 아가멤논의 아내가 된 Clytemnestra가 나왔다. Yeats는 한 문명이 2천년의 주기로 순환하는 것으로 보고 Leda와 백조의 교정의 순간을 그리이스 문명의 시발점으로 생각하였으며 이 극적인 순간을 포착하여 이를 시로 나타낸 것이다. 1연은 백조의 모습을 한 제우스신이 하늘에서 내려와 Leda를 덮치는 장면이 묘사되고 2연에서 Leda는 무기력하게 저항하였지만 신의 품에 안긴 순간, 영광스럽고 신비로움을 맛본다. 그 결과 3연에서 Leda는 수태를 하고 Helen을 낳는다. Helen으로 말미암아 트로이 전쟁이 일어나고 성과 탑이 무너지며 아가멤논은 죽게 된다. Yeats는 이 시에서 이러한 전쟁의 역사가 오늘날에도 반복되는 것은 인간이 신의 교정을 받을 때 신의 이지뿐 아니라 신의 동물적인 면도 함께 받아들였기 때문임을 역설하고 현대인들이 동물적인 힘의 우위로 기울어지는 것에 대한 실망과 한탄을 노래하고 있다. (해설 이창배)

65. The Lake Isle of Innisfree / William Butler Yeats
이니스프리 호도(湖島) / 윌리엄 버틀러 예이츠

I will arise and go now, and go to Innisfree,

이제 나는 일어나 가야겠다, 이니스프리로 가야겠다,

And a small cabin build there, of clay and wattles made:

거기에 진흙과 외를 엮어 작은 오두막집 한 칸 짓고,

Nine bean-rows will I have there, a hive for the honey-bee;

또한 거기에 아홉 이랑의 콩밭과 꿀벌 한 통 가지련다.

And live alone in the bee-loud glade.

그리고선 벌 소리 요란한 골짜기에 홀로 살련다.

And I shall have some peace there, for peace comes dropping slow,

그러면 거기에 평화가 있겠지, 평화는 천천히 방울져 내리겠지,

Dropping from the veils of the morning to where the cricket sings;

아침 장막으로부터 귀뚜라미 우는 곳에까지.

There midnight's all a glimmer, and noon a purple glow,

그곳, 한밤중은 온통 희미하게 빛나고, 대낮은 보랏빛 광채,

And evening full of the linnet's wings.

그리고 저녁은 홍방울새 날개로 가득 차.

I will arise and go now, for always night and day

이제 나는 일어나 가야겠다, 밤이나 낮이나 항상

243

I hear lake water lapping with low sounds by the shore;

호수 물이 낮게 기슭에 찰싹이는 소리 들리니

While I stand on the roadway, or on the pavements grey,

가로에 서 있을 때나 회색 포도 위에 섰을 때나

I hear it in the deep heart's core.

내겐 그 소리가 깊이 가슴 한복판에 들린다.

(번역 이창배, 예이츠 시의 이해, 문학과 지성사, 1997, p.127-128)

이니스프리는 예이츠가 어렸을 때 살았던 아일랜드 슬라이고 근처의 자그마한 질 호수 섬을 가리킨다고 함. isle [ail] 섬, 작은 섬. cabin [kǽbin] 오두막, 오두막에 살다. wattle [wάtl] 윗가지, 잔가지. bean [biːn] 콩. row [rou] 줄, 열, (노로 배를) 젓다, (배) 젓기. hive [haiv] 꿀벌통, 꿀벌을 벌집에 모으다. honey [hʌ́ni] 벌꿀, 사랑스런 사람, 벌꿀의, 꿀로 달게 하다. glade [gleid] 숲 사이의 빈터. drop [drɑp] 방울, 물방울, 한 방울, 똑똑 떨어짐, 낙하, 똑똑 떨어지다. veil [veil] 베일, 면사포, 장막, 구실, 핑계, 베일을 씌우다. cricket [kríkit] 귀뚜라미. midnight [mídnàit] 한 밤중, 암흑, 한 밤중의. glimmer [glímər] 희미한 빛, 가물거리는 빛, 희미하게 빛나다. all [ɔːl] 모든, 전부의, 한껏의, 막대한, 모두, 전혀, 아주. noon [nuːn] 정오, 한낮, 정오의, 한낮의. purple [pə́ːrpəl] 자줏빛의, 자줏빛, 자줏빛이 되다. glow [glou] 빨갛게 타다, 빛나다, 붉어지다, 백열, 붉은 빛, 달아오름. linnet [línit] 홍방울새. lap [læp] 무릎, 산골짜기, 싸다, 입히다, 핥아먹음, 파도소리, 핥아먹다, 철썩 철썩 밀려오다. roadway 도로, 차도. pavement [péivmənt] 포장도로, 인도.

작품 해설

이 시는 예이츠 자신이 어릴 적 살았던 아일랜드 슬라이고 근처의 자그마한 질 호수 섬을 가리키는 이니스프리 호수 섬에 대한 동경을 그리고 있다. 숲속의 오두막과 아홉 이랑 콩밭과 꿀벌통을 그리며 몸은 비록 도시의 찻길과 보도에 서 있지만 마음 속 깊은 곳에서는 호수 물가의 찰랑거리는 물소리를 듣고 있는 것이다.

66. The Rose of the World / William Butler Yeats
이 세상의 장미 / 윌리암 버틀러 예이츠

1연

Who dreamed that beauty passes like a dream?

아름다움이 꿈처럼 사라진다고 누가 생각했던가?

For these red lips, with all their mournful pride,

이 붉은 입술 때문에, 슬픈 교만이,

Mournful that no new wonder may betide,

너무 슬퍼서 새삼 기이한 생각도 일지 않는 그 입술 때문에,

Troy passed away in one high funeral gleam,

트로이는 치솟는 죽음의 불길에 싸여 사라졌고,

And Usna's children died.

우스나의 아들들도 죽었다.

1연

dream [dri:m] ⓝ꿈, ⓥ꿈꾸다. that은 목적어절을 이끄는 접속사. beauty [bjúːti] ⓝ아름다움, 아름다운 것, 미인, 미점. lip [lip] ⓝ입술. with all~ ~임에도 불구하고. mournful [mɔ́ːrnfəl] ⓐ슬픔에 잠긴, 애처로운. pride [praid] ⓝ자랑, 자만심, 긍지, 오만, 자랑거리, 전성기, ⓥ자랑하다. wonder [wʌ́ndər] ⓝ불가사의, 경이, ⓥ놀라다, 의아하게 여기다, ~이 아닐까 생각하다. betide [bitáid] ⓥ ~의 신상에 일어나다, ~에 생기다. pass away 사라지다. funeral [fjúːnərəl] ⓝ장례식, 장례 행렬, ⓐ장례의. gleam [gliːm] ⓝ어렴풋한 빛, 섬광, ⓥ번쩍이다. Usna's children 아일랜드 전설에 의하면 Usna의 아들 3형제는 미인 Deirdre(디어드라)로 인하여 Conchubar왕에게 살해당하였다고 함.

2연

We and the labouring world are passing by:

우리도, 움직이는 세계도 사라진다.

Amid men's souls, that waver and give place

하늘의 물거품, 그 꺼져가는 별들 아래,

Like the pale waters in their wintry race,

겨울 강물의 파리한 물살처럼,

Under the passing stars, foam of the sky,

가물가물 덧없기 그지없는 인간들의 마음속에서,

Lives on this lonely face.

이 외로운 얼굴만은 영원히 살아남으리라.

2연

labouring ['leibəriŋ] ⓐ노동에 종사하는, 애쓰는. pass by 사라지다. amid 한 가운데에. that는 주격 관계 대명사. 선행사는 souls. waver [wéivər] ⓥ 흔들리다. 가물거리다. 망설이다. ⓝ동요, 망설임. give place 길을 비키다. 자리를 양보하다. wintry [wíntri] ⓐ겨울 같은, 쌀쌀한. race [reis] ⓝ경주, 급류, 인종, 혈통. ⓥ경주하다. 질주시키다. foam [foum] ⓝ거품. ⓥ거품이 일다. live on 살아남다. this lonely face는 주어. live는 동사.

3연

Bow down, archangels, in your dim abode:

대천사들이여, 너희 희미한 거처에서 몸을 굽혀라.

Before you were, or any hearts to beat,

너희가 있기 전에, 뭇 생명들의 심장이 뛰기 전에,

Weary and kind one lingered by His seat:

고달프고 정에 겨운 미녀는 하나님의 보좌 곁을 거닐었고,

He made the world to be a grassy road

하나님은 세상을 창조하여 풀길 되게 하셨다.

Before her wandering feet.

그녀가 거니는 발길 앞에.

(번역 이창배, 예이츠 시의 이해, 문학과 지성사, 1997, p.125-126)

3연

bow [bau] ⓝ절, 뱃머리, 이물, ⓥ머리를 숙이다, 인사하다. [bou] ⓝ활, ⓥ활을 당기다. archangel 대천사. dim [dim] ⓐ어둑한, 희미한, ⓥ어둑하게 하다, 어둑해지다. abode [əbóud] ⓝ거주, 거처. beat [bi:t] ⓥ치다, 두드리다, 계속해서 치다, ⓝ치기, 고동, 박자. weary [wíəri] ⓐ피로한, 싫증나는, ⓥ지치게 하다, 피로하다. one은 여기서 미녀를 가리킴. linger [língər] ⓥ오래 머무르다, 질질 끌다. seat [si:t] ⓝ자리, 좌석, ⓥ앉히다. grassy [grǽsi] ⓐ풀이 무성한. wander [wándər] ⓥ헤매다, 어슬렁거리다, 빗나가다. her wandering feet 어슬렁거리는 그녀의 발길.

작품 해설

이 시는 아름다움만이 영원하다는 그의 '관념미'를 잘 나타내주고 있다. 그는 1연에서 아름다움은 꿈처럼 사라지는 것이 아니라고 하면서 아름다움을 미인으로 구체화하여 미인 때문에 트로이 전쟁이 일어났고 또한 우스나의 아이들이 죽었다고 한다. 그리고 2연에서 세상이나 인간의 마음은 사라지지만 아름다운 얼굴은 영원하며 3연에서 미인은 대천사와 창조 이전부터 존재해 왔다고 하며 아름다움의 영원성을 노래하고 있다.

67. When You Are Old / William Butler Yeats

그대 늙어서 / 윌리엄 버틀러 예이츠

When you are old and grey and full of sleep,

그대 늙어 머리 희어지고 졸음 잦아져

And nodding by the fire, take down this book,

화롯가에서 머릴 끄덕일 때, 이 책을 꺼내어

And slowly read, and dream of the soft look

천천히 읽다가, 한 때 그대의 눈에 서렸던 부드러운 모습을,

Your eyes had once, and of their shadows deep;

그리고 그 깊고 그윽한 그림자를 꿈꿀 때,

How many loved your moments of glad grace,

얼마나 많은 이들이 그대의 즐거운 우아함의 순간들을 사랑했고,

And loved your beauty with love false or true,

거짓된 사랑이든 참된 사랑이든 그대의 아름다움을 사랑했던가,

But one man loved the pilgrim soul in you,

그러나 한 사람만은 그대 내면의 순례자적인 영혼을 사랑했고,

And loved the sorrows of your changing face;

변해가는 얼굴에 어린 슬픔들마저 사랑했으니,

And bending down beside the glowing bars,

그리고 달아오른 난로창살 옆에서 몸을 굽힌 채,

Murmur, a little sadly, how Love fled

중얼거리라, 조금은 슬프게, 사랑이 어떻게 달아나서

And paced upon the mountains overhead

저 위 산 위를 걸어올라

And hid his face amid a crowd of stars.

그만 별무리 사이로 그 얼굴을 감추었는지를.

(번역 이선우, 젊은이들을 위한 키워드로 읽는 영시, 도서출판 재하, 2021, p.163-164)

nod [nɑd] 끄덕이다, 졸다, 방심하다, 끄덕임, 졺, take down 내리다, 부수다, 쓰다, 적어 놓다, dream [driːm] 꿈, 황홀한 기분, 꿈꾸다, 몽상하다, pilgrim [pílgrim] 순례자, 나그네, 방랑자, 순례의, 순례하다, bending down에서 bending은 현재분사로서 부대상황을 나타내는 분사구문을 이룸, glowing 백열의, 빨갛게 타오르는, 열렬한, bar [bɑːr] 막대기, 빗장, 장벽, 술집, 법정, 빗장을 잠그다, 방해하다, murmur [mɔ́ːrmər] 중얼거림, 속삭임, 속삭이다.

작품 해설

　이 시는 시인이 사랑하는 여인에게 나중에 늙어서 머리가 희어지고 잠이 많아져서 화롯가에서 졸게 되면 이 책을 꺼내 읽으면서 얼마나 많은 이들이 거짓이든 진실이든 그녀의 아름다움을 사랑했는지, 그리고 한 남자만이 그녀의 방황하는 영혼과 늙어가는 얼굴까지 사랑했는지 상상해보라고 권한다. 그렇지만 결국 그 남자의 사랑마저도 어떻게 달아나 저 산위에 머물다가 별들 사이로 사라졌는지 서글픈 마음으로 속삭여보라고 한다.

68. IF / Rudyard Kipling

만일 / 러디어드 키플링

1연

If you can keep your head when all about you

네가 만일 침착함을 잃지 않는다면,

Are losing theirs and blaming it on you;

네 주변의 모든 이가 이성을 잃고 너를 탓할 때,

If you can trust yourself when all men doubt you,

네가 만일 너 자신을 믿을 수 있다면, 모든 이가 너를 의심할 때,

But make allowance for their doubting too:

그래도 네가 그들의 의심에 대해 아량을 베풀면서,

If you can wait and not be tired by waiting,

네가 만일 기다림에 지치지 않고 기다릴 수 있다면

Or, being lied about, don't deal in lies,

혹은 거짓을 듣더라도 거짓과 타협하지 않고

Or being hated don't give way to hating,

혹은 증오를 받더라도 그 증오에 굴복하지 않으며

And yet don't look too good, nor talk too wise;

너무 선하게 보이지 않고 너무 유식하게 말을 하지 않는다면,

1연

lose one's head 목이 잘리다, 분별력을 잃다, 흥분하다. keep one's head 침착함을 잃지 않다, 냉정을 유지하다. blame it on ~의 탓으로 돌리다. allowance [əlauəns] 급여, 수당, 용돈. make allowance for ~에 아량을 베풀다, ~을 감안하다. deal with 매매하다, 거래하다, 타협하다. give way to

250

~에 굽히다. 못 이기다. 무너지다.

2연

If you can dream- -and not make dreams your master;

네가 만일 꿈 꿀 수 있지만 그 꿈들이 너의 주인이 되게 하지 않는다면.

If you can think- -and not make thoughts your aim,

네가 만일 생각할 수 있지만 그 생각을 너의 목표로 삼지 않는다면.

If you can meet with Triumph and Disaster

네가 만일 승리와 재앙을 만나서도

And treat those two impostors just the same:

그 두 협잡꾼들을 똑 같이 다룰 수 있다면

If you can bear to hear the truth you've spoken

네가 만일 네가 말한 진실을 악당들이 왜곡하여

Twisted by knaves to make a trap for fools,

어리석을 자들에게 덫을 놓는 것을 참을 수 있다면

Or watch the things you gave your life to, broken,

혹은 네가 일생을 바쳐 이룬 것이 무너지는 것을 보고

And stoop and build'em up with worn-out tools;

몸을 굽히고 낡은 연장으로 다시 세울 수 있다면.

2연

master [mæstə] 주인. triumph [traiʌmf] 업적. 승리. impostor [impɔstə] 사기꾼. 협잡꾼. disaster [dizæstə] 재난. 불행. knaves [neivz] 악당들. stoop [stup] 몸을 굽히다. 구부리다.

3연

If you can make one heap of all your winnings

네가 만일 너의 모든 상금을 모아 놓고 그것을

And risk it on one turn of pitch-and-toss,

한판 내기에 모두 걸 수 있다면,

And lose, and start again at your beginnings,

그런데 모두 잃고 처음부터 다시 시작하면서

And never breathe a word about your loss:

잃은 것에 대해 한마디도 하지 않을 수 있다면,

If you can force your heart and nerve and sinew

네가 만일 너의 심장과 신경과 근육이

To serve your turn long after they are gone,

너에게 쓸모 있게 할 수 있다면, 그들이 소진된 오랜 이후에도,

And so hold on when there is nothing in you

그리고 너에게 남아 있는 것이라고는

Except the Will which says to them: 'Hold on!'

그들에게 버티라고 하는 의지뿐일 때, 그렇게 버틸 수 있다면

3연

winnings [wininz] 상금, 딴 돈. heap [hip] 더미, 많음, 쌓다. pitch and toss 심하게 요동치다. 동전 따먹기 놀이. nerve [nəːrv] 신경, 긴장, 불안, 용기를 내어 ~하다. turn [təːrn] 돌다, 돌리다, 전환, 회전. serve one's turn 쓸모가 있다, ~에 도움이 되다. hold on 기다려, 견뎌내다, 참아내다.

4연

If you can talk with crowds and keep your virtue,

네가 만일 군중과 이야기를 하면서 너의 미덕을 지킬 수 있다면,

Or walk with Kings- -nor lose the common touch,

혹은 왕과 함께 걸으면서도 서민적인 태도를 잃지 않을 수 있다면

If neither foes nor loving friends can hurt you,

적이든 사랑하는 친구들이든 널 해칠 수 없다면

If all men count with you, but none too much:

네가 모든 이들을 소중히 여기되 누구만을 특별히 여기지 않는다면

If you can fill the unforgiving minute

네가 만일 가차 없이 지나가는 1분을

With sixty seconds' worth of distance run,

최선을 다하는 60초 달리기로 채울 수 있다면,

Yours is the Earth and everything that's in it,

이 세상이, 세상의 모든 것이 너의 것이다,

And- -which is more- -you'll be a Man, my son!

그리고 더 중요한 것은 너는 한 남자가 될 것이다, 나의 아들아!

4연

count with ~에게 중요한. common touch 대중의 인기를 얻는 자실, 서민성. 대중친화력. unforgiving 용서를 잘 안하는, 힘든.

(번역 동일성)

작가 및 작품 해설

러디어드 키플링은 (1865-1936)은 인도 봄베이에서 태어난 영국의 소설가이자 시인이다. 그의 대표적인 소설은 세계적으로 유명한 소설 정글북(1894)이라고 할 수 있고 인도에서의 경험을 바탕으로 꾸준하게 작품 활동을 해서 거의 400여편의 단편소설과 시를 남겼는데 1907년 스웨덴 한림원은 키플링에게

영미권에서 최초로 노벨 문학상을 수여했다. 당시 그의 나이가 42세였는데 지금까지도 노벨문학상 수상자로서는 최연소 기록을 유지하고 있다. 수많은 작가들이 키플링을 20세기의 가장 위대한 단편소설 작가로 찬사를 보냈다.

이 시는 1910년에 발표되었는데 당시 엄격한 도덕적 가치를 중요시하는 빅토리아 시대 정신을 잘 나타냈고 젊은이들에게 희망과 용기를 주는 교훈적인 시로 볼 수 있다. 1연과 2연에서는 젊은이들이 꿈과 희망을 갖고 자신의 신념을 믿으며 실패와 성공에 좌우되지 않고 의연하게 살아갈 것을 주문하고 있고 3연과 4연에서는 담대하게 도전하며 굳센 의지의 삶을 살고 또한 중용의 도를 걸으면서 1분을 60초 달리기처럼 매 순간순간 최선을 다하는 삶을 살아가라고 조언하고 있다. 이러한 교훈은 지금 21세기 젊은이들에게도 똑같이 적용될 수 있는 훌륭한 삶의 지침서임에 틀림없다.

69. In Flanders Fields / John McCrae
플란더어즈 들판에 / 존 매크레이

In Flanders fields the poppies blow
플란더어즈 들판에 양귀비가 핀다

Between the crosses, row on row,
십자가 사이에, 줄줄이

That mark our place; and in the sky
그것이 우리의 장소를 표시한다; 그리고 하늘엔

The larks, still bravely singing, fly
종달새들이, 여전히 용감히 노래하며, 날아간다

Scarce heard amid the guns below.
지상의 대포들 사이에서, 거의 들리지도 않은 채.

We are the Dead. Short days ago

우리는 사자(死者)들. 며칠 전만 해도

We lived, felt dawn, saw sunset glow,

우리는 살아 있었다. 새벽을 느꼈었다. 노을이 타오르는 것을 보았었다.

Loved and were loved, and now we lie

사랑하고 사랑받았었다. 그런데 지금 우리는 누워 있다.

In Flanders fields.

플란더어즈 들판에.

Take up our quarrel with the foe:

적과의 우리의 싸움을 이어받아다오:

To you from failing hands we throw

당신들에게. 힘이 사라지는 두 손으로부터 우리는 던진다

The torch; be yours to hold it high.

횃불을; 그 횃불을 높이 쳐들어다오.

If ye break faith with us who die

만일 죽어가는 우리와의 신의를 깨뜨린다면

We shall not sleep, though poppies grow

우리는 잠들지 않으리라. 양귀비가 자란다 한들

In Flanders fields.

플란더어즈 들판에.

(번역 이재호, 20세기 영시, 탐구당, 1998, p.120-121)

Flanders [flǽndərz] 세계 1차 대전 중 이프레 전투가 있었던 벨기에 서부지역 벌판 이름. 프랑드로(현재의 벨기에 서부, 네덜란드 남서부, 프랑스 북부를 포함한 북해에 면한 중세의 국가). poppy [pάpi] 양귀비, 아편. blow [blou] 바람이 불다. 숨을 헐떡이다. 폭발하다. 한번 불기, 강풍, 꽃이 피다(고어나 시

어에서). cross [krɔːs] 십자형, 십자가, 고난, 수난, 교차된, 반대의, 가로질러, 교차시키다. row [rou] 줄, 열, 노를 젓다. dawn [dɔːn] 새벽, 발단, 처음, 동틀녘, 날이 새다. take up 계속하다. ye [jiː] thou의 복수형, 너희, 그대들.

작가 및 작품 해설

　존 매크레이(1872-1918)는 캐나다 온타리오주 구엘프에서 태어난 의사이며 군인이며 또한 시인이다. 그는 토론토 대학교에서 학부 및 의학학위를 취득한 후 토론토 종합병원 등에서 근무하였다. 그는 1899년부터 1900년까지 남아프리카 공화국의 보어 전쟁에서 캐나다 파견대로 나갔으며 1904년 소령으로 진급했다가 제1차 세계 대전이 시작된 직후 제17 캐나다 파견대에 다시 입대했다. 그는 전쟁이 끝날 무렵 1918년에 폐렴으로 사망했다.

　그는 제 1차 세계대전 당시 군의관으로 벨기에 북부 지방으로 파견되어 복무하던 중에 1915년 8월 전사한 친구이자 동료 군인인 알렉시스 헬머 중위의 장례식을 주재한 후 영감을 받아서 이 시를 썼다고 한다. 매크레이는 처음에 이 시가 마음에 들지 않아서 버렸는데 그의 동료 병사들이 이 시를 회수해서 결국 그해 런던 잡지 펀치에 처음 출판되었다. 이 시는 제 1차 대전 때 종군한 군인의 희생을 상징함으로서 많은 사람들의 공감을 얻어냈고 세계 각국의 언어로 번역되어 세계적으로 유명한 전쟁시가 되었다.

70. Acceptance / Robert Frost
순응 / 로버트 프로스트

When the spent sun throws up its rays on cloud
기진한 태양이 구름에 빛을 던지고
And goes down burning into the gulf below,
자신을 불사르며 밑의 만으로 사라지니,

No voice in nature is heard to cry aloud

일어난 변화에 소리 내어 우는 목소리는

At what has happened, Birds, at least, must know

자연에 들리지 않는다. 적어도 새들만은

It is the change to darkness in the sky.

하늘이 암흑으로 바뀐 것을 아는 게 틀림없다.

Murmuring something quiet in her breast,

마음속으로 무엇인가를 조용히 중얼거리며,

One bird begins to close a faded eye;

새 한 마리가 빛바랜 눈을 감기 시작한다.

Or overtaken too far from his nest,

또는 둥지에서 너무 멀리 방랑하던 새끼 새가,

Hurrying low above the grove, some waif

어둠에 쫓겨, 작은 숲 상공을 낮게 서둘러,

Swoops just in time to his remembered tree.

입력된 나무에 아슬아슬한 때에 급강하한다.

At most he thinks or twitters softly, "Safe!

그는 기껏 조용히 생각하거나 지저귄다. "살았습니다!

Now let the night be dark for all of me.

이젠 어두운 밤이어도 내겐 걱정이 없습니다.

Let the night be too dark for me to see

밤이여, 깜깜한 밤이 되어 저희가 미래를

Into the future. Let what will be, be."

볼 수 없게 하소서. 무엇이든 올 테면, 오게 하소서."

(번역 신재실, 서쪽으로 흐르는 시냇물(West-Running Brook), 로버

트 프로스트 지음, 한국문화사, 2022, 37쪽-39쪽)

Acceptance [ək'septəns] 받아들임. 수락, 동의, 승인, 가입허가. throw up 던지다, 토하다. gulf [gʌlf] 만, 격차. burning 불타며, 여기에서는 주격보어로 볼 수 있음. murmur [mə́ːrmər] 속삭이다, 중얼거리다. 속삭임, 중얼거림. fade [feid] 바래다, 서서히 사라지다, 시들해지다. waif [weif] 방랑자, 집 없는 사람(동물). overtake [òuvərtéik] 추월하다, 앞지르다, 불시에 닥치다, 따라잡다. grove [grouv] 숲, 수풀, 밭, 과수원. swoop [swuːp] 급강하하다, 급습하다, 급강하, 급습. twitter [twítə(r)] 지저귀다, 지껄이다, 지저귐, 흥분한 상태.

작가 및 작품 해설

　로버트 프로스트(1874-1963)는 샌프란시스코 출생. 남부 옹호파인 아버지가 남군의 R.리 장군의 이름을 그대로 아들의 이름으로 한 것이라고 전한다. 10세 때 아버지가 변사하여 뉴잉글랜드로 이주, 오랫동안 버몬트의 농장에서 청경우독(晴耕雨讀)의 생활을 계속하였다. 그 경험을 살려 후에 이 지방의 소박한 농민과 자연을 노래함으로써 현대 미국 시인 중에서 가장 순수한 고전적 시인으로 꼽힌다.

　그 후 교사·신문기자로 전전하다가 1912년 영국으로 건너갔는데, 그것이 시인으로서의 새로운 출발이 되었다. E.토머스, R.브룩 등의 영국시인과 친교를 맺을 기회를 얻었으며, 그들의 추천으로 처녀시집 (소년의 의지 A Boy's Will)(1913)가 런던에서 출판되었고, 이어 (보스턴의 북쪽 North of Boston)(1914)이 출간됨으로써 시인으로서의 지위를 확립하였다. 이 두 시집에는 대표작 (풀베기), (돌담의 수리), (일꾼의 죽음) 등이 수록되었다. 1915년에 귀국하여 미국에서도 신진시인으로 환영받았다. 이듬해 제3시집 (산의 골짜기 Mountain Interval), 그 후 (뉴햄프셔 New Hampshire)(1923), (서쪽으로 흐르는 개울)(1928), (표지(標識)의 나무)(1942) 등이 발표되었다.

　신과 대결하는 인간의 고뇌를 그린 시극 (이성의 가면 A Masque of Reason)(1945)과 성서의 인물을 현대에 등장시킨 (자비의 가면 A Masque of Mercy)(1947)을 거쳐 1962년에 (개척지에서 In the Clearing)를 출판하였는데, 이것이 최후의 시집이 되었다. 또 J.F.케네디 대통령 취임식에 자작시를 낭송하는 등 미국의 계관시인적(桂冠詩人的) 존재였으며, 퓰리처상을 4회 수상하였다.

[네이버 지식백과] 로버트 프로스트 [Robert Lee Frost] (두산백과 두피디아, 두산백과)

　석양에 지평선상의 구름이 불탄다. 이윽고 태양이 지평선 아래 바다로 자취를 감춘다. 잠시 침묵의 시간이 흐른다. 순식간에 어둠이 깔린다. 아무런 소리도 들리지 않는다. 텅 빈 어둠을 환영함인가? 아니면 체념의 기도로 순응함인가? 새들만이 어둠에 반응하는 것 같다. 새들 역시 조용하지만, 적어도 어둠이 닥친 것을 느끼는 것 같다. 새 한 마리가 "무엇인가를 조용히 중얼거리며, . . 빛바랜 눈을 감기 시작한다." 어둠을 조용히 받아들인다. 그것이 살 길임을 잘 알기 때문일까? 하지만 미숙한 새끼 새는 둥지를 너무 멀리 벗어났다가 아슬아슬하게 둥지로 돌아온다. 그리곤 조용히 지저귄다. "살았습니다!"

　어둠은 차라리 보호막이다. 불안한 미래를 가로막는 차단기이다. 어둠을 수용하고 둥지에 깃드는 새, 그리고 밤을 수용하고 귀갓길을 서두는 사람은 서로 닮았다. 밤은 분명 휴식과 평화를 가져온다. 불확실한 미래는 두려움인 동시에 희망이다. 내일은 내일로 살자. (해설 신재실)

71. Acquainted with the Night / Robert Frost
　　밤을 안다 / 로버트 프로스트

I have been one acquainted with the night.
나는 밤을 아는 사람이었다.
I have walked out in rain - and back in rain.
나는 빗속에 나갔다가 - 빗속에 돌아왔다.

I have outwalked the furthest city light.

나는 가장 먼 가로등보다 멀리 나갔다.

I have looked down the saddest city lane.

나는 가장 슬픈 도시의 도로를 내려다봤다.

I have passed by the watchman on his beat

나는 순찰중인 야경꾼을 지나다가.

And dropped my eyes, unwilling to explain.

설명하기 싫어서, 눈을 내리깔았다.

I have stood still and stopped the sound of feet

내가 발소리 중단하고 가만히 서니

When far away an interrupted cry

또 다른 거리에서 외마디 소리가

Came over houses from another street,

여러 집 너머에서 아련하게 들렸지만.

But not to call me back or say good-by;

나를 부르거나 잘 가라는 소리가 아니었다.

And further still at an unearthly height

그리고 더욱 아득히 생소한 높이에서

One luminary clock against the sky

하늘을 배경으로 반짝이는 시계가

Proclaimed the time was neither wrong nor right.

시간은 옳지도 그르지도 않다고 선포했다.

I have been one acquainted with the night.

나는 밤을 아는 사람이었다.

(번역 신재실, 서쪽으로 흐르는 시냇물(West-Running Brook), 로버트 프로스트 지음, 한국문화사, 2022, 69쪽-71쪽)

acquaint [əkwéint] 익히다, 숙지하다. outwalk 보다 빨리(멀리, 오래) 걷다, 걸어서 앞서다. furthest [fə́ːrðist] 가장 먼, 가장 멀리. city light 도시의 불빛. lane [lein] 도로, 길, 차선. watchman 경비원. night watchman 야간경비원, 야경꾼. on one's beat 담당구역을 순시중인. unwilling 꺼리는, 마지못해 하는. interrupted 가로막힌, 중단된, 단속적인, 비연속성의. unearthly 기이한, 섬뜩한. luminary 발광체, 권위자. proclaim 선언하다, 분명히 보여주다, ~의 표시이다.

작품 해설

가로등이 없는 밤길이 좋을 때가 있다. 비를 맞으며 걷는 밤길이 좋을 때가 있다. 야경꾼 따위는 못 본채, 무작정 걷고 싶은 밤이 있다.

그러나 이런 소망이 충족되면 고독의 짐이 내 어깨를 짓누른다. 순찰중인 야경꾼을 지날 때 "설명하기 싫어서 눈을 내리 깔았던" 까닭은 무엇인가? 고독의 길에 대한 죄의식이 작용했기 때문이다. 배타적인 길을 가는 것은 죄악이다. 그만 혼자의 길을 거두고 돌아서야 한다.

그러기에 "또 다른 거리에서 외마디 소리가 / 여러 집 너머에서 아련하게 들렸을 때" 나는 발걸음을 멈추었다. 하지만 기대와는 달리 나와는 무관한 소리였다. 내가 세상을 외면하면 세상도 나를 외면한다.

시내를 뒤돌아보는 나에게 멀리 보이는 시계탑은 생소하기만 하다. 시계탑역시 나와는 무관한 시간을 잴 뿐이다. 시간은 나의 길을 인도하지 않으며 내가 옳은지 그른지 심판하지도 않는다. 진정 내가 밤을 아는가? 내가 보내는 시간은 밤인가, 낮인가, 내가 사는 시대는 밤인가, 낮인가? 밤을 견딜 수 있는 지혜는 무엇인가? 어둠에서 반짝이는 시계의 언어를 나는 이해하는가? 과연 나는 그 밤의 의미를 아는가? 내가 되뇌는 밤의 의미는 같은가? 아니면 그 의미에 진화가 있었는가? (해설 신재실)

72. A late walk / Robert Frost
늦은 산책 / 로버트 프로스트

When I go up through the mowing field,
풀밭을 지나 올라가는데,
The headless aftermath,
잘려나간 그루터기들이,
Smooth-laid like thatch with the heavy dew,
무거운 이슬에 차분히 가라앉은 초가지붕처럼,
Half closes the garden path.
남새밭 길을 반쯤은 덮어 버렸다.

And when I come to the garden ground,
남새밭에 당도하니,
The whir of sober birds
잠 깬 새들이 휙휙 나는 소리가
Up from the tangle of withered weeds
시들어 뒤엉킨 잡초들에서 올라온다.
Is sadder than any words
그 어떤 말보다도 슬프다.

A tree beside the wall stands bare,

담장 옆의 나무는 앙상하지만,

But a leaf that lingered brown,

떠나기 망설였던 갈색 잎 하나,

Disturbed, I doubt not, by my thought,

분명, 나의 생각에 동요된 듯,

Comes softly rattling down.

살며시 살랑 떨어져 내린다.

I end not far from my going forth

나는 멀리까지 나가지 않고,

By picking the faded blue

마지막까지 남은 과꽃 가운데

Of the last remaining aster flower

색 바랜 푸른 꽃 따서는

To carry again to you.

당신에게 또다시 가져옵니다.

(번역 신재실, 로버트 프로스트 명시 읽기, 로버트 프로스트 지음, 한국문화사, 2022, p.26-27)

mowing [móuiŋ] 풀베기, (풀·곡식의) 한 번 베어들인 양, 목초지. headless [hedləs] 머리가 없는, 분별없는. aftermath 그루갈이, 두 번째 베는 풀, (전쟁·재해 따위의) 결과, 여파, 영향. thatch [θætʃ] 짚, 초가지붕, 짚으로 이다. garden [gɑ́:rdn] 뜰, 마당, 정원, 뜰의, 뜰을 만들다. 남새밭은 채소밭을 말함. whir, whirr [hwə:r] 획 하는 소리, 윙하고 도는 소리, 획 날다. sober [sóubər] 술 취하지 않은, 맑은 정신의. tangle [tǽŋgəl] 엉키게 하다, 엉키다. 엉킴. wither [wíðər] 시들다. 시들게 하다. weed [wiːd] 잡초를 뽑다. 잡초. bare [bɛər] 벌거벗은. 사실 그대로의. 휑뎅그렁한. 부족한. 벌거벗기다. linger [líŋgər] 오래 머무르다. 질질 끌다. disturb [distə́ːrb] 방해하다. rattle [rǽtl] 덜컥덜컥 소리나다. aster [ǽstər] 과꽃.

이 시는 늦은 가을 풀밭과 정원을 거닐면서 쓸쓸한 풍경을 바라보고 시인이 느끼는 슬픈 감정을 노래하고 있다.

73. Birches / Robert Frost

자작나무 / 로버트 프로스트

1연

When I see birches bend to left and right

줄줄이 쭉쭉 뻗은 검은 나무들을 가로질러

Across the lines of straighter darker trees,

자작나무들이 좌우로 굽은 것을 볼 때,

I like to think some boy's been swinging them.

나는 곧잘 어떤 소년이 자작나무 타기를 했다고 생각한다.

But swinging doesn't bend them down to stay

그러나 그네타기가 그것들을 영 굽혀놓지는 않는다.

As ice-storms do. Often you must have seen them

진눈깨비가 그렇게 한다. 비온 후

Loaded with ice a sunny winter morning

햇빛 나는 겨울 아침에 자작나무에 얼음이 달린 것을

After a rain. They click upon themselves

자주 보았으리라. 살랑 바람이 일면서

As the breeze rises, and turn many-colored

그것들이 찰깍 제 몸을 클릭하면, 그 흔들림에 얼음 에나멜이

As the stir cracks and crazes their enamel.

금가고 깨지며 다채로운 색깔로 변한다.

Soon the sun's warmth makes them shed crystal shells

이윽고 그들은 태양의 온기로 수정 껍질을 벗으며

Shattering and avalanching on the snow-crust -

딱딱한 눈 껍질 위에 얼음이 수북이 쏟아지고 쌓이며 -

Such heaps of broken glass to sweep away

깨진 유리 더미가 엄청 휩쓸려 미끄러지니

You'd think the inner dome of heaven had fallen.

하늘 내부의 둥근 천장이 무너졌다고 생각할 게다.

They are dragged to the withered bracken by the load,

자작나무가 얼음 짐에 끌려 시들은 고사리 덤불까지 내려오면,

And they seem not to break; though once they are bowed

부러지지 않을 것 같고, 오히려 일단 그렇게 오랫동안

So low for long, they never right themselves:

고개 숙이고 있으면, 다시는 펴지지 않는다.

You may see their trunks arching in the woods

여러 해 후에 보면, 잎들은 땅위에 질질 끌며

Years afterwards, trailing their leaves on the ground

자작나무 줄기들이 숲에 아치를 이루고 있으니.

Like girls on hands and knees that throw their hair

소녀들이 머리털을 머리 넘어 앞으로 드리운 채

Before them over their heads to dry in the sun.

손과 무릎을 딛고 햇빛에 말리고 있는 모습이다.

But I was going to say when Truth broke in

사실을 알고 보면 모두 진눈깨비 소행이

With all her matter-of-fact about the ice-storm

분명하지만 내가 말하고자 하는 것은.

I should prefer to have some boy bend them

어느 소년이 소를 몰고 오가면서

As he went out and in to fetch the cows -

자작나무들을 굽혀놓은 것이라고 생각하고 싶다 -

Some boy too far from town to learn baseball,

야구를 배우기엔 도회에서 너무 떨어져 있어,

Whose only play was what he found himself,

여름이나 겨울이나. 소년의 유일한 놀이는 스스로

Summer or winter, and could play alone.

찾아서 혼자 놀 수 있는 것뿐이었다.

One by one he subdued his father's trees

그는 아버지의 나무들을 하나하나 진압했다.

By riding them down over and over again

되풀이 올라타고 내려옴으로써

Until he took the stiffness out of them,

나무의 뻣뻣한 기운을 빼버리니,

And not one but hung limp, not one was left

모든 나무가 축 늘어지고, 더 이상

For him to conquer.

정복할 것이 남지 않았다.

1연

birch [bəːrtʃ] 자작나무, 자작나무의, 자작나무 회초리로 때리다. swing [swiŋ] 흔들리다, 매달리다, 회전하다, 한방 먹이다, 흔들다, 매달, 휘두름, 스윙, 그네, 일격, 스윙 음악의, 흔들리는, 좌우하는. swinging [swíŋiŋ] 흔들리는, 진동하는, 흔들림, 진동. click [klik] 짤가닥 소리나다, 성공하다, 째깍 소리를 내다, 째깍(하는 소리). breeze [briːz] 산들바람, 산들바람이 불다, 편히 달리게 하다. stir [stəːr] 움직이다, 분발시키다, 각성시키다, 일어나 있다, 움직임, 휘젓기. crack [kræk] 찰싹 소리를 내다, 금이 가게 하다, 우두둑 까다, 부수다, 깨뜨리다, 딱 소리를 내다, 금이 가다, 쪼개지다. craze [kreiz] 미치게 하다, 발광시키다, 미치다, 잔금이 가다, 광기, 발광. enamel [inǽməl] 법랑, 잿물, 유약, 에나멜을 입히다. shell [ʃel] 껍질, 조개, 포탄, 유탄, 뼈대. shed [ʃed] 뿌리다. avalanche [ǽvəlæntʃ] 눈사태, 밀어닥치다, 쇄도하다. crust [krʌst] 빵 껍질, 딱딱한 외피, 겉껍질로 덮다, 굳어지다. bracken [brǽkən] 고사리. drag [dræg] 끌다, 끌려가다. on hands and knees 넙죽 엎드려. stiff [stif] 빳빳한, 딱딱한, 완강한, 단호한, 딱딱하게, 단호하게. subdue [səbdjúː] 정복하다, 억제하다, 뿌리 뽑다.

2연

He learned all there was

배울 것은 다 배워

To learn about not launching out too soon

너무 일찍 착지(着地)에 나서지 않음으로써

And so not carrying the tree away

번번이 나무를 땅까지 깨끗이 끌어내렸다.

267

Clear to the ground. He always kept his poise

컵을 가장자리까지, 아니 잘금 넘칠 정도로

To the top branches, climbing carefully

가득 채우는 것과 똑같은 정성으로, 늘 균형을 잡고,

With the same pains you use to fill a cup

꼭대기 가지까지,

Up to the brim, and even above the brim.

조심스레 올라갔다.

Then he flung outward, feet first, with a swish,

그 다음 휙! 발을 먼저, 몸을 쭉 내던지고,

Kicking his way down through the air to the ground.

발길질을 계속하며 공중을 지나 땅에 내려온다.

So was I once myself a swinger of birches.

나 역시 한때 자작나무 타는 소년이었다.

And so I dream of going back to be.

다시 자작나무 타는 소년 되는 꿈을 꾼다.

It's when I'm weary of considerations,

이런 저런 일로 지쳐버리면,

And life is too much like a pathless wood

인생은 길 없는 숲과 다름없으니

Where your face burns and tickles with the cobwebs

끊어지는 거미줄에 얼굴이 근지럽게

Broken across it, and one eye is weeping

달아오르고, 휙! 빗겨 치는 나뭇가지에

From a twig's having lashed across it open.

한 쪽 눈이 눈물을 흘렸다.

I'd like to get away from earth awhile

나는 잠시 땅을 떠났다가

And then come back to it and begin over.

돌아와 새 출발을 하고 싶다.

May no fate willfully misunderstand me

운명이 제멋대로 나를 오해하여

And half grant what I wish and snatch me away

나의 소망을 반만 허락하고 돌아오지 못하게

Not to return. Earth's the right place for love:

나를 낚아채지 않기를 바란다. 땅은 사랑의 알맞은 장소,

I don't know where it's likely to go better.

여기보다 더 좋은 곳이 어디 또 있을까.

I'd like to go by climbing a birch tree,

나는 자작나무를 기어오르고 싶다.

And climb black branches up a snow-white trunk

검은 가지를 잡고 눈처럼 흰 줄기를 타고

Toward heaven, till the tree could bear no more,

하늘로 오르다가, 나무가 더 이상 견디지 못해

But dipped its top and set me down again.

고개를 숙여 나를 다시 내려놓을 때까지.

That would be good both going and coming back.

그렇게 갔다가 돌아오는 게 좋을 게다.

One could do worse than be a swinger of birches.

자작나무 타는 사람도 되지 못할 수 있다.

(번역 신재실, 로버트 프로스트의 명시 읽기, 로버트 프로스트 지음, 한국문화사, 2022, 149쪽-152쪽)

2연

launch [lɔ:ntʃ] 배를 진수시키다, 비행기를 날리다, 세상에 내보내다, 착수하다, 날아오르다, 진수, 발진, 발사. clear [kliər] 맑은, 투명한, 분명한, 명백한, 결백한, ~에서 떨어진, 분명히, 완전히. pain [pein] 아픔, 고통, 노력, 수고, 괴롭히다, 아프다. brim [brim] 가장자리, 언저리, 물가, 넘치도록 채우다. swish [swiʃ] 휙휙, 철썩철썩, 휙 소리를 내다, 휘두르다. consideration [kənsìdəréiʃən] 고려, 숙려, 참작, 경의. wilful [wílfəl] 계획적인, 고의의, 외고집의. dip [dip] 담그다, 적시다, 가라앉다, 내려가다, (아래로) 기울다.

작품 해설

이 시는 시인이 어렸을 때 자작나무를 타며 놀았던 것을 생각하면서 쓴 시이다. 시인은 세상을 살아가면서 힘들고 지칠 때 어릴 때처럼 자작나무를 타며 하늘에 올라갔다가 땅에 내려오듯이 잠시 현실을 잊어버리길 열망하다가도 현실을 완전히 떠나기보다는 반드시 돌아오길 바란다. 왜냐하면 이 세상이 사랑하기에 가장 좋은 곳임을 알기 때문이다.

74. Come in / Robert Frost
들어오라 / 로버트 프로스트

1연

As I came to the edge of the woods,
내가 숲 변두리에 왔을 때,

Thrush music—hark!

티티새 노랫소리 - 잘 들어!

Now if it was dusk outside,

이제 숲 밖은 어스레했지만,

Inside it was dark.

숲 안은 어두웠다.

1연

edge [edʒ] ⓝ끝머리, 테두리, 칼날, ⓥ날을 세우다, 테를 달다, 비스듬히 나아가다. wood [wud] ⓝ나무, 목재, 숲, ⓐ나무의, 숲에 사는, ⓥ수목으로 덮다, 장작을 싣다. thrush [θrəʃ] ⓝ개똥지빠귀, 티티새. hark [hɑːrk] ⓥ듣다, 귀를 기울이다. dusk [dʌsk] ⓝ어둑어둑함, 땅거미, ⓐ어두운, ⓥ어두컴컴하게 되다, 저물어가다. outside 바깥쪽, 바깥쪽의, 밖에. inside 안쪽, 안쪽의, 안쪽에. dark [dɑːrk] ⓐ어두운, 거무스름한, 비밀의, ⓝ암흑, 어두운 곳, 어둠, 땅거미.

2연

Too dark in the woods for a bird

숲 안은 너무 어두워서

By sleight of wing

새가 날개의 날쌘 재주로

To better its perch for the night,

잠잘 횃대를 개선할 순 없어도,

Though it still could sing.

아직 노래할 수는 있었다.

271

2연

sleight [slait] ⓝ능숙한 솜씨. 술책. 교활. by sleight of wing 날개의 재간으로. better 보다 좋은. 보다 좋게. 보다 좋게 하다. 개량하다. too~ to~ 너무나 ~해서 ~할 수 없다. perch [pəːrtʃ] ⓝ횃대. 높은 지위. ⓥ횃대에 앉게 하다.

3연

The last of the light of the sun

서쪽에서 죽은

That had died in the west

태양의 최후의 빛이

Still lived for one song more

티티새의 가슴에 아직 살았기에

In a thrush's breast.

노래 한 곡 더 부를 수 있었다.

3연

that는 주격 관계 대명사. the last of the light of the sun 마지막 한줄기 광선. one song more는 one more song. breast [brest] ⓝ가슴. 가슴 속. 유방. ⓥ대담하게 맞서다. 헤치며 나아가다.

4연

Far in the pillared dark

기둥처럼 쭉쭉 뻗은 어둠 속 멀리에서

Thrush music went—

티티새의 노래가 울려 퍼졌다 -

272

Almost like a call to come in

어둠 속으로 들어와

To the dark and lament.

통곡하라는 부름 같았다.

4연

far [fɑːr] 멀리, 훨씬, 먼, 먼 쪽의. pillar [pílər] ⓝ기둥, 기둥 모양의 것. ⓥ 기둥으로 장식하다. ~의 주석이 되다. thrush music 티티새의 노랫소리. a call to come in에서 to come은 부정사의 형용사적 용법으로서 call을 수식, 들어오라는 요청. lament [ləmént] ⓥ슬퍼하다. 애도하다. ⓝ비탄, 만가. 여기에서는 call을 수식하는 부정사로 쓰였음.

5연

But no, I was out for stars:

그러나 아니다. 나는 별을 보러 나왔다.

I would not come in.

나는 들어가지 않을 것이니.

I meant not even if asked;

청을 받았다 해도 안 갈 작정인데.

And I hadn't been.

그런 청도 받지 않았다.

(번역 신재실, 로버트 프로스트의 명시 읽기, 로버트 프로스트 지음, 한국문화사, 2022, 323쪽-324쪽)

5연

was out for stars 별을 보기 위해 나왔다. would not come in 들어가지

않을 것이다(고집을 나타냄). mean [miːn] ⓥ의미하다, ~할 작정이다. @뒤떨어지는, 비열한, 중간의, ⓝ중간, 평균(치). meant not 다음에 to come in이 생략되었음. even if asked (들어오라는) 요청을 받는다고 하더라도. hadn't been 다음에 asked가 생략되었음.

작품 해설

이 시에서 시인은 인간의 마음속에 있는 두 가지 상반되는 감정 즉 감정과 이성의 갈등을 묘사하고 있다. 시인은 저녁 무렵 어느 숲에서 티티새의 노랫소리를 듣고 자연의 아름다움에 도취되지만 낭만주의 시인들과 달리 그러한 감상적인 체험을 실행에 옮기지 않고 현실을 자각하며 자연으로의 낭만적인 도피를 억제한다.

75. Fire and Ice / Robert Frost
불과 얼음 / 로버트 프로스트

Some say the world will end in fire,
어떤 이는 세상이 불로 끝난다 하고,
Some say in ice.
어떤 이는 얼음으로 끝난다고 한다.
From what I've tasted of desire
내가 욕망을 맛본 바로는
I hold with those who favor fire.
불을 지지하는 사람들 편이다.
But if it had to perish twice,

274

그러나 세상이 두 번 망해야 한다면,

I think I know enough of hate

내가 아는 증오로 판단하건대

To say that for destruction ice

파괴력에 있어서는

Is also great

얼음 또한 엄청나고

And would suffice.

충분하다고 말할 수 있다.

(번역 신재실, 로버트 프로스트의 명시 읽기, 로버트 프로스트 지음, 한국문화사, 2022, 201쪽)

taste [teist] 미각, 풍미, 맛보기, 경험, 기미, 기색, 취미, 기호, 감식력, 맛보다, 경험하다. desire [dizáiər] 바라다, 원하다, 욕망을 갖다, 욕구, 욕망, 요망. hold [hould] 붙잡다, 지키다, 차지하다, 신봉하다, 주장하다, 개최하다, 보류하다, 파악, 잡는 곳, 장악, 확보. hold with ~에 찬성하다, ~을 편들다. favor [féivər] 호의, 친절, 총애, 찬성, 지지, 애정, 호의를 보이다, 찬성하다, 지지를 보내다, 소중히 하다. suffice [səfáis] 족하다, 충분하다, 만족하다.

작품 해설

이 시는 단테의 신곡에서 불의 형벌과 얼음의 형벌에서 영감을 받아서 쓴 것이라고 한다. 시인은 인간의 감정인 욕망을 상징하는 불과 증오를 상징하는 얼음으로 이 세상이 망할 수 있다고 주장한다.

76. Nothing gold can stay / Robert Frost
금빛인 것은 머물 수 없다 / 로버트 프로스트

Nature's first green is gold,

자연의 첫 잎은 금빛이다.

Her hardest hue to hold,

유지하기 가장 힘든 색깔,

Her early leaf's a flower;

자연의 이른 잎은 꽃이다.

But only so an hour.

그러나 겨우 한 시간 뿐이다.

Then leaf subsides to leaf.

그다음 잎은 잎으로 가라앉는다.

So Eden sank to grief,

그처럼 에덴은 슬픔으로 가라앉고,

So dawn goes down to day.

그처럼 새벽은 낮으로 가라앉는다.

Nothing gold can stay.

금빛인 것은 머물 수 없다.

(번역 신재실, 로버트 프로스트의 명시 읽기, 로버트 프로스트 지음, 한국문화사, 2022, 205쪽)

gold [gould] 금, 부, 금빛, 금의, 금으로 만든, 금빛의. hue [hju:] 색조, 빛깔 색상, 경향, 특색. leaf [li:f] 잎, 나뭇잎, 풀잎, 꽃잎, 잎이 나다. subside [səbsáid] 가라앉다, 내려앉다, 침강하다, 움푹 들어가다, 땅이 꺼지다, 잠잠해 지다. dawn [dɔ:n] 새벽, 동틀녘, 여명, 처음, 발단, 날이 새다, 밝아지다, 시

276

작하다. stay [stei] 머무르다. 남다. 체재하다. ~인 채로 있다. 멈추다. 멈추게
하다. 막다. (욕망을) 채우다. 버티다. 머무름. 체재. 연기. 유예. 정지.

   이 시는 금빛은 오래 머물 수 없다고 하면서 아름다운 자연의 덧없음과 상
실, 슬픔을 말하고 또한 인생의 빛나는 순간 또한 영원하지 않으니 하루하루
를 소중히 여기며 살아야 한다는 교훈을 담고 있다.

77. Once by the Pacific / Robert Frost

어느 날 태평양 가에서 / 로버트 프로스트

The shattered water made a misty din.

산산이 부서진 물이 희미한 소음을 냈다.

Great waves looked over others coming in,

큰 파도들이 들어오는 다른 파도들을 굽어보며,

And thought of doing something to the shore

물이 육지에 저질렀던 전례가 없는

That water never did to land before.

어떤 것을 해안에 저지를 궁리를 했다.

The clouds were low and hairy in the skies,

하늘의 구름이 머리를 낮게 산발한 것이,

Like locks blown forward in the gleam of eyes.

이글거리는 두 눈 앞에 드리운 머리채 같다.

You could not tell, and yet it looked as if

단언할 수 없으되, 해안은 절벽의 뒷받침을 받고,

The shore was lucky in being backed by cliff,

또 절벽은 대륙의 뒷받침을 받는 것이

The cliff in being backed by continent;

정말 행운인 것 같았다.

It looked as if a night of dark intent

마치 음험한 의도의 밤이 오는 것 같았다.

Was coming, and not only a night, an age.

하루 밤이 아니라, 한 시대가 그러는 것 같았다.

Someone had better be prepared for rage.

누군가 격랑에 대비하는 것이 좋겠다.

There would be more than ocean-water broken

바닷물 이상의 것이 깨져버리고 마침내

Before God's last *put out the Light* was spoken.

불을 꺼라 신의 마지막 말씀이 있을 것이다.

(번역 신재실, 서쪽으로 흐르는 시냇물(West-Running Brook), 로버트 프로스트 지음, 한국문화사, 2022, 40-42쪽)

shatter [ʃǽtər] 산산이 부서지다. 산산조각 나다. 엄청난 충격을 주다. misty [misti] 안개 낀, 흐릿한. din [din] 소음. shore [ʃɔːr] 해안. that water에서 that은 목적격 관계대명사임. hairy [hέəri] 털이 많은. lock [lɑːk] 잠그다, 잠겨 두다. 레게머리(밧줄처럼 꼬인 머리). blown은 blow의 과거분사. blow [blou] 불다. rage [reidʒ] 격노, 폭력사태. put out the light 불을 꺼라.

이 시는 1차 세계대전 바로 전에 쓰였다. 일촉즉발의 전쟁 위기 앞에서, 폭풍우가 몰아치는 태평양은 이를 바라보는 이에게 곧 닥쳐올 문명의 위기를 상징하기에 충분하다. 지리적 재난을 위협하는 태평양의 격랑은 화자의 의식에 인간의 죄에 대한 신의 심판의 징조로 투영된다. "음험한 의도의 밤이 오는 것 같았다"는 화자의 공상적 비전이 "하루 밤"에서 "한 시대"로 확장되면서 단순한 지리적 변화에서 역사적 변화, 즉 또 다른 어두운 시대의 도래를 경고한다. 그러나 격랑에 대비해야 할 모두 everyone 대신에 "누군가 someone"로, 깨져버릴 모든 것 everything 대신, "바닷물 이상의 것"으로 완화하여 표현함으로서 "빛이 생겨라,"(창세기 1:3)라는 하느님의 말씀을 번복한 결론의 의미도 완화시킨다. 신이 불을 끄심은 노여움의 복수라기보다 보고 싶지 않은 것을 외면하기 위해 잠시 불을 끄시는 슬픈 사랑임을 감지할 수 있다. (해설 신재실)

78. On Going Unnoticed / Robert Frost

주목 받지 못하고 / 로버트 프로스트

As vain to raise a voice as a sigh
높은 나뭇잎들의 자유로운 소음 속에서
In the tumult of free leaves on high.
네가 목소리 높여봤자 한숨처럼 헛되구나.
What are you, in the shadow of trees
상공의 빛 그리고 산들바람과 교유하는
Engaged up there with the light and breeze?
나무들의 그늘에 웅크린 너는 무엇이냐?

Less than the coralroot, you know,

그래, 너는 산호뿌리난초도 못된다.

That is content with the daylight low,

그 난초는 약한 일광에 만족하고,

And has no leaves at all of its own;

자기의 잎이라곤 하나도 없이,

Whose spotted flowers hang meanly down.

자기의 얼룩 꽃들만 축 늘어뜨린다.

You grasp the bark by a rugged pleat,

너는 나무껍질의 주름을 움켜잡고,

And look up small from the forest's feet.

숲의 발치에서 초라하게 상공을 우러러본다.

The only leaf it drops goes wide,

나뭇잎 하나 떨어지지만 멀리 빗겨가니,

Your name not written on either side.

그 잎 어느 쪽에도 네 이름은 쓰이지 않았다.

You linger little your hour and are gone,

너는 짧은 네 시간을 머뭇거리다 사라진다.

And still the woods sweep leafily on,

하지만 숲은 여전히 무성한 잎을 나부끼며,

Not even missing the coralroot flower

네가 네 시간의 전리품으로 기껏 취한

You took as a trophy of the hour.

산호뿌리난초꽃 따윈 거들떠보지도 않는다.

(번역 신재실, 서쪽으로 흐르는 시냇물(West-Running Brook), 로버트 프로스트 지음, 한국문화사, 2022, 25-27쪽)

sigh 한숨(짓다). tumult [tuːmʌlt] 소란, 소동, 심란함. engage [ingeidʒ] 사로잡다, 고용하다, 관계를 맺다. vain 헛된, 자만심이 강한. coral [kɔːrəl] 산호(초). coralroot 산호뿌리난초. rugged 바위투성이의, 기복이 심한. pleat [pliːt] 주름. meanly 빈약하게, 초라하게, 천하게, 비열하게. leaf [liːf] 잎.

작품 해설

　나는 과연 어떠한 존재인가? 나야말로 주목을 받지 못하고 사라지는 존재가 되지 않을까? 세상이 숲이라면 나는 무엇인가? 잎이 무성한 큰 나무인가? 아니면 큰 나무 그늘 밑에 움츠리고 있는 수줍은 산호뿌리난초라도 되는가? 큰 나무는 하늘에 수많은 잎을 피우고, 그 잎들은 "빛 그리고 산들바람"과 자유롭게 교유하지만, 그늘 밑의 산호뿌리난초는 햇빛을 거의 보지 못하고, 잎도 거의 피지 못한다. "얼룩 꽃들"을 땅으로 축 늘어뜨릴 뿐이다.

　산호뿌리난초여, "너는 나무껍질의 주름을 움켜잡고, / 숲의 발치에서 초라하게 상공을 우러러본다. / 나뭇잎 하나가 떨어지지만 멀리 빗겨가니, / 그 잎 어느 쪽에도 네 이름은 쓰이지 않았다." 나는 산호뿌리난초라도 되는가? 숲은 산호뿌리난초꽃 따위는 없어도 여전히 나뭇잎이 무성하다. 나는 어떤가? 그야말로 빈손으로 하산하고 끝날 것인가? 아니다, 축 늘어진 산호뿌리난초꽃이라도 한 송이 "내 시간의 전리품"으로 취하자. 인생은 무상하지만 작은 꽃 한 송이라도 남긴다면 값진 인생 아니겠는가! 작은 시 한 잎이라도 남기는 인생을 살자. (해설 신재실)

79. Spring Pools / Robert Frost

봄의 물웅덩이들 / 로버트 프로스트

These pools that, though in forests, still reflect

이 웅덩이들은, 숲 속이지만, 여전히

The total sky almost without defect,

거의 티 하나 없이 완전한 하늘을 비추며,

And like the flowers beside them, chill and shiver,

그 옆에 핀 꽃들처럼 으스스 떨다가,

Will like the flowers beside them soon be gone,

그 옆에 핀 꽃들처럼 곧 사라지고 말 터이다,

And yet not out by any brook or river,

하지만 시냇물이나 강물로 사라지는 게 아니라,

But up by roots to bring dark foliage on.

나무뿌리에 흡수되어 검은 잎을 피울 것이다.

The trees that have it in their pent-up buds

여름 숲 되어 자연을 어둡게 하는 잎눈들을

To darken nature and be summer woods-

체내에 차곡차곡 쟁인 나무들 말이다-

Let them think twice before they use their powers

그 잎눈들이 그 힘을 사용하여

To blot out and drink up and sweep away

겨우 어제 녹은 눈에서 생긴

These flowery waters and these watery flowers

이 꽃 같은 물과 이 물 같은 꽃들을

From snow that melted only yesterday.

게 눈 감추듯 흡수하기 전에 재고하게 하라.

(번역 신재실, 서쪽으로 흐르는 시냇물(West-Running Brook), 로버트 프로스트 지음, 한국문화사, 2022, 11-12쪽)

pool [puːl] 물웅덩이. 작은 못. 물웅덩이를 만들다. pools that에서 that은 주격 관계대명사임. defect 결함. chill 냉기, 한기. 아주 춥게 만들다. 차게 식히다. shiver 떨다. 전율. 오한. foliage [fouliʤ] 나뭇잎. pent-up 억눌린. 답답한. bolt out 지우다. 지워버리다. drink up 다 마시다. sweep away 완전히 없애다. 일소하다.

이 시는 봄에 일어나는 자연의 변화, 즉 눈, 물웅덩이, 꽃, 나무로 이어지는 자연의 순환을 봄의 아름다움과 젊음이 여름을 위해 희생되는 슬픈 과정으로 보았다.

80. Stopping by Woods on a Snowy Evening / Robert Frost

눈 내리는 저녁 숲가에 서서 / 로버트 프로스트

Whose woods these are I think I know.

이게 누구의 숲인지 알 것 같다.

His house is in the village though;

하지만 그의 집은 마을에 있어.

He will not see me stopping here

내가 여기 멈추어 서서 눈 덮이는

To watch his woods fill up with snow.

그의 숲을 지켜보는 것을 알지 못하리라.

My little horse must think it queer

나의 작은 말도 이상타 생각하리니

To stop without a farmhouse near

근처에 농가도 없는데

Between the woods and frozen lake

일 년 중 가장 어두운 저녁에

The darkest evening of the year.

숲과 얼어붙은 호수 사이에 멈춰 선 것이다.

He gives his harness bells a shake

그는 말방울을 한 번 흔들어

To ask if there is some mistake.

혹시 어떤 잘못이 있는지 묻는다.

The only other sound's the sweep

그 외의 다른 소리라곤 가벼운 바람과

Of easy wind and downy flake.

솜털 같은 눈송이 흩날리는 소리뿐이다.

The woods are lovely, dark and deep,

숲은 아름답고, 어둡고, 깊다.

But I have promises to keep,

그러나 나는 지켜야 할 약속이 있고,

And miles to go before I sleep,

자기 전 가야할 길이 멀다.

And miles to go before I sleep.

자기 전 가야할 길이 멀다.

(번역 신재실, 로버트 프로스트의 명시 읽기, 로버트 프로스트 지음, 한국문화사, 2022, 209-210쪽)

queer [kwir] 기묘한, 괴상한, 동성애자(의). farmhouse 농가, 농장 안의 주택. harness ['hɑːrnɪs] 마구, 마구를 채우다, 이용하다. sweep [swiːp] 쓸다, 비질하기, 휘몰아치다. downy [dáuni] 솜털로 뒤덮인, 보송보송한.

작품 해설

프로스트의 대표적인 작품 중 하나인 이 시는 그가 개인적으로 가장 좋아하는 시라고 밝힌 바 있다. 프로스트는 자신이 거주했던 뉴햄프셔(New Hampshire)와 버몬트(Vermont) 지방을 배경으로 주변 자연과 농촌을 있는 그대로 세밀하게 시에 옮기는 묘사적이고 관찰적인 사실주의를 취하면서도, 단순히 묘사하는 것에 그치지 않고 명상을 통해 사회와 인간 삶의 문제들을 통찰력 있게 관련시킨다. 이 시도 역시 눈 내린 겨울 숲의 정경을 찬찬히 묘사하면서 서정성을 자아내지만 사회적인 책임감을 일깨우는 윤리적인 태도를 여실히 보여준다. 이처럼 프로스트는 자연을 단순히 감상적이거나 관념적으로 다루지 않고, 노동하고 사고하는 인간과 관련시켜 "삶의 해명"으로서의 그의 시관을 견지한다.

[네이버 지식백과] 눈 내리는 저녁 숲가에 서서 [Stopping by Woods on a Snowy Evening] (낯선 문학 가깝게 보기 : 영미문학, 2013. 11., 박미정, 이동일, 위키미디어 커먼즈)

81. The Flower Boat / Robert Frost
꽃 핀 보트 / 로버트 프로스트

The fisherman's swapping a yarn for a yarn
마을 이발사의 손 밑에서,
Under the hand of the village barber,
그리고 그의 원양어선이 쉴 곳을 발견한
And here in the angle of house and barn
집과 헛간 모퉁이의 이곳에서,
His deep-sea dory has found a harbor.
낚싯배(어부)는 이야기에 이야기를 주고받는다.

At anchor she rides the sunny sod,
그녀는 정박한 채 양지바른 잔디를 탄다.
As full to the gunnel of flowers growing
꽃들이 현연까지 가득히 자라니,
As ever she turned her home with cod
그녀가 조지스 사퇴에서 대구를 가득 싣고
From Georges Bank when winds were blowing.
바람에 돛을 휘날리며 귀가하던 때의 모습이다.

And I judge from that Elysian freight
저 엘리시움의 화물로 판단하건대
That all they ask is rougher weather,
그들이 원하는 것은 더 사나운 날씨뿐이니,

And dory and master will sail by fate

배와 선장은 운명의 돛을 달고

To seek for the Happy Isles together.

행복한 섬 찾아 함께 항해하리라.

(번역 신재실, 서쪽으로 흐르는 시냇물(West-Running Brook), 로버트 프로스트 지음, 한국문화사, 2022, 105쪽-107쪽)

fisherman 어부, 낚싯배. swap 바꾸다, 교대하다, 교환품, 교환된 사람. (이야기 등)을 나누다. yarn [jaːrn] 실, 방적사, 긴 이야기. dory [dori] 낚싯배. barber [baːrbə] 이발사, 이발소. harbor [haːrbər] 항구. cod [kad] 대구. gunnel 현연(뱃전). sod [sad] 꼴보기 싫은 놈, 잔디. as~ as ever 여전히 ~처럼. Georges Bank 미국 메사추세츠 동남해안 앞바다의 사퇴, 유명한 어장임. Elysian 천국의. master [mæstər] 주인, 나리. fright [freit] 화물. Isle [ail] 섬. Happy Isles 선원들의 천국.

작품 해설

 배와 함께 은퇴한 평생 어부가 있다. 이제 그는 동네 이발소에서, 그리고 집과 헛간 사이의 모퉁이에서 쉬고 있는 그의 낚싯배 옆에서, 만선의 꿈을 안고 날씨와 풍랑에 맞선 끝에 행복한 집으로 돌아오던 시절의 이야기를 사람들과 주고받는다.

 현재 그의 배는 고등어가 아니라 꽃으로 만선이다. 하지만 풍어와 거친 바다의 추억은 이제 전혀 새로운 모험의 욕망으로 인도한다. "엘리시움의 화물"을 싣고 배와 함께 어부가 황해할 곳은 어디일까? 그것은 바로 어부들의 천국인 "행복한 섬"으로의 항해다. 이제 그에게 남은 항해는 꽃을 가득 싣고 거친 이승의 바다를 건너 '엘리시움'으로 가는 마지막 길이다. 내가 가고픈 마지막 길이다. (해설 신재실)

82. The Freedom of the Moon / Robert Frost
달의 자유 / 로버트 프로스트

I've tried the new moon tilted in the air
안개로 덩어리진 나무와 농가의 상공에

Above a hazy tree-and-farmhouse cluster
떠오른 초승달을 요리조리 기울여보기는

As you might try a jewel in your hair.
머리에 보석 머리핀을 꽂아보듯 했다.

I've tried it fine with little breadth of luster,
광택 폭을 약간 바꾸며 멋지게 실험하기는,

Alone, or in one ornament combining
초승달만으로, 또는 못지않게 빛나는 어느

With one first-water star almost as shining.
1급별과 조합해서 장신구를 하나 만들어봤다.

I put it shining anywhere I please.
그것을 내키는 곳에 옮겨서 빛나게 했다.

By walking slowly on some evening later
좀 늦은 저녁까지 천천히 걸어 다니며,

I've pulled it from a crate of crooked trees,
구부러진 무더기 나무들로부터 달을 끌어내,

And brought it over glossy water, greater,
더욱 수려하고, 반들반들한 수면 위에서,

And dropped it in, and seen the image wallow,

288

달을 물에 떨어뜨리고, 허우적대는 것을 보니,

The color run, all sorts of wonder follow.

달의 색깔이 달려가면서, 온갖 경이(驚異)가 뒤따랐다.

(번역 신재실, 서쪽으로 흐르는 시냇물(West-Running Brook), 로버트 프로스트 지음, 한국문화사, 2022, 14쪽-16쪽)

hazy [heizi] 안개 낀, 흐릿한, 확신이 없는. cluster [klʌstə] 무리, 송이, 무리를 이루다, 모이다. tilted 경사진, 기울어진. new moon 초승달. breadth [bredə] 폭, 너비. luster [lʌstə] 광택, 영광, 호색한, 갈망하는 사람. first-water 최우량질, 최우수, 1급. crate [kreit] 상자. a crate of banana 바나나 한 상자. wallow [wɑːlou] 뒹굴다, 젖어 있다. jewel [ʤuːəl] 보석(류). fallow [fáːlou] 따라가다, 뒤따르다. glossy [glɔːsi] 윤이 나는, 화려한.

작품 해설

사물이 사물을 낳는 것이 아니라 사물을 보는 눈이 사물을 낳는다. 초승달은 만월이 아니어서 좋다. 보는 각도에 따라 더 다양하게 보이기 때문이다. 달은 달이지만, 내가 이동함에 따라 그 모습을 달리한다. 내가 이동한 것인데 신기하게도 달이 바뀐 것처럼 보인다. 내가 달을 바꾼 것인가? 달이 변신한 것인가? 더구나 다른 별과 조합하여 조형하면 더욱 다채롭다. 달이 자유로운 것인가? 내가 자유로운 것인가? 달이 마법사인가? 내가 마법사인가? 내가 마법사겠지?

더 과감한 실험을 해보자. "구부러진 무더기 나무들로부터 달을 끌어내, / 더욱 수려하고, 반들반들한 수면 위에서" 달을 물에 떨어뜨려보자. 달이 물속에서 허우적대니, "달의 색깔이 달려가면서, 온갖 경이가 뒤따랐다." 자연이 인간의 상상력과 결합하면 경이로운 그림이 무궁무진하다. 예술은 자연과 인간의 상상력의 다양한 조합인 동시에 무궁무진한 조형이다. (해설 신재실)

83. The Road Not Taken / Robert Frost

가지 않은 길 / 로버트 프로스트

Two roads diverged in a yellow wood,

노란 숲 속에 두 길이 갈라져있었다.

And sorry I could not travel both

두 길 다 가는 한 나그네 될 수 없어,

And be one traveler, long I stood

나는 한참동안 서서 그 중 하나를

And looked down one as far as I could

가능한 한 멀리 내려다보았지만,

To where it bent in the undergrowth;

덤불숲에 굽어든 곳까지로 끝이었다.

Then took the other, as just as fair,

그리곤 다른 쪽 길을 택했다. 못잖게 아름답고,

And having perhaps the better claim,

풀이 우거진데다 다닌 흔적이 없었기에.

Because it was grassy and wanted wear;

어쩌면 더 매력 있어 보였을 게다.

Though as for that the passing there

사실, 그곳을 지나다닌 것으로 말하면

Had worn them really about the same,

두 길은 거의 같게 길이 나있었다.

And both that morning equally lay

더구나 그날 아침에는 두 길 똑같이

In leaves no step had trodden black.

아무도 밟지 않은 낙엽에 고이 덮이었다.

Oh, I kept the first for another day!

아, 나는 첫째 길은 후일을 기약했다!

Yet knowing how way leads on to way,

하지만 길은 길로 이어짐을 알았기에,

I doubted if I should ever come back.

다시 돌아오리라고는 생각하지 않았다.

I shall be telling this with a sigh

나는 먼 훗날 어딘가에서

Somewhere ages and ages hence:

한숨 쉬며 이렇게 말하리라.

Two roads diverged in a wood, and I —

숲 속에 두 길이 갈라져있었다, 나는 -

I took the one less traveled by,

덜 다닌 길을 택했다.

And that has made all the difference.

그랬더니 큰 차이가 있었다.

(번역 신재실, 로버트 프로스트의 명시 읽기, 로버트 프로스트 지음, 한국문화사, 2022, 134-135쪽)

diverge [daivəːdʒ] 갈리다, 분기하다, 빗나가다, 갈라지다. be one traveler 한 여행자로서 한 쪽 길을 선택하고. look down 아래로 내려다보다. undergrowth [ʌndərgrouθ] 덤불, 관목. have the better claim 보다 더 나

은 요구를 갖고 있다. claim [kleim] 주장하다, 요구하다, 주장, 요구. want wear 닳음(마모)를 원한다. as for that 그 때문에, 그 점에서는. the passing there had worn them 그곳의 통행은 그 길들을 닳게 했었다(그곳의 통행으로 그 길이 닳았다. about the same 대략 비슷하게. tread - trod - trodden 밟다. lead on to ~계속 이어지다. hence 이런 이유로. ages and ages 나이가 든, 오래 전에.

작품 해설

가지 않은 길은 현대 미국 시인 중 가장 순수한 고전적 시인으로 손꼽히는 로버트 프로스트의 시로 소박한 정서를 인생의 문제로 승화시킨 서정시이다. 제재는 숲 속에 난 두 갈래의 길이며, 주제는 삶에 대한 희구와 인생행로에 대한 회고이다. 숲 속에 난 두 길은 운명 앞에 나타난 두 갈래의 인생행로와 상호관계를 가지며 펼쳐진다.

제 1연에서 서정적 자아인 나는 어느 가을 날 숲 속에서 두 갈래의 길을 만나 망설이다가, 제 2연에서는 그 중 사람이 적게 다니는 길을 택하고, 제 3연에서는 선택한 길을 가면서 다른 길은 훗날을 위하여 남겨 두고, 제 4연에서는 자신이 선택한 길 때문에 모든 것이 달라졌다고 회상하는 내용으로 시상을 전개했다. 특히 마지막 4연에서는 작가의 시상이 드러나 있다.

시의 원제가 '가지 않은 길'인 것을 보면 자신이 걸어온 길보다는 걷지 않았던 길 대한 미련이 있음을 알 수 있다. 시에 나오는 길은 바로 인생의 길이다. 인간은 동시에 두 길을 갈 수 없으므로, 바로 여기에서 인생의 고뇌와 인간적 한계가 생겨난다.

이처럼 외면적 표현과 내면적 음영이 이중적인 이미지로 제시되어 있는 것이 시의 특징이다. 즉 외면적으로는 자연풍광인 숲 속을 쉽고 단순하게 노래하고 있으나, 인생을 담담하게 관조하는 내면적인 의미를 발견할 수 있도록 중의적으로 표현했다. (출처 두산백과)

84. Tree at My Window / Robert Frost
창가의 나무 / 로버트 프로스트

Tree at my window, window tree,
창가의 나무, 내 창가의 나무,
My sash is lowered when night comes on;
밤이 오면 새시가 내려지지만,
But let there never be curtain drawn
당신과 나 사이에
Between you and me.
결코 커튼은 치지 맙시다.

Vague dream-head lifted out of the ground,
땅에서 치켜든 모호한 꿈의 머리,
And thing next most diffuse to cloud,
뜬구름 못지않게 산만한 꿈,
Not all your light tongues talking aloud
큰소리로 말하는 당신의 가벼운 혀들이
Could be profound.
죄다 심오할 수는 없을 것입니다.

But, tree, I have seen you taken and tossed,
나무여, 당신이 뒤척거리는 것을 봤습니다.
And if you have seen me when I slept,
그리고 내가 잠잘 때 당신이 나를 봤다면,

You have seen me when I was taken and swept

당신은 내가 요동치듯 뒤척거리며

And all but lost.

거의 망연자실한 모습을 본 것입니다.

That day she put our heads together,

그날 운명의 여신이 그녀만의 상상력으로,

Fate had her imagination about her,

우리 둘의 머리를 하나로 어우르니,

Your head so much concerned with outer,

당신의 머리는 외적 날씨를 무척 걱정했고,

Mine with inner, weather.

내 머리는 내적 날씨를 크게 걱정했지요.

(번역 신재실, 서쪽으로 흐르는 시냇물(West-Running Brook), 로버트 프로스트 지음, 한국문화사, 2022, 51쪽-53쪽)

sash [sæʃ] 내리닫이 창. drawn은 draw의 과거분사. draw [drɔː] 그리다, 끌어당기다. curtain [kəːrtn] 커튼. vague [veig] 희미한, 애매한, 멍청한. diffuse [difjuːs] 널리 퍼진, 산만한, 분산시키다, 퍼지다. cloud [klaud] 구름. taken and tossed는 잠을 자며 뒤척이는 모습을 나타냄. taken and swept도 비슷한 뜻임. profound [prəfaund] 엄청난, 깊은, 심오한.

작품 해설

인간은 고독한 존재이기 때문에 무엇인가를 이야기할 상대가 절실하다. 그 상대가 때로는 창가의 나무일 수 있다. 창문을 사이에 두고 나무는 밖에 있고 인간은 안에 있지만, 잠을 잘 때도 투명한 유리창을 통해 무언의 이야기를 나눌 수 있을 것이다. 이 시의 화자는 나무와의 교감을 갈망한다. 그가 밤에 새

시를 내려도 커튼을 치고 싶지 않은 이유이다.

잠자는 나무가 크고 작은 바람에 머리를 뒤척이듯이, 화자 역시 크고 작은 꿈으로 머리를 뒤척인다. 나무의 혀, 즉 나뭇잎들이 말하는 것들이 모두 심오한 것일 수 없듯이, 화자가 꿈으로 말하거나 쓰는 것들 또한 모두 심오한 것일 수는 없을 것이다. 어쩌면 개꿈처럼 어수선하고 산만하리라.

"큰 소리로 말하는 당신의 가벼운 혀들이 / 죄다 심오할 수는 없을 것"이라고 나무의 슬기 부족을 변명하는 것은 실은 화자, 즉 시인의 말이나 글이 심오하지 못함을 돌려 말하는 것이다. 나무는 시인의 상징으로 읽을 수 있다. 나무와 시인의 "머리"는 꿈과 지혜를 공유한다. 나무와 시인은 하나의 머리로 어우러진다. 하지만 나무는 "외적", 즉 물리적 날씨에 시달리고 시인은 "내적", 즉 심리적, 형이상학적 날씨에 시달린다. 나무는 키를 갖고 있지만, 시인은 깊이를 갖고 있다. (해설 신재실)

85. Sea-Fever / John Masefield
그리운 바다 / 존 메이스필드

I must go down to the seas again, to the lonely sea and the sky,

나는 다시 바다로 가야지, 외로운 바다와 하늘로,

And all I ask is a tall ship and a star to steer her by,

내가 원하는 모든 건 키 큰 배 한 척, 그 배를 인도할 별 하나,

And the wheel's kick and the wind's song and the white sail's shaking,

그리고 물결 차는 키바퀴, 바람의 노래, 펄럭거리는 흰 돛,

And a grey mist on the sea's face and a grey dawn breaking.

바다 위의 잿빛 안개와 동트는 잿빛 새벽.

I must go down to the seas again, for the call of the running tide

나는 다시 바다로 가야지, 흐르는 조수(潮水)의 부르는 소리가

Is a wild call and a clear call that may not be denied:

거절할 수 없는 야성적 부름, 또렷한 부름이기에.

And all I ask is a windy day with the white clouds flying,

내가 원하는 모든 건 하얀 구름 날아가는 바람찬 날,

And the flung spray and the blown spume, and the sea-gulls crying.

튀기는 물보라, 휘날리는 물거품, 울어대는 바다갈매기.

I must go down to the seas again, to the vagrant gypsy life,

나는 다시 바다로 가야지, 방랑의 집시 생활로,

To the gull's way and the whale's way, where the wind's like a whetted knife;

바람이 칼날 같은 갈매기의 길로, 고래의 길로.

And all I ask is a merry yarn from a laughing fellow-rover,

내가 원하는 모든 건 껄껄 웃는 방랑자친구의 신나는 이야기,

And quiet sleep and a sweet dream when the long trick's over.

그리고 긴 당번시간이 끝난 후 고요한 잠과 달콤한 꿈.

(번역 이재호, 장미와 나이팅게일, 지식산업사, 1993, p.66-67)

down [daun] 아래로, 내리다, 내려오다, 하강. steer [stiər] 키를 잡다, 조종

하다. 나아가다. 조언. 수송아지. fever [fíːvər] 발열. 열광. 흥분. 발열시키다. 흥분시키다. kick [kik] 차다. 차기. 반동. shaking [ʃéikiŋ] 진동. 동요. 흔듦. sail [seil] 돛. 돛단배. dawn [dɔːn] 동틀녘. 새벽. 여명. 날이 새다. 밝아지다. break [breik] 깨뜨리다. 부수다. 날이 새다. 돌발하다. 싹이 나다. 갈라진 틈. 중단. 새벽. brake [breik] 브레이크. 제동기. 억제. 브레이크를 걸다. running [rʌ́niŋ] 달리는. 흐르는. 연속적인. 현행의. 계속해서. 달리기. 경주. 운전. 경영. tide [taid] 조수. 조류. 흥망. 형세. 조류를 타다. wild [waild] 야생의. 사나운. 거친. 열광적인. 대단한. fling [fliŋ] 던지다. 돌진하다. 날뛰다. 비난하다. 던지기. 투척. 악담. 격분. spray [sprei] 물보라. 비말. 물보라를 날리다. 물을 뿜다. spume [spjuːm] 거품. 거품이 일다. vagrant [véigrənt] 방랑하는. 헤매는. 방랑자. 부랑자. gypsy [dʒípsi] 집시. 집시 같은 사람. 방랑자. 집시의. 집시 생활을 하다. whet [hwet] 칼을 갈다. 자극하다. 갊. 자극. 연마. rover [róuvər] 배회자. 유랑자. yarn [jɑːrn] 실. 털실. 모사. 실을 휘감다. 이야기. 이야기를 늘어놓다. trick [trik] 묘기. 재주. 요령. 책략. 착각. 버릇. 근무 교대시간. 속이다. 요술 부리다.

작가 및 작품 해설

존 메이스필드(1878-1967)는 헤리퍼드셔의 변호사 아들로 출생. 어려서 아버지를 여의고 13세에 선원이 되어 각지를 전전하였다. 1895년 선원을 그만두고 뉴욕으로 건너가 노동자로 일하면서 인생의 밑바닥 생활을 체험하였고, 이 때부터 문학에 대한 관심도 깊어졌다. 1897년 귀국, 언론계에 발을 들여 놓고 런던에 정주하였다. 1902년 시집 (해수(海水)의 노래 Salt-Water Ballads)로 인정을 받기 시작, 1919년에는 대표작인 서사시 (여우 레이나르드 Reynard the Fox)를 발표하였다. 1930년에는 계관시인이 되었다.

짜임새는 매끈하지 못하지만 알기 쉬운 운문(韻文)으로 해양과 이국의 정서, 사회적 관심이 넘치는 그의 시는 한동안 많은 대중 독자들을 매료하였다. 그는 시 이외에도 극·소설·평론·수필 등 다양한 글을 썼다. 사회의 허위를 벗기어 인간애를 나타낸 (낸의 비극 The Tragedy of Nan)(1909), 사극(史劇) (폼페이 대제의 비극 The Tragedy of Pompey the Great)(1910) 등은 산문주의 대표작이며, 소설로는 (군중과 고독)(1909), (사드하커 Sard Harker)(1924) 등을 위시해서 소년들을 위한 작품이 많다. 또 문학적 자서전

297

으로 (기나긴 배움의 길 So Long to Learn)(1952)이 있다.

[네이버 지식백과] 존 메이스필드 [John Edward Masefield] (두산백과 두피디아, 두산백과)

  이 시는 바다로 다시 돌아가고 싶은 시인의 열망을 담고 있다. 그리고 바다로 다시 돌아간다고 해도 커다란 욕심은 없다. 다만 배 키의 반동, 바람의 노래, 펄럭이는 돛만 있으면 충분하다. 흰 구름 떠도는 바람 부는 날, 물보라와 물거품, 그리고 갈매기만 있으면 충분하다. 동료 선원의 즐거운 이야기와 단잠과 단꿈만 있으면 충분하다.

86. In The Dark Pinewood / James Joyce
어두운 솔숲 속에 / 제임스 조이스

In the dark pinewood
어두운 솔숲 속에
I would we lay
깊고 시원한 그늘 속에서
In deep cool shadow
한낮에
At noon of day
우리 둘 누웠으면

How sweet to lie there
거기 누워 입 맞추면
Sweet to kiss

얼마나 달콤한지

Where the great pine forest

커다란 솔숲

Enaisled is!

줄지은 곳에서

The kiss descending

다가오는 그대 입맞춤

Sweeter were

더 달콤해지네

With a soft tumult

부드럽게 흔들리는

Of thy Hair

그대 머릿결과 함께

O, unto the pinewood

아, 솔숲으로

At noon of day

한낮에

Come with me now,

나와 함께 가요, 지금이요.

Sweet love, away

내 사랑이여, 멀리요.

(번역 이선우, 젊은이들을 위한 키워드로 읽는 영시, 도서출판 재하, 2021, 80쪽-83쪽)

pinewood 소나무 숲. shadow [ʃædou] 그림자, 어둠, 그늘, 그림자처럼 따라다니다. forest [fɔ:rist] 숲, 산림. aisle [ail] 계단, 층계, 통로. tumult [tu:mʌlt] 소란, 소동, 심란함. descending 내려가는, 강하하는.

작가 및 작품 해설

James Augustine Aloysius Joyce (1882-1941)는 아일랜드 더블린 출신의 작가로, 소설, 시, 희곡 등 다양한 분야에서 활동하였다. (더블린 사람들, 1914), (젊은 예술가의 초상, 1916, 개인의 의식에 감각, 상념, 기억 등이 계속적으로 흐르는 의식의 흐름이라는 1920년대의 영미소설의 실험적 방법을 성공적으로 도입해 쓴 소설), (율리시즈, 1922) 등의 작품을 통하여 20세기 최고의 소설가로 평가받으며 잘 알려지지는 않았지만 몇몇 소품의 아름다운 노래도 남겼다.

삶의 대부분을 외국에서 보냈지만, 그의 정신적 가상적 세계는 그의 고향인 아일랜드 더블린에 뿌리 깊게 자리 잡고 있다고 할 수 있다.

이 시에서 무더운 여름날 숲속의 공기가 싱그럽다. 불어오는 바람이 솔잎들 사이로 속삭인다. 오늘이 바로 가장 좋은 날이라고.

그녀와 피크닉을 간다. 호숫가에 바람이 불고 사람들의 시선에서 가려져 있다. 그림자가 깊기 때문이다. 시원한 그늘에 누워 팔베개를 하고 바람을 맘껏 즐긴다.

그때 그녀의 입술이 조용히 내려온다. 그녀의 머릿결은 바람에 찰랑인다.
아, 이보다 더한 행복이 어디 있겠는가? (해설 이선우)

87. She Weeps over Rahoon / James Joyce
그녀가 라훈에서 눈물을 흘리네 / 제임스 조이스

Rain on Rahoon falls softly, softly falling,
라훈에 조용히 비가 내리네, 조용히 내리고 있네.
Where my dark lover lies.
나의 어두운 연인이 묻혀 있는 곳,
Sad is his voice that calls me, sadly calling,
나를 부르는, 슬피 부르는, 그의 목소리 구슬퍼라,
At grey moonrise.
잿빛 달이 떠오를 때면.

Love, hear thou
사랑이여, 들리나요, 그대여
How soft, how sad his voice is ever calling,
하염없이 부르는 그의 목소리 너무도 아련하고 구슬픈데,
Ever unanswered, and the dark rain falling,
아무런 대답도 없이, 거뭇한 비만 내리네
Then as now.
그때도 지금처럼.

Dark too our hearts, O love, shall lie and cold
우리 가슴도, 오 사랑이여, 또한 어둡게 묻혀 식어가겠지요,
As his sad heart has lain
그의 슬픈 가슴이 누워있는 것처럼

Under the moon-grey nettles, the black mould

달잿빛 쐐기풀밭과 검은 흙무덤과

And muttering rain.

툭툭거리는 비 아래.

(번역 이선우, 젊은이들을 위한 키워드로 읽는 영시, 도서출판 재하, 2021, p.143-146)

grey [grei] 회색의, 잿빛의, 흐린, 백발이 성성한, 노년의, 회색, 회색으로 하다. moonrise 월출. nettle [nétl] 쐐기풀. mould [mould] 틀, 주형, 특성, 형상짓다, 틀에 넣어 만들다. mutter [mʌ́tər] 중얼거림, 중얼거리다.

작품 해설

조이스는 나중에 그의 부인이 되었던 노라 바나클과 아일랜드 골웨이의 한 무덤에 방문했었습니다. 그곳에는 그녀의 옛 애인의 무덤이 있었다지요. 그곳에서 그녀는 눈물을 흘렸고 조이스는 그 모습을 시로 담았습니다.

"더블린 사람들"이라는 책 속에 포함되어 있는 단편 "사자들"에 Machael Fury라는 인물이 나옵니다. 여기에 라훈의 공동묘지에 누워있는 옛 연인이 바로 그 실존인물이라고 하지요. (해설 이선우)

88. Bavarian Gentians / David Herbert Lawrence
바바리아의 용담꽃 / 디 에치 로렌스

1연

Not every man has gentians in his house

누구나 집에 용담꽃이 있는 것은 아니다.

in Soft September, at slow, Sad Michaelmas.

온화한 9월달. 더디고 슬픈 미가엘제에.

1연

gentian [ʤénʃən] ⓝ용담속(屬의) 식물. Michaelmas [míikəlməs] ⓝ미가엘 축일(9월 29일).

2연

Bavarian gentians, big and dark, only dark

바바리아의 용담꽃. 크고 어둡고, 다만 어두울 뿐이어서

darkening the day-time torch-like with the smoking blueness of

플루토의 어둠의 연기 이는 푸름으로 햇불처럼

Pluto's gloom,

대낮을 어둡게 하고,

ribbed and torch-like, with their blaze of darkness spread blue

이랑무늬진, 푸르게 퍼진 어둠의 화염 이는 햇불 그것

down flattening into points, flattened under the sweep of white day

밑으로 평평하여 끝이 뾰족하고 하얀 낮의 구석구석까지 깔리는

torch-flower of the blue-smoking darkness,

푸른 연기 이는 어둠의 햇불 꽃,

Pluto's dark-blue daze,

플루토의 검푸른 화염 이는,

black lamps from the halls of Dis, burning dark blue, giving off

저승의 대청에서 검푸르게 불타는 검은 램프,

darkness, blue darkness, as Demete's pale lamps give off

light,
데메테르의 창백한 램프에서 빛이 발산하듯이 검푸른 어둠을 발산하는,

lead me then, lead me the way.
자 나를 이끌라, 나를 그 길로 이끌라.

2연

Bavarian [bəvέəriən] 바바리아(의). 시인이 시를 쓸 무렵 체류했던 독일의 남부 지방 이름. day-time 대낮. torch-like 횃불 같은. Pluto [plú:tou] ⓝ플루토, 그리스 신화에서 명부의 신. gloom [glu:m] ⓝ어둑함, 우울, ⓥ어둑해지다. rib [rib] ⓝ늑골, 갈빗대. ⓥ늑골을 붙이다. ribbed 늑골을 댄, 늑골 모양의. blaze [bleiz] ⓝ불길, 확 타오름, 번쩍거림, ⓥ타오르다. spread [spred] ⓥ펴다, 퍼지다, 펼쳐지다, 늘어나다, ⓝ퍼짐, 전개. sweep [swi:p] ⓥ청소하다, 스칠 듯 지나가다, ⓝ청소, 한번 휘두르기, 해안선, 발전, 범위. torch-flower 횃불 꽃. daze [deiz] ⓥ현혹시키다, 눈부시게 하다, ⓝ멍한 상태. Dis [dis] ⓝ디스(로마 신화에서 저승의 신). give off 내다, 방출하다. Demeter [dimí:tər] ⓝ데메테르(그리스 신화에서 농업, 풍요의 여신).

3연

Reach me a gentian, give me a torch
나에게 한 송이 용담꽃을 집어 달라, 횃불을 달라

let me guide myself with the blue, forked torch of this flower
푸른 갈라진 그 꽃의 횃불로 내 스스로 길을 찾게 하라

down the darker and darker stairs, where blue is darkened on blueness,
점점 짙어지는 그 어둠의 층계로, 푸름이 푸름과 겹쳐 어둡고

even where Persephone goes, just now, from the frosted September

페르세포네가 서리 내린 9월달로부터 막 어둠의 나라로 가는 그 곳으로

to the sightless realm where darkness is awake upon the dark

어둠이 어둠 위에 눈뜨고

and Persephone herself is but a voice

페르세포네는 한낱 목소리가 되거나

or a darkness invisible enfolded in the deeper dark

보이지 않는 신부와 그 낭군에게 어둠을 쏟는

of the arms Plutonic,

어둠의 횃불의 광휘 속에서

and pierced with the passion of dense gloom,

그녀는 플루토의 두 팔에 안겨,

among the splendour of torches of darkness, shedding darkness

짙은 어둠의 정열에 녹아

on the lost bride and her groom.

보이지 않는 어둠으로 되는 그곳으로.

(번역 이창배, 현대 영미시 해석 영국편, 탑 출판사, 1995. p.135-138)

3연

fork [fɔːrk] ⓝ포크, 갈퀴. ⓥ두 갈래로 퍼지다, 분기하다. where 세 개는 모두 관계 부사. enfold [infóuld] ⓥ싸다, 접다. arms Plutonic 플루토의 팔. pierce [piərs] ⓥ꿰찌르다, 스며들다. dense [dens] ⓐ밀집한, 농후한, 아둔한. splendour [spléndər] ⓝ빛남, 광휘, 호화. shed [ʃed] ⓥ뿌리다, 흘리다. ⓝ헛간. bride [braid] ⓝ신부, 새색시. groom [grum] ⓝ말구종, 신랑. ⓥ손질하다, 돌보다.

David Herbert Lawrence(1885-1930)는 영국 Eastwood의 한 광부의 아들로 태어나 노팅검 대학을 졸업하고 잠시 교원 생활을 하다가 글을 쓰기 시작했다. 그는 시인보다는 소설가로서 업적이 더 크며 대표적인 소설 작품으로서는 Sons and Lovers, The Rainbow, Lady Chatterley's Lover 등이 있다. 그는 산문에서와 마찬가지로 시에 있어서도 현대 물질문명 속에서 상실되는 인간성을 슬퍼하고 원시 세계를 동경하는 작품을 썼다. 형식에 있어서도 정형시보다는 자유시를 즐겨 썼으며 감각적인 체험을 생생하게 묘사하였다.

Bavarian Gentians는 그가 폐병으로 죽기 1년 전에 쓴 좀 난해한 시로서 용담 꽃의 푸른 빛을 통하여 죽음의 세계를 생각하고 그 세계를 찬미한 시다. 여러 번 반복되는 푸름과 어둠의 빛은 모두 죽음을 상징하는 것으로서 죽음을 음산하고 소름끼치는 세계가 아니라 신비스러운 광명의 세계로 보았다. 계속 반복되는 탁한 d음과 완만한 리듬은 시 전체에 깔린 검푸른 색의 이미지와 함께 신비스러운 죽음의 세계에 통일된 이미지를 주고 있다.

89. Wild Things in Captivity / D. H. Lawrence
포획된 야생의 것들 / 디 에치 로렌스

Wild things in captivity

포획된 야생의 것들은

While they keep their own wild purity

그들이 그들 자신의 야생의 순수성을 유지하는 동안

won't breed, they mope, they die.

새끼를 낳지 않는다. 맥이 빠져서는 죽고 만다.

All men are in captivity,

모든 사람들은 포획되어 있다.

active with captive activity,

포획된 활동성만큼만 활동적이다.

and the best won't breed,

그래서 최고는 번식하지 않을 게다.

though they don't know why,

비록 그들이 이유를 알지 못할지라도

The great cage of our domesticity

우리 가정이라는 큰 우리가

kills sex in a man, the simplicity

인간 안의 성을 죽이고, 욕망의

of desire is distorted and twisted awry.

단순성은 왜곡되고 엉망으로 뒤틀린다.

And so, with bitter perversity,

하여, 더 쓰라린 고집으로

gritting against the great adversity,

더 큰 역경에 대항하여 이를 악물고

they young ones copulate, hate it, and want to cry.

그들 젊은이들은 성교하고 그것을 미워하고 울고자 한다

Sex is a state of grace.

섹스는 우아함의 상태이다.

In a cage it can't take place.

우리(철창) 안에서는 그것이 일어나지 않는다.

Break the cage then, start in and try.

그러니 우리(철창)를 깨부셔라. 시작하고 시도해라.

(번역 이선우, 젊은이들을 위한 키워드로 읽는 영시, 도서출판 재하, 2021, 53쪽-56쪽)

captivity [kæptivəti] 감금, 억류. purity [pjurəti] 순수성, 순도. mope [moup] 맥이 빠져버리다. captive [kæptiv] 사로잡힌, 억류된, 어쩔 도리가 없는. activity [æktivəti] 움직임, 활기, 활동. adversity [ədvəːsəti] 역경. copulate [kaːpjuleit] 성교하다.

작가 및 작품 해설

　David Herbert Lawrence (1885-1930)은 영국의 소설가, 극작가, 시인, 문학평론가이다. 주로 현대 문명과 산업주의를 비판하는 작품을 썼고 인간의 원시적인 성의 본능을 중요시했다. 주로 소설가로 유명했으며 드라마 작가로도 활동했지만 시집 (팬지 Pansies)와 (마지막 시집 Last poems)을 펴낸 시인이기도 하다.

　로렌스는 항상 인간이 만든 제도를 비판한다. 결혼제도는 야생을 가두는 쇠철창 같아서 우리의 생명력을 갉아먹는다는 것이다. 그러므로 그는 젊은이들에게 제도에 매이지 않는 본능에 충실한 사랑을 하라고 충고한다. 그가 외설로 비판받는 이유이다.

　본능에 충실한 사랑이라면 듣기에는 좋지만 실제로는 곧바로 비도덕하고 연결된다. 우리는 맹수를 가두어 놓는 장치이기도 하지만 약한 동물들을 맹수로부터 보호하는 기능도 한다. 인간이 수 천 년 간 발전시켜온 제도는 많은 사람들에게 구속의 장치이기도 하지만 보호의 장치이기도 하다. 그러므로 그의 주장은 현명하게 받아들여야 한다. 잘 소화하면 가식에 벗어난 진짜 사랑을 할 수 있고, 잘못 적용하면 비도덕적 탕아로 만인의 지탄을 받을 수도 있다. 세상살이에는 쉬운 것이 없다. (해설 이선우)

90. Dance Figure —For the Marriage in Cana of Galilee— / Ezra Locomis Pound

춤추는 자태(姿態) -갈릴리 가나의 결혼식에- / 에즈라 파운드

1연

Dark eyed,

까아만 눈,

O woman of my dreams,

아— 내 꿈속의 여인,

Ivory sandaled,

상아(象牙)의 샌들 신고,

There is none like thee among the dancers,

댄서들 중에 너 같은 이 없구나,

None with swift feet.

그렇게 발이 가벼운 이 없구나.

1연

ivory [áivəri] ⓝ상아, ⓐ상아의. dark eyed 까만 눈의. sandal [sǽndl] ⓝ 샌들, ⓥ샌들을 신기다. Ivory sandaled 상아빛 샌들을 신은. thee [ðiː] thou 의 목적어, 그대에게, 그대를. None with swift feet에서 none 다음에 like thee가 생략되었음.

2연

I have not found thee in the tents,

나는 장막 속에서 너를 본 일 없다,

In the broken darkness.

어둠이 동틀 때.

I have not found thee at the well-head

우물가에서도 너를 본 일 없다

Among the women with pitchers.

물 항아리 든 여인들 사이에서.

Thine arms are as a young sapling under the bark;

네 팔은 껍질 속 어린 나무 같고.

Thy face as a river with lights.

네 얼굴은 햇빛 받는 강물.

2연

tent [tent] ⓝ텐트. 장막. ⓥ텐트를 치다. 천막생활을 하다. in the broken darkness 동이 틀 무렵에. well-head 수원. 우물이 있는 곳. 우물에 씌운 지붕. pitcher [pítʃər] ⓝ물주전자. 투수. thine [ðain] thou의 소유대명사. 너의 것. 그대의(모음이나 h앞에서). sapling [sǽpliŋ] ⓝ묘목. 어린 나무. bark [bɑːrk] ⓥ짖다. 나무껍질을 벗기다. ⓝ짖는 소리. 나무껍질. thy [ðai] thou의 소유격. 그대의. thy face 다음에 is가 생략되었음. a liver with lights 햇빛을 받아 반짝이는 강물.

3연

White as an almond are thy shoulders;

네 어깨는 아아먼드같이 희구나.

As new almonds stripped from the husk.

껍질 벗긴 햇아아먼드같이.

They guard thee not with eunuchs;

310

너는 환관(宦官)의 보호를 받는 것도 아니고,

Not with bars of copper.

구리 책장(柵檣)의 보호를 받는 것도 아니다.

3연

almond [ɑ́:mənd] ⓝ아몬드, 편도. thy shoulders는 주어. strip [strip] ⓥ
벗기다, 까다, 벗겨지다, 길쭉하게 동강내다. ⓝ길고 가느다란 조각. husk
[hʌsk] ⓝ꼬투리, 껍데기. ⓥ깍지를 까다, 쉰 목소리로 말하다. almond
stripped from the husk 껍질을 벗긴 아몬드. eunuch [júːnək] ⓝ거세된
남자, 환관, 내시. bar [bɑːr] ⓝ막대기, 빗장, 술집, 법정. ⓥ빗장을 질러 잠
그다, 방해하다. copper [kɑ́pər] 구리, 동전, 순경, 경관으로 근무하다.

4연

Gilt turquoise and silver are in the place of thy rest.

너의 잠자리에는 황금세공(黃金細工)의 터어키 청옥(靑玉)과 은장구(銀
匠具).

A brown robe with threads of gold woven in patterns hast
thou gathered about thee.

몸에 감은 것은 금사(金絲) 무늬 수놓은 갈색(褐色) 로브.

O Nathat-Ikanaie, "Tree-at-the-river."

아 나다트 이카나이에, <강가의 나무>여.

4연

gilt [gilt] ⓥgild(금박을 입히다)의 과거(분사). ⓝ금, 금박, 헛치레. turquoise
[tə́ːrkwɔiz] ⓝ터키석, 청록색. silver [sílvər] ⓝ은, 은세공. ⓐ은제의. ⓥ은을
입히다. rest [rest] ⓝ휴식, 안식처, 영면, 나머지, 잔여. ⓥ쉬다, 눕다. 여전히
~한 대로이다. in the place of thy rest 그대의 잠자리에. robe [roub] ⓝ길

고 품이 넓은 겉옷. ⓥ겉옷을 입다. thread [Өred] ⓝ실, 섬유, 줄거리, ⓥ실을 꿰다. 누비듯이 지나가다. weave [wiːv] ⓥ짜다, 뜨다, 누비듯이 나아가다, 짜넣다, ⓝ짜는 법, 직물. pattern [pǽtərn] ⓝ모범, 본보기, 도안, 무늬, ⓥ모조하다, 모방하다. woven in patterns 무늬를 넣어 짠. hast는 고어로서 have의 2인칭·단수·현재·직설법. gather [gǽðər] ⓥ그러모으다, 점차 늘리다, 헤아리다, ⓝ그러모음, 수확. Nathat-Ikanaie(나다트 이카나이에)는 히브리어로 "강가의 나무"라고 함.

5연

As a rillet among the sedge are thy hands upon me;

내게 올려놓는 네 두 손은 갈대밭 사이 흐르는 세류(細流),

Thy fingers a frosted stream.

그 손가락들은 얼음 같은 강물.

5연

rillet [rílit] ⓝ시내, 실개천. sedge [sedʒ] ⓝ사초속(屬)의 식물. frost [frɔːst] ⓝ서리, ⓥ서리로 덮다. frosted stream 차가운 물줄기.

6연

Thy maidens are white like pebbles;

너의 시녀(侍女)들은 자갈처럼 희고,

Their music about thee!

그들의 노랫소리 너를 감싸누나!

There is none like thee among the dancers;

댄서들 중에 너 같은 이 없구나.

None with swift feet.

그렇게 발이 가벼운 이 없구나.

(번역 이창배, 20세기 영미시의 이해, 민음사, 1979, p.300-302)

6연

maiden [méidn] ⓝ소녀, ⓐ처녀의. pebble [pébəl] ⓝ조약돌, ⓥ겉을 도톨도
톨하게 하다, 조약돌로 덮다. their music 다음에 is가 생략.

작가 및 작품 해설

　Ezra Locomis Pound(1885-1972)는 미국 아이다호주의 뉴잉글랜드家系에
서 태어나서 해밀턴 대학을 졸업하고 팬실베이니아 대학에서 로만스어 문학을
연구하였다. 그 후 그는 런던으로 건너가서 T.E. Hulme과 더불어 시인 클럽
을 조직하고 이미지즘 운동을 전개하면서 20세기 문학에 많은 영향을 주었다.
그의 대표작으로는 Hugh Selwyn Mauberley, Cantos 등을 들을 수 있고 이
밖에 여러 평론과 번역을 하였다.

　이 시는 먼 옛날 이국적인 분위기가 감도는 어느 결혼식 무도회에서 한 무
희의 아름다운 모습을 묘사한 것으로서 시인의 사상이나 철학을 펴기보다는
여인의 섬세하고 맑은 우아미를 선명한 이미지로 마치 수를 놓듯 배치한 이미
지즘 계열의 시이다.

91. Trees / Joyce Kilmer
　나무들 / 조이스 킬머

I think that I shall never see
나는 생각한다. 나무처럼 사랑스런 시를
A poem lovely as a tree.

결코 볼 수 없으리라고.

A tree whose hungry mouth is prest

대지의 단물 흐르는 젖가슴에

Against the sweet earth's flowing breast;

굶주린 입술을 대고 있는 나무

A tree that looks at God all day,

온종일 하느님을 우러러보며

And lifts her leafy arms to pray;

잎이 무성한 팔을 들어 기도하는 나무

A tree that may in summer wear

여름엔 머리카락에다

A nest of robins in her hair;

방울새의 보금자리를 치는 나무

Upon whose bosom snow has lain;

가슴에 눈이 쌓이고

Who intimately lives with rain.

또 비와 함께 다정히 사는 나무

Poems are made by fools like me,

시는 나와 같은 바보가 짓지만

But only God can make a tree.

나무를 만드는 건 하나님뿐.

(번역 김귀화, 나무들, 조이스 킬머 지음, 한솔미디어, 1994, p.21)

lovely [lʌvli] 사랑스러운, 귀여운, 아름다운, 인품 좋은, 훌륭한, 즐거운. hungry [hʌŋgri] 배고픈, 주린, 갈망하는, 불모의. flow [flou] 흐르다, 흘러나오다, 흘리다. flowing 흐르는, 유연한, 넘치는, 풍부한. prest (고어) 대출금, 준비가 다 된, 대기하고 있는. robin [rɑbin] 울새. bosom [búzəm] 가슴. intimate [íntəmit] 친밀한, 깊은, 내심의, 심오한, 사사로운, [íntəmèit] 넌지시 비추다, 암시하다. poem [póuim] 시.

알프레드 조이스 킬머 (1886-1918)는 1914년 Trees and Other Poems 컬렉션에 실린 "Trees"(1913)라는 제목의 짧은시로 주로 기억되는 미국 작가이자 시인이다. Kilmer는 로마 가톨릭 종교 신앙뿐만 아니라 자연 세계의 공통된 아름다움을 찬양하는 작품을 쓴 다작 시인이었지만 저널리스트, 문학 평론가, 강사 및 편집자이기도 했다. 당시 Kilmer는 비평가들이 종종 동시대 영국인 GK Chesterton(1874-1936) 및 Hilaire Belloc(1870-1953)과 비교하여 당대 최고의 미국 로마 가톨릭 시인이자 강사로 간주되었다.

그는 1917년에 뉴욕 주 방위군에 입대하여 69 보병 연대 소속으로 프랑스에 배치되었다. 그는 1918년 제2차 마른 전투에서 31세의 나이로 저격수의 총알에 맞아 사망했다. 그는 뛰어난 시인이자 작가이기도 한 Aline Murray와 결혼하여 다섯 자녀를 두었다.

그의 작품 대부분은 오늘날 거의 알려지지 않았지만, 그의 시 중 일부는 여전히 인기가 있으며 선집으로 자주 출판된다. Kilmer의 동시대 학자와 현대 학자를 포함한 여러 비평가들은 Kilmer의 작업이 너무 단순하고 지나치게 감상적이라고 일축했으며 그의 스타일이 너무 전통적이고 심지어 고풍스럽기까지 하다고 제안했다. 특히 Ogden Nash를 비롯한 많은 작가들이 Kilmer의 작품과 스타일을 패러디했다. [출처 백과사전 위키피디아]

이 시에서 시인은 나무를 바라보며 자연의 아름다움을 노래하고 있다. 나무는 가장 아름다운 시로서 허기 진 입을 달콤한 대지의 젖가슴에 대고 잎이 무성한 팔을 들어 하나님께 기도하며 눈을 가슴에 맞이하고 비와 친하게 지낸다. 시인은 자신 같은 바보도 시를 쓰지만 나무 같은 완벽한 작품은 하나님만이 만들어낼 수 있다고 하며 전지전능한 하나님을 경외하고 있다.

92. The Soldier / Rupert Brooke
병 사 / 루퍼트 브룩

1연

If I should die, think only this of me,

혹시 내가 죽는다면, 내게 관해 이것만을 생각해 다오,

That there's some corner of a foreign field

외국전장(外國戰場)에 영원(永遠)히 영국(英國)인

That is forever England. There shall be

어떤 모퉁이가 있다고, 그 풍요한 토지(土地)에

In that rich earth a richer dust concealed,

한층 더 비옥한 흙이 감춰져 있으리,

A dust whom England bore, shaped, made aware,

영국(英國)이 낳고, 형성(形成)하고, 깨닫게 하고,

Gave, once, her flowers to love, her ways to roam,

한때, 사랑스런 꽃들과 산책(散策)길을 주었던 흙이,

A body of England's, breathing English air,

영국(英國)의 공기(空氣)를 쉬고, 강(江)물에 씻기고,

Washed by the rivers, blest by suns of home.

고국(故國)의 태양(太陽)에 축복(祝福)받았던 영국(英國)의 유해(遺骸)가.

1연

of me, 나에 관하여. that is forever~에서 that은 주격 관계 대명사, 선행사는 corner. field [fi:ld] ⓝ들(판), 싸움터, 분야, 현장. earth [ə:rθ] ⓝ지구, 대지, 흙, ⓥ흙을 덮다. in that rich earth 그 풍요한 대지에. dust [dʌst] ⓝ먼지, 흙, 하찮은 것, ⓥ먼지를 털다, 먼지투성이로 하다, 청소하다.

316

conceal [kənsíːl] ⓥ숨기다. concealed는 과거 분사로서 dust를 수식. whom은 목적격 관계 대명사. bear [bεər] ⓥ나르다, 몸에 지니다, 지탱하다, 견디다, 참다, 아이를 낳다. ⓝ곰. shape [ʃeip] ⓝ모양, 형식, ⓥ모양 짓다, 모습을 취하다. aware [əwέər] ⓐ깨닫고, 인식하고 있는. make aware 깨닫게 하다. roam [roum] ⓥ거닐다, 배회하다, ⓝ돌아다님, 방랑. to love는 flowers를 수식, to roam은 ways를 수식. body [bɑ́di] ⓝ몸, 시체, 본체, 집단, ⓥ형체를 부여하다. 현재 분사 breathing과 과거 분사 washed, blest는 모두 body를 수식. a dust와 a body of England's는 동격으로 쓰였음.

2연

And think, this heart, all evil shed away,

그리고 생각해 다오, 모든 악(惡)을 떨구어 버린 이 마음이,

A pulse in the Eternal mind, no less

영원(永遠)한 마음의 고동(鼓動)이, 영국(英國)이 준

Gives somewhere back the thoughts by England given,

사상(思想)을 어디선가에서 되돌려 주고 있다는 것을,

Her sights and sounds; dreams happy as her day;

영국의 풍경(風景)과 소리를; 영국시절(英國時節)처럼 행복한 꿈을,

And laughter, learnt of friends; and gentleness,

친구한테서 배운 웃음과 영국(英國)의 하늘 아래,

In hearts at peace, under an English heaven.

평화(平和)로운 마음속에 깃든 온후(溫厚)함을.

(번역 이재호, 20세기 영시, 탐구당, 1998, p.110-111)

2연

think 다음에 접속사 that가 생략됨. shed [ʃed] ⓥ뿌리다, 흘리다, 털갈이를 하다. ⓝ헛간. this heart와 a pulse는 동격. pulse [pʌls] ⓝ맥박, 고동, ⓥ고

동치다. no less 바로, 확실히. somewhere 어디에선가. by England given 은 given by England. dreams happy as her day 영국 시절과 같은 행복한 꿈. laughter [lǽftər] ⓝ웃음. learnt of friends 친구들에게서 배운. learnt는 laughter를 수식. gentleness [dʒéntlnis] ⓝ온화, 온순.

작가 및 작품 해설

　Rupert Brooke(1887-1915)는 캠브리지 대학교 King's College를 나와 유럽과 미국, 캐나다 등을 여행을 하면서 시와 수필을 썼다. 그는 1차 세계 대전이 일어나자 영국 해군에 입대하여 전쟁에 참전하기도 하였고 1914년 12월에는 그를 유명하게 만든 "War Sonnet"를 썼다. 하지만 5개월 후 여행 도중 이질과 패혈증으로 길지 않은 일생을 마쳤다. 그의 시는 전쟁으로 인하여 무참히 짓밟힌 자유 문명 세계를 대변하였고 많은 젊은이들에게 애국심을 고취시켜 주었다. 1915년 6월에 "1914 and Other poems"가 출판되었고 10년 뒤 Collected Poems가 출판되었는데 3십 만부나 팔렸다고 한다.

　이 시는 14행의 소네트 형식으로 되어 있는데 조국을 위해 싸우다가 영광스럽게 죽어가고 있는 병사의 행복한 마음이 잘 표현되어 있으며 조국에 대한 영국인의 충성심, 영웅들이 남긴 신성한 기억들, 죽은 사람들이 남긴 불멸의 유산 등이 담겨져 있다. 당시 전쟁을 치루고 있던 영국의 많은 젊은이들이 그의 시를 읽고 공감하였다.

93. Journey of the Magi / T. S. Eliot
동방박사의 여행 / T. S. 엘리엇

1연
"A cold coming we had of it,
오느라고 우리 참 추웠었지,

Just the worst time of the year

여행하기에, 이렇게 긴 여행을 하기엔

For a journey, and such a long journey:

하필 일 년 중에서도 가장 나쁜 때였지:

The ways deep and the weather sharp,

길은 깊고 날씨는 살을 에이고

The very dead of winter."

한겨울이었지."

And the camels galled, sorefooted, refractory,

그리고 낙타들은 껍질이 벗겨지고, 발이 쓰리고, 옹고집 부리고,

Lying down in the melting snow.

녹는 눈 속에 드러누웠었지.

There were times we regretted

몇 번이나 우리는 그리워했었어

The summer palaces on slopes, the terraces,

산비탈에 선 여름 별장, 테라스,

And the silken girls bringing sherbet.

그리고 셔어베트를 가져오는 실크 입은 아가씨들을.

Then the camel men cursing and grumbling

그리고 낙타 모는 사람들은 욕을 하며, 투덜대고,

and running away, and wanting their liquor and women,

술과 계집들을 구하여 도망쳐 버렸고,

And the night-fires going out, and the lack of shelters,

노영(露營)불은 꺼져가고 잠자리는 모자라고,

And the cities hostile and the towns unfriendly

도시들은 적대적이고 타운들은 불친절하고,

And the villages dirty and charging high prices:

마을들은 더럽고 비싼 값을 청구하고:

A hard time we had of it.

우리는 참 고생했었지.

At the end we preferred to travel all night,

마지막에 우리는 밤새도록 여행하기로 했지,

Sleeping in snatches,

틈틈이 잠자면서,

With the voices singing in our ears, saying

이건 다 어리석은 짓이야

That this was all folly.

라고 노래하는 목소리들을 귓전에 들으며.

1연

camel [kǽməl] 낙타, 낙타색, 담황갈색의, 낙타색의. gall [gɔːl] 쓸개, 담낭, 불쾌, 문질러 벗기다. 물집, 찰과상. refractory [rifrǽktəri] 말을 안 듣는, 고집 센, 난치의, 완고한 사람. sherbet [ʃə́ːrbit] 셔벗(과즙을 주로 한 빙과), 찬 과즙 음료, 소다수류. night-fire 도깨비불, 헛된 기대. folly [fɔ́li] 어리석음, 우둔, 어리석은 행위

2연

Then at dawn we came down to a temperate valley,

이윽고 새벽녘에 우리는 내려왔지 초목냄새 풍기는,

Wet, below the snow line, smelling of vegetation;

설선(雪線)아래의, 물 기 있는 온화한 골짜기로;

320

With a running stream and a water-mill beating the darkness,

흐르는 시냇물과 어둠을 때리는 물방앗간,

And three trees on the low sky,

그리고 나지막한 하늘에 나무 세 그루가 있는 곳으로.

And an old white horse galloped away in the meadow.

그리고 늙은 백마가 초원에 껑충껑충 뛰며 사라졌었지.

Then we came to a tavern with vine-leaves over the lintel,

그 후 우리는 상인방(上引枋) 위에 포도 잎새를 단 주막집으로 왔지.

Six hands at an open door dicing for pieces of silver,

여섯 놈이 도어를 열어 놓고 은화를 걸고 주사위노름을 하며

And feet kicking the empty wine-skins.

발로는 텅 빈 포도주 가죽부대를 차고 있었지.

But there was no information, and so we continued

그러나 아무런 소식이 없어 우리는 계속 나아가

And arriving at evening, not a moment too soon

저녁에 바로 정각에 도착하여

Finding the place; it was (you might say) satisfactory.

그곳을 찾아냈어; 그게 (당신은 말하겠지) 만족스러웠다고.

2연

vegetation 식물, 초목, 생장, 발육, 식물적 기능. meadow [médou] 풀밭, 목초지. tavern [tǽvərn] 선술집, 여인숙. lintel [líntl] 상인방(창·입구 등 위에 댄 가로대).

3연

All this was a long time ago, I remember,

이 모든 것은, 내가 기억하기엔, 오래 전 일이었어.

And I would do it again, but set down

그리고 나는 다시 그런 여행을 하고 싶어, 하지만 명심하라

This set down

이것을 명심하라

This: were we led all that way for

이것을: 우리가 그 먼 길을 찾아온 것이

Birth or Death? There was a Birth, certainly

탄생이었던가 죽음이었던가? 탄생이 있었지, 분명히.

We had evidence and no doubt. I had seen birth and death,

우리는 증거가 있고 전혀 의심치 않아. 나는 탄생과 죽음을 보았어.

But had thought they were different; this Birth was

그러나 그것들이 다른 것이라 생각했었지; 이 탄생은

Hard and bitter agony for us, like Death, our death.

우리에겐 가혹하고 쓰라린 격통이었어, 죽음같이, 우리의 죽음같이,

We returned to our places, these Kingdoms,

우리는 고향으로, 이 왕국으로 되돌아왔어.

But no longer at ease here, in the old dispensation,

허나 이방인들이 이교신들을 움켜잡고 있는

With an alien people clutching their gods.

이곳에선, 옛 율법에서는 이젠 벌써 마음이 편치 않아.

I should be glad of another death.

나는 또 한 번 죽었으면 싶구나.

(번역 이재호, 20세기 영시, 탐구당, 1998, p. 216-219)

3연

set down ~을 적어두다, ~을 정하다. dispensation [dìspənséiʃən] 분배, 시여, 관리, 제도, 율법. alien [éiljən] 외국의, 이국의, 지구 밖의, 우주의.

작가 및 작품 해설

Thomas Stearns Eliot(1888-1965)는 미국 센트루이스에서 태어나서 하버드와, 소르본느, 옥스퍼드 대학 등에서 공부를 하였고 잠시 교원 생활을 하다가 은행과 출판사에서도 근무를 하였다. 그는 시인으로서, 극작가로서, 그리고 비평가로서 많은 활동을 하였고 1948년 노벨상을 비롯하여 대영제국유공훈장 등을 받았다. 그의 시 가운데에서 가장 대표적인 것으로 20세기의 물질문명으로 인하여 황폐화되어 가는 인간성을 노래한 The Waste Land를 들을 수 있으며 이 밖에 종교적인 서정시 Ash-Wednesday, 명상시 Four Quartets 등이 있다. 그밖에 그는 수많은 비평론과 함께 시극을 썼고 그의 시작은 현대시의 방향에 결정적인 영향을 주었다.

이 시는 마태복음에 나오는 동방박사들의 이야기를 바탕으로 해서 동방박사 중의 한 사람의 시점에서 쓴 시이다. 그는 일 년 중 가장 추운 날씨에 온갖 어려움을 겪으면서 베들레헴에 도착하였는데 예수의 탄생을 보고는 자신의 세계가 붕괴되는 죽음을 경험하게 되었다. 그리고 고국에 돌아와 보니 고국의 사람들은 옛 율법을 지키며 우상을 숭배하는 낯선 이국의 백성의 되어 있음을 알게 된다. 이 시는 엘리엇의 개인적인 신앙 고백으로 볼 수 있다.

94. Marina Quis hic locus, quae regio, puae mundi plaga? / T.S. Eliot

머리나 / 티 에스 엘리어트

1연

What seas what shores what grey rocks and what islands

ー이 곳이 어디냐, 어느 지역, 이 세상의 어느 부분이냐?ー

What water lapping the bow

무슨 바다, 무슨 해안, 무슨 재색(災色) 바위, 무슨 섬

And scent of pine

뱃전을 핥는 무슨 물

and the woodthrush singing through the fog

소나무 향기, 안개 속에서 노래 부르는 이 티티새

What images return

무슨 영상(映像)들이 되돌아오느냐

O my daughter.

아 나의 딸이여.

1연

시의 서구(序句)는 세네카가 쓴 Hercules Furens의 제 1138행에 나오는 Hercules의 말이다. 해석은 "이곳은 어느 곳인가? 어느 지역, 이 세상의 어느 지방인가?"임. shore [ʃɔːr] ⓝ바닷가, 해안, ⓥ상륙시키다, 테두르다. island [áilənd] ⓝ섬, ⓥ섬으로 만들다, 고립시키다. lap [læp] ⓝ무릎, 산골짜기, 핥아 먹음, ⓥ싸다, 겹쳐지다, 핥아먹다. bow [bou] ⓝ활, ⓥ활 모양으로 휘다. [bau] ⓝ절, 이물, 뱃머리, ⓥ머리를 숙이다. scent [sent] ⓝ냄새, ⓥ냄새 맡다, 냄새를 따라 추적하다. woodthrush 개똥지빠귀, 티티새.

2연

Those who sharpen the tooth of the dog, meaning

결국 죽음인

Death

개 이빨을 날카롭게 하는 자들,

Those who glitter with the glory of the humming-bird, meaning

결국 죽음인

Death

벌새의 영광으로 번쩍이는 자들,

Those who sit in the sty of contentment, meaning

결국 죽음인

Death

만족의 돼지우리에 앉아 있는 자들,

Those who suffer the ecstasy of the animals, meaning

결국 죽음인

Death

동물의 황홀(恍惚)에 빠지는 자들,

2연

who는 주격 관계 대명사. sharpen [ʃá:rpən] ⓥ날카롭게 하다. glitter [glítər] ⓝ반짝임. ⓥ번쩍번쩍하다. humming-bird ⓝ벌새. sty [stai] ⓝ돼지 우리. ⓥ돼지우리에 넣다. contentment [kənténtmənt] ⓝ만족(하기). suffer [sʌ́fər] ⓥ경험하다. ~에 견디다. 괴로워하다. ecstasy [ékstəsi] ⓝ무아경. 황홀. 의식 혼미 상태.

325

3연

Are become unsubstantial, reduced by a wind,

은 모두 바람에 소나무 입김에,

A breath of pine, and the woodsong fog

티티새 노래의 안개에 작아져 무형화(無形化)한다

By this grace dissolved in place

장소에서 융해(融解)된 이 은총(恩寵)에

3연

are의 주어는 2연의 those를 말함. unsubstantial ⓐ실체가 없는, 비현실적인. reduce [ridjúːs] ⓥ줄이다, 떨어뜨리다, 진압하다, 줄다. reduced는 과거분사로서 주격 보어로 쓰였음. dissolve [dizálv] ⓥ녹이다.

4연

What is this face, less clear and clearer

이 얼굴은 무엇인가, 뚜렷하지 않으면서 더욱 뚜렷한

The pulse in the arm, less strong and stronger—

이 팔의 맥박(脈搏), 힘없으면서 더욱 힘찬—

Given or lent? More distant than stars and nearer than the eye

이런 것들, 주어진 것이냐, 아니면 빌린 것이냐? 별보다도 더욱 멀면서 눈보다 가까운

4연

less clear and clearer 뚜렷하지 않으면서 더욱 뚜렷한. pulse [pʌls] ⓝ맥박, 고동, ⓥ맥이 뛰다. less strong and stronger 강하지 않으면서 더욱 강

한. distant [dístənt] ⓐ거리가 먼. 태도가 냉담한.

5연

Whispers and small laughter between leaves and hurrying feet
나뭇잎과 나뭇잎 사이의 속삭임과 작은 웃음
Under sleep, where all the waters meet.
그리고 온갖 물이 합치는 잠 속의 달리는 발자국 소리.

5연

whisper [hwíspər] ⓥ속삭이다. 작은 소리로 말하다. ⓝ속삭임. where는 관계 부사. laughter [lǽftər] 웃음. 웃음 소리.

6연

Bowsprit cracked with ice and paint cracked with heat.
얼음으로 금간 사장(斜檣). 열로 금간 채색(彩色).
I made this, I have forgotten
내가 이것을 만들고. 내가 잊고
And remember.
그리고 기억한다.
The rigging weak and the canvas rotten
약한 삭구(索具). 썩은 돛폭(帆布)
Between one June and another September.
어느 해 6월과 다른 해 9월 사이에
Made this unknowing, half conscious, unknown, my own.
모르면서 희미한 의식에서, 모르고서 이것을 만들었다. 내 자신의 이것을.

The garboard strake leaks, the seams need caulking.

용골익판(龍骨翼板)은 물이 새고, 이음매는 막아야 한다.

This form, this face, this life

나를 초월한 시간의 세계에 살기 위하여 사는

Living to live in a world of time beyond me; let me

이 형체, 이 얼굴, 이 목숨

Resign my life for this life, my speech for that unspoken,

이 목숨을 위하여 내 목숨을 버리련다. 그리고 그 말없는 소생(蘇生)한 것,

The awakened, lips parted, the hope, the new ships.

벌린 입술, 그 희망, 그 새 배들을 위하여 내 말을 버리련다.

6연

bowsprit [bousprit] ⓝ제 1사장(斜檣)(이물에서 앞으로 튀어나온 마스트 모양의 둥근 나무). crack [kræk] ⓥ찰싹 소리를 내다, 딱 소리를 내다, 금가다, ⓝ날카로운 소리, 갈라진 금. rig [rig] ⓝ의장, 범장, 장비, ⓥ장착하다, 장비를 갖추다. rigging 삭구, 장비. unknowing, half conscious, unknown 등은 주격 보어로 쓰였음. strake [streik] ⓝ뱃전판. leak [li:k] ⓝ샘, ⓥ새다. seam [si:m] ⓝ솔기, 이음매, ⓥ솔기를 대다, 틈을 내다. caulk [kɔ:k] ⓥ뱃밥으로 때우다, 코킹하다. living은 현재 분사로서 life를 수식. to live는 부정사로서 부사적 용법. resign [rizáin] ⓥ사임하다, 포기하다.

7연

What seas what shores what granite islands towards my timbers

내 배를 향한 무슨 바다, 무슨 해안, 무슨 재색(災色) 섬들이냐

And woodthrush calling through the fog

그리고 안개 속으로 부르는 티티새 소리냐

My daughter.

나의 딸이여.

(번역 이창배, 20세기 영미시의 이해, 민음사, 1979, p.128-131)

7연

granite [grǽnit] ⓝ화강암. timber [tímbər] ⓝ재목, 수목, 선재. ⓥ재목으로 받치다. fog [fɔ(:)g] 안개, 농무, 혼미, 안개로 덮다.

작품 해설

이 시에서 Marina는 세익스피어의 희극 <페리클리즈>에서 죽은 줄만 알았다가 기적적으로 소생하여 부왕에게 돌아오는 페리클리즈왕의 딸을 모델로 한 인물로서 엘리어트는 그녀를 현상 세계에서 감각으로 느낄 수는 없지만 현상 세계에 융해되어 존재하는 실체, 즉 장소에서 융해된 은총(grace dissolved in place)으로, 신비스럽게 탄생하는 신생을 상징하는 존재로 보았다. 그리하여 그러한 신생의 이미지로써 시간의 세계는 영원의 세계로, 현세적인 집착은 희망의 나라에서의 환희로 바뀐다.

95. The love song of J. Alfred Prufrock / T. S. Eliot
J. 알프레드 프루프록의 연가 / T. S. 엘리엇

(서문)

(If I thought that my reply would be to

(만일 내 대답이 세상으로 돌아갈

someone who would ever return to earth,

사람에게 하는 것이라고 생각한다면

this flame would remain without further movement;

이 불길은 더 이상 흔들리지 않으리라.

but as no one has ever returned alive

그러나 아무도 산 채로 이 심연(深淵)에서

from this gulf, if what I hear is true,

돌아간 사람이 없기에, 내가 들은 말이 사실이라면

I can answer you with no fear of infamy.)

수치의 두려움 없이 그대에게 대답하겠노라.)

(1-36행)

Let us go then, you and I,

자 우리 가볼까, 당신과 나와,

When the evening is spread out against the sky

수술대 위에 누운 마취된 환자처럼

Like a patient etherized upon a table;

저녁이 하늘을 배경으로 사지를 뻗고 있는 지금;

Let us go, through certain half-deserted streets,

우리 가볼까, 어느 반쯤 인적 끊어진 거리,

The muttering retreats

싸구려 1박 호텔의 불안한 밤의

Of restless nights in one-night cheap hotels

속삭거리는 으슥한 길,

And sawdust restaurants with oyster-shells:

굴 껍질 흩어진 톱밥 깔린 레스토랑을 지나...

Streets that follow like a tedious argument

위압적인 문제로 당신을 인도할

Of insidious intent

음흉한 의도의

To lead you to an overwhelming question …

지리한 논의(論議)처럼 잇단 거리들을 지나…

Oh, do not ask, "What is it?"

오, 묻지 말아다오, "그것이 무엇이냐?"고.

Let us go and make our visit.

우리 가서 방문이나 해보자.

In the room the women come and go

방안에는 여인들이 오고 간다

Talking of Michelangelo.

미켈란젤로를 이야기하면서.

The yellow fog that rubs its back upon the window-panes,

등을 창유리에 비비는 노란 안개,

The yellow smoke that rubs its muzzle on the window-panes

주둥이를 창유리에 비비는 노란 연기

Licked its tongue into the corners of the evening,

혀로 저녁의 구석구석을 핥았다가,

Lingered upon the pools that stand in drains,

하수도에 괸 웅덩이에 머뭇거리다가

Let fall upon its back the soot that falls from chimneys,

굴뚝에서 떨어지는 검댕을 자기 등에다 떨어뜨리고,

Slipped by the terrace, made a sudden leap,

테라스를 살짝 빠져나가, 별안간 껑충 뛰었다가

And seeing that it was a soft October night,

온화한 10월의 밤임을 알고서

Curled once about the house, and fell asleep.

한번 집 둘레를 살피고서는 잠이 들었다.

And indeed there will be time

정말이지 시간은 있으리라

For the yellow smoke that slides along the street,

등을 창유리에 비비며

Rubbing its back upon the window-panes;

거리를 따라 미끄러져가는 노란 안개에게도:

There will be time, there will be time

시간은 있으리라, 시간은 있으리라

To prepare a face to meet the faces that you meet;

당신이 만날 얼굴들을 만나기 위해 얼굴을 꾸밀:

There will be time to murder and create,

시간은 있으리라 살인하고 창조할,

And time for all the works and days of hands

당신의 접시에 문제를 들어올렸다 내려놓을

That lift and drop a question on your plate;

양(兩)손의 모든 일과 날들에게도 시간은 있으리라:

Time for you and time for me,

당신에게도 시간이, 나에게도 시간이.

And time yet for a hundred indecisions,

아직 백 가지 망설일 시간이,

And for a hundred visions and revisions,

백 가지 몽상(夢想)과 수정(修正)의 시간이,

Before the taking of a toast and tea.

토스트와 차(茶)를 들기 이전에.

In the room the women come and go

방안에는 여인들이 오고 간다

Talking of Michelangelo.

미켈란젤로를 이야기하면서.

(1행~36행)

gulf [gʌlf] 만, 소용돌이, 심연, 집어 삼키다. infamy [ínfəmi] 악평, 오명, 불명예. spread [spred] 펴다, 펼치다, 양팔을 벌리다, 늘어놓다, 퍼지다, 퍼짐, 폭, 퍼져 있는(과거분사), 펴진(과거분사). etherize [íːθəràiz] 에테르로 마취시키다. mutter [mʌ́tər] 중얼거림, 투덜거림, 중얼거리다, 속삭이다. retreat [ritríːt] 퇴각, 은둔, 은신처, 물러가다, 후퇴하다, 그만두다. restless [réstlis] 침착하지 못한, 안면할 수 없는. tedious [tíːdiəs] 지루한, 싫증나는, 따분한. overwhelming 압도적인, 저항할 수 없는. insidious [insídiəs] 틈을 엿보는, 음험한, 교활한, 방심할 수 없는, 잠행성의. Michelangelo [màikəlǽndʒəlòu] 미켈란젤로(이탈리아의 조각가·화가·건축가·시인). windowpane (끼워놓은) 창유리. muzzle [mʌ́zəl] (동물의) 코와 입 부분, 주둥이. drain [drein] ~에서 배수하다, 물을 빼다, 물이 뚝뚝 떨어지다, 배수, 유출, 하수구. soot [sut] 검댕, 검댕으로 더럽히다. slide [slaid] 미끄러지다, 미끄러져 가다, 빠져 나가다, 미끄러짐, 활주. indecision [indisíʒən] 우유부단, 주저. vision [víʒən] 시각, 시력, 통찰력, 환상, 환상으로 보다. revision [rivíʒən] 개정, 교정. terrace [térəs] 계단모양의 뜰, 연립주택, 테라스, 테라스 모양으로 하다.

(37행~74행)

And indeed there will be time

333

정말이지 시간은 있으리라

To wonder, "Do I dare?" and, "Do I dare?"

"한번 해볼까?" "한번 해볼까?" 하고 생각할,

Time to turn back and descend the stair,

내 머리칼의 한복판에 대머리 반점(斑點)을 이고서

With a bald spot in the middle of my hair -

되돌아서 층계를 내려갈 시간이.

(They will say: "How his hair is growing thin!")

(그녀들은 말하리라: "그런데 저 사람 머리칼 점점 숱이 빠지네!")

My morning coat, my collar mounting firmly to the chin,

내 모닝코트, 턱까지 뻣뻣이 솟은 칼라,

My necktie rich and modest, but asserted by a simple pin -

화려하나 점잖은, 허나 소박한 핀을 꽂은 넥타이 -

(They will say: "But how his arms and legs are thin!")

(그녀들은 말하리라 "그런데 저 사람 팔다리가 가늘기도 해라!"

Do I dare

내가 한번

Disturb the universe?

천지를 뒤흔들어나 볼까?

In a minute there is time

한 순간에도 있다

For decisions and revisions which a minute will reverse.

한 순간이 역전시킬 결정과 수정의 시간이.

For I have known them all already, known them all -

왜냐하면 나는 이미 그녀들을 알고 있기에, 그녀들을 다 알고 있기에 –

Have known the evenings, mornings, afternoons,

저녁과 아침과 오후를 알고 있기에,

I have measured out my life with coffee spoons;

나는 내 삶을 커피 스푼으로 재어왔기에:

I know the voices dying with a dying fall

먼 방에서 들려오는 음악 속에

Beneath the music from a farther room.

종지(終止)로 작아져가는 목소리들을 알고 있기에.

So how should I presume?

그러니 어떻게 내가 해볼 수 있으랴?

And I have known the eyes already, known them all –

그리고 나는 이미 그 눈들을, 그녀들의 눈들을 모두 알고 있기에

The eyes that fix you in a formulated phrase,

공식적 문구(文句)로 당신을 고정시켜버리는 눈들을,

And when I am formulated, sprawling on a pin,

그래서, 핀에 꽂혀 사지를 뻗고, 내가 공식화될 때

When I am pinned and wriggling on the wall,

내가 핀에 꽂혀 벽에서 꿈틀거리고 있을 때,

Then how should I begin

어떻게 내가 뱉기

To spit out all the butt-ends of my days and ways?

시작할 수 있으랴 내 일상생활의 온갖 꽁초들을?

And how should I presume?

그러니 어떻게 내가 해볼 수 있으랴?

And I have known the arms already, known them all -

그리고 나는 이미 그 팔들을 알고 있기에, 그녀들의 팔을 모두 알고 있기에

Arms that are braceleted and white and bare

팔찌를 낀, 하얀 드러낸 팔들을

(But in the lamplight, downed with light brown hair!)

(그러나 램프빛 아래선, 엷은 갈색 솜털이 나 있는!)

Is it perfume from a dress

나를 이렇게 탈선시킴은

That makes me so digress?

옷에서 풍겨오는 향수 때문일까?

Arms that lie along a table, or wrap about a shawl.

테이블을 따라 놓인, 혹은 숄을 휘감은 팔들.

And should I then presume?

그러니 어떻게 내가 해볼 수 있으랴?

And how should I begin?

어떻게 내가 시작할 수 있으랴?

Shall I say, I have gone at dusk through narrow streets

이렇게나 말해볼까, 땅거미 질 무렵 좁은 거리를 지나가다가

And watched the smoke that rises from the pipes

창밖으로 몸을 내민 셔츠 바람의 고독남(孤獨男)의

Of lonely men in shirt-sleeves, leaning out of windows? …

파이프에서 솟아오르는 연기를 지켜보았다고나?....

I should have been a pair of ragged claws

차라리 나는 한 쌍의 게 집게발이라도 되었으면 싶다.

Scuttling across the floors of silent seas. . . . . .

조용한 바다 바닥을 황급히 달리는.

(37행~74행)

wonder [wʌ́ndər] 불가사의, 경의, 의심, 놀라다, 의아하게 여기다, 멋진, 경이의. dare [dɛər] 감히 ~하다, 대담하게 ~하다. bald [bɔːld] 머리가 벗어진, 털이 없는, 있는 그대로의, 꾸밈없는. rich [ritʃ] 부자의, 풍부한, 귀중한, 화려한, 사치스런. modest [mɑ́dist] 겸손한, 점잖은, 알맞은, 온당한, 수수한. assert [əsə́ːrt] 단언하다, 주장하다, 시위하다. thin [θin] 얇은, 가는, 홀쭉한, 드문드문한, 빈약한. disturb [distə́ːrb] 방해하다, 어지럽히다, 휘저어 놓다, 교란하다. reverse [rivə́ːrs] 거꾸로 하다, 반대로 하다, 바꾸어 놓다, 취소하다. presume [prizúːm] 추정하다, 상상하다, 간주하다, 감히 ~하다. formulate [fɔ́ːrmjəlèit] 공식으로 나타내다, 공식화하다, 처방하다. fix [fiks] 고정시키다, 응시하다, 결정하다, 고치다. phrase [freiz] (관용)구, 말씨, 표현, 말로 표현하다, 진술하다. sprawl [sprɔːl] 손발을 쭉 뻗다, 버둥거리다. wriggle [rígəl] 몸부림치다, 꿈틀거리다, 우물쭈물하다, 몸부림, 꿈틀거림. butt-end 밑동, 개머리판, 남은 부분, 조각. bracelet [bréislit] 팔찌. digress [daigrés] 옆길로 빗나가다. wrap [ræp] 감싸다, 휘감다. ragged [rǽgid] 누덕누덕한, 깔쭉깔쭉한, 울퉁불퉁한, 거친.

(75~110행)

And the afternoon, the evening, sleeps so peacefully!

그리고 오후, 저녁이 무척이나 평화로이 잠들어 있다!

Smoothed by long fingers,

긴 손가락의 애무를 받으며,

Asleep … tired … or it malingers,

337

잠들었거나.... 지쳤거나.... 아니면 꾀병부리고 있다,

Stretched on the floor, here beside you and me.

여기 당신과 내 곁에서, 마루에 몸을 쭉 뻗고서.

Should I, after tea and cakes and ices,

내가, 차와 케이크와 아이스크림을 먹고 난 후

Have the strength to force the moment to its crisis?

순간을 위기로 몰고 갈 힘이 생길까?

But though I have wept and fasted, wept and prayed,

그러나 내가 울고 단식하고, 울고 기도했건만,

Though I have seen my head (grown slightly bald) brought in upon a platter,

내 머리(약간 대머리인)가 접시에 담겨오는 것을 보긴 했건만

I am no prophet - and here's no great matter;

나는 전혀 예언자가 아니다 - 그리고 이건 큰 문제가 아니다;

I have seen the moment of my greatness flicker,

나는 내 위대함의 순간이 깜빡거림을 보았다.

And I have seen the eternal Footman hold my coat, and snicker,

그리고 영원한 하인이 내 코트를 잡고 킥킥 웃는 걸 보았다.

And in short, I was afraid.

요컨대, 나는 겁이 났었다.

And would it have been worth it, after all,

그런데, 그럴 보람이 있었을까,

After the cups, the marmalade, the tea,

잔과 마멀레이드, 차 후에

Among the porcelain, among some talk of you and me,

자기(磁器) 사이에서, 당신과 나의 몇 마디 이야기 사이에서,

Would it have been worth while,

그럴 보람이 있었을까,

To have bitten off the matter with a smile,

문제를 미소로 깨물어 잘라버렸다면,

To have squeezed the universe into a ball

세계를 압착하여 하나의 공으로 만들어

To roll it toward some overwhelming question,

어떤 위압적인 문제로 향해 그것을 굴렸더라면,

To say: "I am Lazarus, come from the dead,

나는 죽은 자들로부터 온 나자로

Come back to tell you all, I shall tell you all" -

"당신들 모두에게 말하러 돌아왔다, 당신들 모두에게"라고

If one, settling a pillow by her head,

만일 말한다면 - 한 여인이 그녀의 머리맡의 베개를 고치며

Should say: "That is not what I meant at all,

이렇게 말한다면: "그건 전혀 제 뜻이 아니에요.

That is not it, at all."

그건 전혀 그렇지가 않아요."

And would it have been worth it, after all,

그런데 그럴 보람이 있었을까, 결국,

Would it have been worth while,

그것이 그럴 보람이 있었을 까.

After the sunsets and the dooryards and the sprinkled streets,

일몰(日沒)과 마당과 살수(撒水)된 거리 후에

After the novels, after the teacups, after the skirts that trail along the floor -

소설, 찻잔, 마루를 따라 질질 끄는 스커트 후에 -

And this, and so much more? -

그리고 이것과 다른 많은 것들 후에…?

It is impossible to say just what I mean!

내가 말하고 싶은 것을 표현하기란 불가능하다!

But as if a magic lantern threw the nerves in patterns on a screen:

하지만 마치 환등(幻燈)이 스크린에 신경조직을 투사(投射)한 거나 마찬가지.

Would it have been worth while

그럴 보람이 있었을까

If one, settling a pillow or throwing off a shawl,

만일 한 여인이, 베개를 고치거나, 숄을 내던지며,

And turning toward the window, should say:

창문 쪽을 향해 말한다면:

"That is not it at all,

"그건 전혀 그렇지가 않아요

  That is not what I meant, at all." . . . . .

그건 전혀 제 뜻이 아니에요."

malinger [məlíŋgər] 꾀병을 부리다. platter [plǽtər] 타원형의 얇고 큰 접시. flicker [flíkər] 빛이 깜박거림. 깜박거리다. 명멸시키다. snicker 킬킬거리다. 킬킬거리는 웃음. marmalade [mɑ́ːrməlèid] 마멀레이드(오렌지·레몬 등의 껍질로 만든 잼). porcelain [pɔ́ːrsəlin] 자기, 자기 제품, 자기의. bit off 물어뜯다. dooryard [(현관의) 앞뜰, 집 주위 뜰. fast [fæst] 빠른, 빨리 끝나는, 단단한, 고정된, 빨리, 신속하게, 단식하다. prophet [prɑ́fit] 예언자. footman 종복, 하인, 보병. Lazarus [lǽzərəs] (성서) 나사로. sprinkle [spríŋkəl] 뿌리다, 물을 주다. 부슬부슬 내리다. teacup 찻잔, 찻잔 한잔. magic lantern 환등(幻燈)기.

No! I am not Prince Hamlet, nor was meant to be;

아냐! 나는 햄릿 왕자가 아냐 또 그런 사람이 못돼;

Am an attendant lord, one that will do

시종관(侍從官), 왕의 행차를 흥성히 하거나,

To swell a progress, start a scene or two,

한 두 장면을 시작하거나,

Advise the prince; no doubt, an easy tool,

왕자에게 조언이나 할 사람; 확실히, 손쉬운 연장,

Deferential, glad to be of use,

굽실거리고, 심부름하기 즐겁게 여기고,

Politic, cautious, and meticulous;

교활하고, 조심성 많고, 소심하고;

Full of high sentence, but a bit obtuse;

호언장담은 잘 하건만, 약간 둔감하고;

At times, indeed, almost ridiculous -

때로는, 정말로, 거의 가소롭고 -

Almost, at times, the Fool.

때로는 거의 어릿광대.

I grow old … I grow old …

나는 늙어가네. . . 나는 늙어가네. . .

I shall wear the bottoms of my trousers rolled.

바짓부리를 접어 올려 입어나 볼까.

Shall I part my hair behind? Do I dare to eat a peach?

머리칼을 뒤로 갈라나 볼까? 감히 복숭아를 먹어나 볼까?

I shall wear white flannel trousers, and walk upon the beach.

흰 플란넬바지를 입고서 바닷가를 걸어봐야지.

I have heard the mermaids singing, each to each.

나는 들었다 인어들이 노래하는 것을, 서로에게.

I do not think that they will sing to me.

인어들이 내게 노래해 주리라곤 나는 생각 안 해.

I have seen them riding seaward on the waves

나는 보았다 인어들이 파도를 타고 바다 쪽으로 가며

Combing the white hair of the waves blown back

뒤로 젖혀진 파도의 하얀 머리칼을 빗는 모습을.

When the wind blows the water white and black.

바람이 바닷물을 희고 검게 불 때에.

We have lingered in the chambers of the sea

우리는 바다의 방에 머물렀다

By sea-girls wreathed with seaweed red and brown

적갈색의 해초를 휘감은 바다 처녀들 곁에.

Till human voices wake us, and we drown.

이윽고 인간의 목소리들이 우리를 깨워, 우리는 익사한다.

(번역 이재호, 장미와 나이팅게일, 지식산업사, 1993, p.320-333)

(111-마지막 131행)

attendant [əténdənt] 따라 붙는, 수행의, 참석한, 수행원, 종사, 참석자. lord [lɔːrd] 지배자, 군주, 귀족, 하나님, 왕자. swell [swel] 부풀다, 뽐내다, 팽창, 증대. progress [prɑ́gres] 전진, 발달, 순행, 전진하다. deferential [dèfərénʃəl] 경의를 표하는, 공경하는. politic [pɑ́litik] 정치의, 책략적인, 교묘한. cautious [kɔ́ːʃəs] 신중한, 주의 깊은, 조심하는. meticulous [mətíkjələs] 지나치게 세심한, 소심한. high sentence 호언장담. obtuse [əbtjúːs] 무딘, 우둔한. ridiculous [ridíkjələs] 우스운, 어리석은, 엉뚱한. flannel [flǽnl] 플란넬, 면(綿) 플란넬. mermaid [mə́ːrmèid] 인어. seaward [síːwərd] 바다쪽. comb [koum] 빗, 빗질하다, 파도가 흰 물결을 이루며 치솟다. blow [blou] 바람이 불다, 바람에 나날리다. chamber [tʃéimbər] 방. wreathe [riːð] ~을 장식하다, ~을 둘러싸다. wake [weik] 잠깨다, 일어나다. drown [draun] 물에 빠뜨리다, 익사하다.

작품 해설

이 시는 현대 도시에 살아가면서 고독과 소외, 좌절을 겪는 프루프록의 내면의 심리를 당시 주목 받기 시작했던 모던이스트 작가들의 '의식의 흐름' 기법을 도입하여 '극적 독백' 형식으로 적고 있다. 이 시의 배경은 1차 세계 대전 바로 직전이기에 전통사회가 붕괴되고 급격하게 현대사회로 변모하면서 발생되는 여러 괴리와 모순, 좌절감, 소외감 등을 상징적으로 잘 나타냈다고 볼 수 있다.

96. The Waste Land / T. S. Eliot

황무지 / 티. 에스. 엘리엇

'Nam Sibyllam quidem Cumis ego ipse oculis meis vidi in ampulla pendere, et cum illi pueri dicerent: Σίβυλλα τί θέλεις; respondebat illa: ἀποθανεῖν θέλω.'

For Ezra Pound

il miglior fabbro.

'한번은 쿠마에서 나도 그 무녀가 조롱 속에 매달려 있는 것을 보았지요. 애들이 "무녀야 넌 뭘 원하니?" 물었을 때 그네는 대답했지요. "죽고 싶어"'

보다 나은 예술가

에즈라 파운드에게

I부. The Burial of the Dead

죽은 자의 매장

1연

April is the cruelest month, breeding

사월은 가장 잔인한 달,

Lilacs out of the dead land, mixing

죽은 땅에서 라일락을 키워내고

Memory and desire, stirring

추억과 욕정을 뒤섞고

Dull roots with spring rain.

잠든 뿌리를 봄비로 깨운다.

Winter kept us warm, covering

겨울은 오히려 따뜻했다.

Earth in forgetful snow, feeding

잘 잊게 해주는 눈으로 대지를 덮고

A little life with dried tubers.

마른 구근으로 약간의 목숨을 대어 주었다.

Summer surprised us, coming over the Starnbergersee

슈타른버거 호(湖) 너머로 소나기와 함께 갑자기 여름이 왔지요.

With a shower of rain; we stopped in the colonnade,

우리는 주랑에 머물렀다가

And went on in sunlight, into the Hofgarten,

햇빛이 나자 호프가르텐 공원에 가서

And drank coffee, and talked for an hour.

커피를 들며 한 시간 동안 얘기했어요.

Bin gar keine Russin, stamm' aus Litauen, echt deutsch.

저는 러시아인이 아닙니다. 출생은 리투아니아이지만 진짜 독일인입니다.

And when we were children, staying at the archduke's,

어려서 사촌 태공집에 머물렀을 때.

My cousin's, he took me out on a sled,

썰매를 태워 줬는데 겁이 났어요.

And I was frightened. He said, Marie,

그는 말했죠, 마리 마리 꼭 잡아.

Marie, hold on tight. And down we went.

그리곤 쏜살같이 내려갔지요.

In the mountains, there you feel free.

산에 오면 자유로운 느낌이 드는군요.

I read, much of the night, and go south in the winter.

밤에는 대개 책을 읽고, 겨울엔 남쪽에 갑니다.

1연

burial [beriəl] 매장, 장례식. breed [bri:d] 새끼를 낳다, 사육하다, 품종, 유형. liac [lailək] 라일락, 연보라색. dull [dʌl] 따분한, 재미없는, 흐릿한, 둔해지다, 누그러지다. feed [fi:d] 먹이를 주다, 먹을 것을 주다, 먹이. tuber [tu:bər] 덩이줄기. starnbergersee 독일의 슈타르베르크 호수, 스탄버거시 호. colonnade [ka:ləneid] 일렬로 세운 돌기둥, 열주. Hofgarten 호프카튼, 왕궁부속정원.

2연

What are the roots that clutch, what branches grow

이 움켜잡는 뿌리는 무엇이며,

Out of this stony rubbish? Son of man,

이 자갈더미에서 무슨 가지가 자라 나오는가?

You cannot say, or guess, for you know only

인자여, 너는 말하기는커녕 짐작도 못하리라

A Heap of broken images, where the sun beats,

네가 아는 것은 파괴된 우상더미뿐 그곳엔 해가 쪼아대고

And the dead tree gives no shelter, the cricket no relief,

죽은 나무에는 쉼터도 없고 귀뚜라미도 위안을 주지 않고

And the dry stone no sound of water. Only

메마른 돌엔 물소리도 없느니라.

There is shadow under this red rock,

단지 이 붉은 바위 아래 그늘이 있을 뿐.

(Come in under the shadow of this red rock),

(이 붉은 바위 그늘로 들어오너라)

And I will show you something different from either

그러면 너에게 아침 네 뒤를 따르는 그림자나

Your shadow at morning striding behind you

저녁에 너를 맞으러 일어서는 네 그림자와는 다른

Or your shadow at evening rising to meet you;

그 무엇을 보여 주리라.

I will show you fear in a handful of dust.

한 줌의 먼지 속에서 공포를 보여 주리라.

> Frisch weht der Wind
>
> 바람은 상쾌하게
>
> Der Heimat zu
>
> 고향으로 불어요
>
> Mein Irisch Kind.
>
> 아일랜드의 님아
>
> Wo weilest du?
>
> 어디서 날 기다려 주나?

'You gave me hyacinths first a year ago;

'일 년 전 당신이 저에게 처음으로 히아신스를 줬지요.

'They called me the hyacinth girl.'

다들 저를 히아신스 아가씨라 불렀어요.'

—Yet when we came back, late, from the Hyacinth garden,

- 하지만 히아신스 정원에서 밤늦게

Your arms full, and your hair wet, I could not

한아름 꽃을 안고 머리칼 젖은 너와 함께 돌아왔을 때

Speak, and my eyes failed, I was neither

나는 말도 못하고 눈도 안보여

Living nor dead, and I knew nothing,

산 것도 죽은 것도 아니었다.

Looking into the heart of light, the silence.

빛의 핵심인 정적을 들여다보며 아무것도 알 수 없었다.

Oed' und leer das Meer.

황량하고 쓸쓸합니다, 바다는.

2연

clutch [klʌtʃ] 꽉 잡다, 뿌리를 내리다, 붙잡음, 파악. rubbish [rʌbiʃ] 쓰레기, 잡동사니. beat [bi:t] 이기다, 통제하다, 때리다, 비판하다, 울림, 리듬. relief [rili:f] 경감, 안심, 구조. cricket [krikit] 귀뚜라미. hyacinths [haiəsinθ] 히아신스.

3연

Madame Sosostirs, famous clairvoyante,

유명한 천리안, 소소스트리스부인은

Had a bad cold, nevertheless

독감에 걸렸다. 허지만

Is known to be the wisest woman in Europe,

영특한 카드 한 벌을 가지고

With a wicked pack of card. Here, said she,

유럽에서 가장 슬기로운 여자로 알려져 있다. 이것 보세요, 그녀가 말했다.

Is your card, the drowned Phoenician Sailor,

여기 당신 패가 있어요. 익사한 페니키아 수부군요.

(Those are pearls that were his eyes. Look!)

(보세요! 그의 눈은 진주로 변했어요.)

Here is Belladonna, the Lady of the Rocks,

이건 벨라돈나, 암석의 여인

The lady of situations.

수상한 여인이에요.

Here is the man with three staves, and here the Wheel,

이건 지팡이 셋 짚은 사나이. 이건 바퀴.

And here is the one-eyed merchant, and this card,

이건 눈 하나밖에 없는 상인

Which is blank, is something he carries on his back,

그리고 아무것도 안 그린 이 패는 그가 짊어지고 가는 무엇인데

Which I am forbidden to see. I do not find

내가 보지 못하도록 되어 있습니다.

The Hanged Man. Fear death by water.

교살당한 사내의 패가 안 보이는군요. 물에 빠져 죽는 걸 조심하세요.

I see crowds of people, walking round in a ring.

수많은 사람들이 원을 그리며 돌고 있군요.

Thank you. If you see dear Mrs. Equitone,

또 오세요. 에퀴톤 부인을 만나시거든

Tell her I bring the horoscope myself:

천궁도를 직접 갖고 가겠다고 전해 주세요.

One must be so careful these days.

요새는 조심해야죠.

3연

madame [mǽdəm] 부인. clairvoyante [klɛrvɔiənt] 신통력, 예지자, 점성술사. phoenician [finíʃən] 페니키아의, 페니키아 사람(말). sailor [seilə] 선원, 뱃사람. belladonna [beləda:na] 벨라도나로 만든 독약, 벨라도나(이름). stave [steiv] 장대, 오선, 보표. merchant [mə:rʧənt] 상인. Mrs. Equitone 에퀴톤 부인. horoscope [ha:rəskoup] 점성술, 별점, 천궁도. 익사한 페니키아 수부는 재생이나 구원의 가능성을 의미. 벨라돈나 암석의 여인은 덕과 정숙함과 동시에 유혹과 타락의 상징. 지팡이 셋 짚은 사나이는 구원자를 기다림. 행운의 바퀴와 외눈의 상인은 구원의 가능성을 의미. 매달린 남자는 순교와 부활을 상징함.

4연

Unreal City,

현실감 없는 도시,

Under the brown fog of a winter dawn,

겨울 새벽의 갈색 안개 밑으로

A crowd flowed over London Bridge, so many,

한 떼의 사람들이 런던 교 위로 흘러갔다.

I had not thought death had undone so many.

그처럼 많은 사람을 죽음이 망쳤다고 나는 생각도 못했다.

Sighs, short and infrequent, were exhaled,

이따금 짧은 한숨들을 내쉬며

And each man fixed his eyes before his feet.

각자 발치만 내려보면서

Flowed up the hill and down King William Street,

언덕을 넘어 킹 윌리엄 가를 내려가

To where Saint Mary Woolnoth kept the hours

성(聖) 메어리 울로스 성당이 죽은 소리로

With a dead sound on the final stroke of nine.

드디어 아홉시를 알리는 곳으로.

There I saw one I knew, and stopped him, crying: 'Stetson!

거기서 나는 낯익은 자를 만나 소리쳐서 그를 세웠다. '스테슨

'You who were with me in the ships at Mylae!

자네 밀라에 해전 때 나와 같은 배에 탔었지!

'That corpse you planted last year in your garden,

작년 뜰에 심은 시체에 싹이 트기 시작했나?

'Has it begun to sprout? Will it bloom this year?

올해엔 꽃이 필까?

'Or has the sudden frost disturbed its bed?

혹시 때 아닌 서리가 묘상(苗床)을 망쳤나?

'Oh keep the Dog far hence, that's friend to men,

오오 개를 멀리하게, 비록 놈이 인간의 친구이긴 해도

'Or with his nails he'll dig it up again!

그렇잖으면 놈이 발톱으로 시체를 다시 파헤칠 걸세!

'You! hypocrite lecteur!—mon semblable,—mon frère!"

그대! 위선적인 독자여! 나와 같은 자 나의 형제여!'

(번역 황동규, 황무지, T.S. Eliot 지음, 민음사, 1995, p.44-59)

351

4연

unreal [ʌnriəl] 비현실적인. dawn [dɔːn] 새벽, 여명. flow [flou] 흐름, 흐르다. undone [ʌndʌn] 잠기지 않은, 끝나지 않은, 완전 실패한. undo [ʌndu] 풀다, 무효로 만들다, 실패하게 만들다, 망치다. infrequent [infrikwənt] 잦지 않은, 드문. exhale [eksheil] 내쉬다, 내뿜다. dead sound 둔탁한 소리. Mylae 밀라이 해전. sprout [spraut] 싹이 나다, 발아하다. hence 이런 이유로. nail [neil] 손톱, 발톱, 못, 못으로 박다. hypocrite [hipəkrit] 위선자. lecteur 렉퉈(불어), 독자, 구독자. mon semblable 몽 송브라볼아(불어) 내 동료. mon frere 몽 후레아(불어), 내 형제.

작품 해설

　티. 에스. 엘리엇의 대표작인 황무지는 1922년 발표. 제1차 세계대전 후 유럽의 신앙 부재와 정신적 황폐를 상징적으로 표현한 작품으로 그러한 불모(不毛)를 암시하는데 J.G.프레이저의 《황금가지》와 J.L.웨스튼의 《제식(祭式)에서의 로맨스》 등에서 볼 수 있는 '곡물제(穀物祭)'에 관한 신화, 또는 전설이 대조적으로 살아 있다.

　또 '의식의 흐름'과 같은 방법을 쓴 점과 단테, 셰익스피어, 보들레르 등 고전시구에 대한 암시가 많은 것도 특징이다. 전체를 5부로 나누어 마지막에는 황무지에 단비가 가까워진다는 암시로서 우레소리가 산스크리트로 울리는데, 이는 절망의 밑바닥에서도 종교적인 구원이 보이는 것을 의미한다.

[네이버 지식백과] 황무지 [The Waste Land, 荒蕪地] (두산백과 두피디아, 두산백과)

352

97. Seascape / Stephen Spender

바다의 풍경 / 스티븐 스펜더

1연

There are some days the happy ocean lies

어느 때는 행복한 바다가 육지 아래로

Like an unfingered harp, below the land.

연주(演奏) 않는 하아프처럼 놓여 있을 때가 있다.

Afternoon gilds all the silent wires

오후(午後)가 그 소리 안 나는 줄을 온통 금빛으로 칠하여

Into a burning music for the eyes.

눈에 보여 주는 불타는 음악으로 만든다.

On mirrors flashing between fine-strung fires

팽팽한 현(絃)의 불 사이에 번쩍이는 거울 위로

The shore, heaped up with roses, horses, spires,

장미와 말(馬)과 첨탑(尖塔)으로 쌓아 올려진 해안이

Wanders on water, walking above ribbed sand.

이랑진 모래 위에 발을 옮기며, 물 위를 떠돈다.

1연

days 다음에 관계 부사 when이 생략되었음. 행복한 바다가 놓여 있을 때가 있다. unfingered 손가락을 대지 않은. gild [gild] ⓥ금박을 입히다. wire [waiər] ⓥ타전하다, 철사로 고정시키다. ⓝ철사, 전선, 현. fine-strung 현이 팽팽하게 쳐진. heap [hi:p] ⓝ쌓아올린 것, 많음, ⓥ쌓아올리다. spire [spaiər] ⓝ뾰족탑, ⓥ치솟다, 뾰족탑을 달다. heaped는 과거 분사로서 주격보어로 쓰였음. wander [wándər] ⓥ헤매다, 빗나가다. walking은 현재 분사로

353

서 분사 구문을 이룸(부대 상황). rib [rib] ⓝ늑골, 갈빗대. ⓥ늑골을 대다, 이 랑무늬를 만들다. ribbed sand 이랑무늬가 생긴 모래.

2연

The motionlessness of the hot sky tires

움직임 없는 뜨거운 하늘이 고달파

And a sigh, like a woman's, from inland

여인의 그것과 같은 한숨이 내륙(內陸)으로부터

Brushes the instrument with shadowing hand

그늘진 손으로 이 악기(樂器)를 스친다.

Drawing across its wires some gull's sharp cries

그 쇠줄에 갈매기의 날카로운 울음과

Or bell, or shout, from distant, hedged-in shrine;

멀리 생(生)울타리에 에워싸인 사원(寺院)에서의 종소리나 환호성을 울려내며.

These, deep as anchors, the hushing wave buries,

이것들 모두가, 닻처럼 깊숙이 파도에 묻혀 소리 꺼진다.

2연

motionlessness 부동. brush [brʌʃ] ⓝ솔, 솔질. ⓥ솔질을 하다, 털어내다, 스치고 지나가다. instrument [ínstrəmənt] ⓝ기계, 기구, 악기, 수단. shadow [ʃǽdou] ⓝ그림자, 투영. ⓥ어둡게 하다, 그늘지게 하다, 덮어 가리다. shadowing hand 그늘지게 하는 손. drawing은 현재 분사로서 분사 구문을 이룸(부대 상황). draw의 목적어는 cries, bell, shout, 등임. gull [gʌl] ⓝ갈매기, 속기 쉬운 사람. ⓥ속이다. hedge [hedʒ] ⓝ산울타리, 장벽. ⓥ산울타리를 만들다, 애매한 대답을 하다. hedged in 에워싸인. bury [béri] ⓥ묻다, 매장하다, 숨기다.

3연

Then from the shore, two zig-zag butterflies,

그 때에 해안으로부터, 이리저리 날으는 두 마리의 나비가,

Like errant dog-roses, cross the bright strand

길 잘못 든 들장미처럼, 빛나는 해안을 건너

Spiralling over sea in foolish gyres

어리석게 소용돌이치며 바다 위로 솟아올라

Until they fall into reflected skies.

마침내 비친 하늘 속으로 빠져든다.

They drown. Fishermen understand

그들은 익사(溺死)한다. 어부(漁夫)들은 알 수가 있다

Such wings sunk in such ritual sacrifice,

이런 날것들이 이런 의식적(儀式的)인 희생이 되어 빠져 죽는 것을,

3연.

zig-zag 지그재그, 지그재그의, 지그재그로(하다). errant [érənt] ⓐ모험을 찾아 편력하는, 길을 잘못 든. dog-rose 찔레나무의 일종. strand [strænd] ⓝ물가, 바닷가, 밧줄의 가닥. ⓥ좌초시키다. spiral [spáiərəl] ⓐ나선(모양)의, ⓝ나선형. ⓥ나선형으로 하다. spiralling은 현재 분사로서 분사 구문을 이룸(부대 상황). gyre [dʒaiər] ⓝ선회 운동. ⓥ선회하다. drown [draun] ⓥ물에 빠뜨리다. 익사하다. fisherman 어부. sunk는 과거 분사로서 wings를 수식.

4연

Recalling legends of undersea, drowned cities.

해저(海底)의 전설과 매몰된 도시를 상기시키며.

What voyagers, oh what heroes, flamed like pyres

깃 달린 투구로 섶불처럼 불탔던, 어떤 항해자들이,

With helmets plumed, have set forth from some inland

아, 어떤 영웅(英雄)들이 육지에서 걸어나왔더냐.

And them the sea engulfed. Their eyes,

그리하여 바다가 그를 삼켰더냐. 그들의 눈은,

Contorted by the cruel waves' desires

잔인한 바다의 욕망 앞에 비틀려

Glitter with coins through the tide scarcely scanned,

거의 살펴볼 수 없는 호수(湖水) 속에서 동전(銅錢)처럼 반짝이고

While, above them, that harp assumes their sighs.

한편, 하아프는 그들 위에서 그들의 한숨을 쉰다.

(번역, 이창배, 20세기 영미시의 이해, 민음사, 1979, p.183-185)

4연

recall [rikɔ́:l] ⓥ생각해내다. 상기시키다. 취소하다. ⓝ되부름. 회상. 철회. legend [léʤənd] ⓝ전설. recalling은 현재 분사로서 분사 구문을 이룸(부대 상황). ~을 상기하면서. voyager [vɔ́iiʤər] ⓝ항해자. flame [fleim] ⓝ불길, 불꽃, ⓥ빛나다. 타오르다. flamed는 과거 분사로서 주격보어로 쓰였음. pyre [paiər] ⓝ화장용 장작(더미). set forth 출발하다. 보이다. 진열하다. engulf [ingʌ́lf] ⓥ삼키다. 심연에 던지다. them은 engulfed의 목적어. contort [kəntɔ́:rt] ⓥ비틀다. 비틀리다. glitter [glítər] ⓝ반짝임. ⓥ번쩍번쩍하다. tide [taid] ⓝ조수. 흥망. ⓥ밀물처럼 밀어닥치다. scan [skæn] ⓥ자세히 조사하다. 운율을 살피다. ⓝ자세히 조사하기. assume [əsjúːm] ⓥ취하다. 떠맡 다. 추정하다. 주제넘게 굴다.

작가 및 작품 해설

Stephen Spender(1909-1995)는 런던에서 태어나서 옥스퍼드 대학을 다녔

고 오오든, 메이 루이스, 먹니스 등과 함께 교제를 하며 새로운 시풍을 이끌어 나갔다. 그는 오오든과 마찬가지로 정치적이고 사회적인 주제에서 개인적이고 내성적인 주제로 점차 변모하여 갔다. 그는 정치에 많은 관심을 가지고 있었고 각종 문예지의 편집을 하였으며 미국과 유럽, 아시아 등을 순회하며 강연을 하기도 하였다. 그는 또한 문화자유회의에서 발행하는 국제적인 월간지 Encounter의 편집을 맡았다. 그는 시 이외에도 각종 비평과 시극, 소설 등을 썼다.

　Seascape에서 시인은 마치 화가가 그림을 그리듯이 벼랑 밑에 펼쳐진 바다의 풍경을 생생하게 묘사하고 있다. 벼랑 위엔 들판이 펼쳐있고 집과 마차를 끌고 가는 말이 있으며 개가 짖는 소리와 함께 멀리서 교회의 종소리가 들려온다. 여기에서 시인은 육지를 인간의 짧은 생명으로, 바다를 죽음과 영원한 세계로 나타내며 육지의 일체가 바다 속으로 들어가서 죽음으로서 영원과 합쳐짐을 노래하고 있다.

98. Ultima Ratio Regum / Stephen Spender
　군주(君主)의 마지막 이치 / 스티븐 스펜더

1연

The guns spell money's ultimate reason

대포는 돈의 마지막 이치를

In letters of lead on the spring hillside.

봄 언덕에 납 글자로 적어 나간다.

But the boy lying dead under the olive trees

허나 올리브나무 아래 죽어 누운 소년은

Was too young and too silly

그것들의 중요한 눈에 뜨이기에는

To have been notable to their important eye.

너무나 어렸고 너무나 순진했다.

He was a better target for a kiss.

그는 키스에 더욱 어울리는 표적이었다.

1연

Ultima Ratio Regum은 라틴어로서 ultimate reason of kings (군주의 마지막 이치). gun [gʌn] ⓝ대포, 총, ⓥ총으로 쏘다. spell [spel] ⓥ철자하다, 뜻어보다, ⓝ한 동안의 계속, 교대 차례, 주문, 마력. ultimate [ʌltəmit] ⓐ최후의, 궁극적인. reason [ríːzn] ⓝ이유, 도리, 이성, ⓥ논하다, 추론하다. letter [létər] ⓝ글자, 편지, 문학, ⓥ글자를 넣다. lead [liːd] ⓥ이끌다, 인솔하다, 마음을 꾀다, ⓝ선도, 지도. [led] ⓝ납, ⓥ납으로 씌우다. hillside ⓝ언덕의 중턱. lying dead 죽어서 누워 있는. silly [síli] ⓐ어리석은, 순진한. to have는 부정사의 부사적 용법. notable [nóutəbəl] ⓐ주목할 만한, 저명한, ⓝ저명한 사람. their 대포 또는 총들의. target [táːrgit] ⓝ과녁, 표적, 목표.

2연

When he lived, tall factory hooters never summoned him.

살았을 적에 높은 공장 고동이 그를 부른 적 없다.

Nor did restaurant plate-glass doors revolve to wave him in.

식당의 판유리 문이 돌아 그를 손짓해 들인 적 없다.

His name never appeared in the papers.

그의 이름이 신문에 난 적도 없다.

The world maintained its traditional wall

세계는 우물처럼 깊숙이 황금을 간직한

Round the dead with their gold sunk deep as a well,

죽은 자들을 에워싼 예대로의 성벽을 유지했다.

Whilst his life, intangible as a Stock Exchange rumour, drifted outside.

그의 삶이 증권거래소의 소문처럼 바깥을 떠돌아다니는 동안.

2연

hooter [huːtər] ⓝ올빼미, 기적, 경적. plate-glass 두꺼운 판유리. revolve [riválv] ⓥ회전하다, 곰곰이 생각하다. wave [weiv] ⓝ파도, 물결, ⓥ파도치다, 손을 흔들다, 손을 흔들어 신호하다. maintain [meintéin] ⓥ지속하다, 유지하다, 주장하다. whilst는 while의 고어. intangible [inténdʒəbəl] ⓐ만질 수 없는, 무형의, ⓝ만질 수 없는 것. Stock Exchange 증권거래소. rumour [rúːmər] ⓝ소문, ⓥ소문을 내다. drift [drift] ⓝ표류, 동향, ⓥ떠내려 보내다, 표류하다.

3연

O too lightly he threw down his cap

오 너무나 선선히 그는 결투에 응하였고나.

One day when the breeze threw petals from the trees.

미풍이 나무에서 꽃잎을 흩날리던 어느 날.

The unflowering wall sprouted with guns,

꽃피지 않은 성벽엔 대포로 싹이 돋고

Machine-gun anger quickly scythed the grasses;

기관총의 분노는 가차 없이 풀잎을 베어버렸다.

Flags and leaves fell from hands and branches;

깃발과 잎사귀가 손들과 가지로부터 떨어지고

The tweed cap rotted in the nettles.

트위드 캡은 쐐기풀 속에서 썩었다.

3연

lightly 가볍게, 경솔하게. throw down 넘어뜨리다, 내던지다. when은 관계부사. breeze [briːz] ⓝ산들바람, 미풍, ⓥ산들바람이 불다. petal [pétl] ⓝ꽃잎. unflowering 꽃이 피지 않은. sprout [spraut] ⓥ싹이 트다. machine-gun 기관총. anger [ǽŋgər] ⓝ분노, ⓥ성내다. scythe [saið] ⓝ큰 낫, ⓥ큰 낫으로 베다. flag [flæg] ⓝ기(旗), ⓥ기를 세우다. fall-fell-fallen. tweed [twiːd] ⓝ트위드(스카치 나사(羅紗)의 일종). rot [rɑt] ⓝ썩음, 부패, ⓥ썩다. nettle [nétl] ⓝ쐐기풀.

4연

Consider his life which was valueless
생각하라, 고용과 호텔 숙박부와
In terms of employment, hotel ledgers, news files.
신문철에는 가치 없던 그의 생명을.
Consider. One bullet in ten thousand kills a man.
생각하라. 1만발 가운데서 총알 한 개가 한 사람을 죽인다.
Ask. Was so much expenditure justified
물어보라. 그러한 대량낭비가
On the death of one so young, and so silly
올리브나무 아래 누운 그렇게도 어리고 그렇게도 순진한 것의
Lying under the olive trees, O world, O dead?
죽음에 필요했던가, 오 세계여, 오 죽음이여?
(번역 김종길, 현대의 영시, 고려대학교출판부, 1998, p.74-77)

4연

which는 주격 관계 대명사. valueless @가치 없는, 하찮은. term [təːrm] ⓝ
기간, 기한, 조건, 관계, 말(투). in terms of ~의 말로, ~의 점에서 보아.
ledger [lédʒər] ⓝ원부, 원장, 숙박부. bullet [búlit] ⓝ탄알, 총알.
expenditure [ikspénditʃər] ⓝ지출, 경비. justify [dʒʌstəfai] ⓥ정당화하다.

작가 및 작품 해설

　1930년대 영국의 대표적인 시파(詩派)인 Stephen Spender는 The Auden
Group 가운데에서 가장 서정적이면서도 정치적 사회문제에 관심을 보인 시인
이었다. 'Ultima Ratio Regum'은 그의 Spanish Poems 가운데 있는 것으로
서 Spanish Civil War에서 전사한 한 소년의 죽음을 섬세하고 투명한 필치로
노래한 시이다.

99. Do Not Go Gentle into That Good Night / Dylan Thomas
저 좋은 밤 속으로 순순히 들어가지 마세요 / 딜런 토마스

Do not go gentle into that good night,
저 좋은 밤 속으로 순순히 들어가지 마세요.
Old age should burn and rave at close of day;
늙은이들은 날이 저물 때 불타고 포효해야 해요.
Rage, rage against the dying of the light.
꺼져가는 빛에 분노하고, 분노하세요.

Though wise men at their end know dark is right,

361

지혜로운 자들은 마지막엔 어둠이 당연함을 알지만,

Because their words had forked no lightning they

그들의 언어가 섬광처럼 번뜩여 본 적이 없기에

Do not go gentle into that good night.

저 좋은 밤으로 순순히 들어가지 않아요.

Good men, the last wave by, crying how bright

마지막 파도가 지나간 후, 쇠약한 자신의 지난날들이

Their frail deeds might have danced in a green bay,

푸른 바닷가에서 춤을 췄다면 얼마나 빛났을지 슬퍼하며,

Rage, rage against the dying of the light.

착한 자들도 꺼져가는 빛에 맞서 분노하고, 분노해요.

Wild men who caught and sang the sun in flight,

달아나는 태양을 붙잡아 노래했던 격정적인 자들도,

And learn, too late, they grieved it on its way,

뒤늦게야, 그들이 지는 태양에 비통해했음을 깨닫고,

Do not go gentle into that good night.

저 좋은 밤으로 순순히 들어가지 않아요.

Grave men, near death, who see with blinding sight

죽음을 앞둔 진지한 자들도, 눈이 멀고 있지만

Blind eyes could blaze like meteors and be gay,

멀어버린 두 눈도 유성처럼 타오르고 기뻐할 수 있겠다 싶어,

Rage, rage against the dying of the light.

꺼져가는 빛에 맞서 분노하고, 분노해요.

And you, my father, there on the sad height,

그리고 나의 아버지, 당신도, 그 슬픈 고지에서

Curse, bless, me now with your fierce tears, I pray.

제발, 모진 눈물로, 당장 저를 욕하고 축복해 줘요

Do not go gentle into that good night.

저 좋은 밤으로 순순히 들어가지 마세요.

Rage, rage against the dying of the light.

꺼져가는 빛에 맞서 분노하고, 분노하세요.

(번역 이선우, 젊은이들을 위한 키워드로 읽는 영시, 도서출판 재하, 2021, 38쪽-41쪽)

gentle [dʒéntl] 온화한, 순한. burn [bəːrn] 타오르다. rave [reiv] 열변을 토하다, 미친 듯이 악을 쓰다. bright [brait] 빛나는, 밝은, 머리가 좋은, 활발한, 빛나게, 밝게. rage [reidʒ] 격노, 격노하다. fork 포크, 갈라지다, 나뉘다. bay [bei] 만, 구역. pray [prei] 기도하다, 간절히 바라다. flight 여행, 비행, 도망. grieve [griːv] 비통해하다, 대단히 슬프게 만들다. blaze [bleiz] 활활 타오르다, 눈부시게 빛나다, 화재, 불길. meteor [miːtiə] 유성, 별똥별. curse [kəːrs] 욕, 저주, 욕하다, 악담을 퍼붓다.

작가 및 작품 해설

Dylan Thomas(1914-1953)는 영국 웨일스의 시인으로 어려서부터 시에 재능을 보여서 첫 번째 시집이 1932년에 발간되었다. 특히 미국에서의 시낭송 여행을 통하여 큰 인기를 끌었다. 술을 좋아했던 딜런 토마스는 39세의 젊은 나이에 런던 그리니치의 한 술집에서 술을 마시고 호텔로 돌아와 위스키 18잔을 마셨다고 말하고 잠들고는 다시 깨어나지 못했다.

이 시에서 80대가 되어 눈이 멀고 죽음을 앞둔 아버지가 과거의 강한 성격을 잃고 부드럽고 점잖은 사람이 되어버렸다. 시인은 아버지에게 차라리 옛날로 돌아가 분노하고 싸우라고 외친다. 시인은 범신론자로서 죽음이 나쁜 것이라고 생각하는 것은 아니지만 그래도 인간이 죽음에 대해 저항하고 싸우는 것이 옳고 자연적이라고 생각한다. 그래서 우리 인간이 죽음에 항거해야 하는 이유에 대해서 Wise men, Good men, Wild men, Grave men 의 각기 다른 입장에서 이야기한다.

그러나 이러한 생각은 그렇게 단순한 것만은 아니다. 여기서 'Good night'이란 죽음을 뜻하는 비유어이다. 죽음에 굴복하려는 병약해진 아버지에게 죽음에 있는 힘을 다하여 반항할 것을 외치면서도 계속 작별인사를 하는 'Good Night'이라는 말이 메아리친다. 아버지에게 싸우라고 하면서도 무의식에서는 작별인사를 하는 것인가? 이 시의 대표적인 각운을 이루고 있는 night 은 'good night' 이라는 말뿐만 아니라 'dark is right', 'blinding sight', 'sad height' 와 같은 역설적인 단어들과 결합되어서 겉으로 드러난 것과는 다른 의미심장함을 강조한다. (해설 이선우)

100. The force that through the green fuse drives the flower / Dylan Marlais Thomas
푸른 줄기에 꽃을 모는 힘은 / 딜런 말레이 토머스

1연

The force that through the green fuse drives the flower
푸른 줄기 속으로 꽃을 모는(驅) 힘은
Drives my green age; that blasts the roots of trees
나의 푸른 젊음을 모는 힘, 나무 뿌릴 시들리는 힘은
Is my destroyer.

나를 파괴하는 힘.

And I am dumb to tell the crooked rose

나는 아연(啞然)하여 비틀린 장미에게 말 못한다

My youth is bent by the same wintry fever.

나의 청춘도 또한 같은 동열(冬熱)에 시든다고.

1연

that는 주격 관계 대명사. fuse [fjuːz] ⓝ신관, 퓨즈, 도화선, 줄기, ⓥ퓨즈를 달다, 녹이다. drive [draiv] ⓥ몰다, 운전하다, 의도하다, ⓝ운전, 돌진. that 은 주격 관계 대명사, 선행사는 force. blast [blæst] ⓝ한바탕의 바람, 폭발, ⓥ폭발하다, 파괴하다. destroyer ⓝ파괴자. dumb [dʌm] ⓐ벙어리의, 말로 나타낼 수 없는, ⓥ침묵시키다, 침묵하다. crooked ⓐ꼬부라진, 부정직한. to tell은 부정사의 부사적 용법(형용사 수식), dumb to tell 말로 표현할 수 없 는. bend [bend] ⓥ구부리다, 구부러지다. ⓝ굽음. bend-bent-bent.

2연

The force that drives the water through the rocks

바위틈으로 물을 모는 힘은

Drives my red blood; that dries the mouthing streams

나의 붉은 피를 모는 힘, 흐르는 계천(溪川)을 말리는 힘은

Turns mine to wax.

나의 피를 굳게 하는 힘.

And I am dumb to mouth unto my veins

나는 아연(啞然)하여 내 혈관에 말 못한다

How at the mountain spring the same mouth sucks.

그 산천(山泉)을 같은 입이 빨고 있다고.

365

2연.

mouth [mauθ] ⓝ입, ⓥ큰 소리로 말하다, 입을 우물거리다, 흘러들다.
stream [striːm] ⓝ시내, 흐름, ⓥ흐르다, 흘리다. mouthing streams 흐르는
시내. wax [wæks] ⓝ밀초, ⓥ밀을 바르다. vein [vein] ⓝ정맥, 기질, 기분.
suck [sʌk] ⓥ빨다, 획득하다, ⓝ빨기.

3연

The hand that whirls the water in the pool

웅덩이의 물을 휘젓는 손이

Stirs the quicksand; that ropes the blowing wind

유사(流砂)를 움직이고, 부는 바람을 잡아매는 손이

Hauls my shroud sail.

나의 수의(壽衣)의 돛을 끌어당긴다.

And I am dumb to tell the hanging man

나는 아연하여 교살형수(絞殺刑囚)에게 말 못한다

How of my clay is made the hangman's lime.

교수리(絞首吏)의 석재(石災)는 나의 흙으로 만들어졌다고.

3연

whirl [hwəːrl] ⓥ빙빙 돌다, 빙글빙글 돌리다, ⓝ회전, 소용돌이. pool [puːl]
ⓝ물웅덩이, 작은 못, 공동 자금, 공동 계산, ⓥ물웅덩이가 되다, 공동 출자하
다. stir [stəːr] ⓥ움직이다, 분발시키다, ⓝ움직임, 휘젓기. quicksand ⓝ유
사(流砂, 뻘모래). rope [roup] ⓝ새끼, 밧줄, ⓥ새끼로 묶다, 밧줄을 매다.
blow [blou] ⓥ불다, 바람에 날리다, 울리다, 폭파하다, ⓝ한 번 불기, 강풍,
강타, 불행. haul [hɔːl] ⓥ잡아 끌다, 운반하다, ⓝ세게 끌기, 견인. shroud
[ʃraud] ⓝ수의, ⓥ수의를 입히다. sail [seil] ⓝ돛, 돛단배, ⓥ범주하다, 날다,
미끄러지듯 나아가다. hanging man 교수형을 당하는 수인(囚人). clay [klei]

ⓝ점토, 육체, ⓥ점토를 바르다. hang man 교수형 집행인. lime [laim] ⓝ석회, ⓥ석회를 바르다.

4연

The lips of time leech to the fountain head;
시간의 입술은 샘 머리에 붙어서 빨고,
Love drips and gathers, but the fallen blood
사랑이 방울져 뭉친다. 그러나 흘린 피로
Shall calm her sores.
사랑의 상처는 진정하리라.
And I am dumb to tell a weather's wind
나는 아연(啞然)하여 부는 바람에 말 못한다
How time has ticked a heaven round the stars.
별들 주변에 시간이 천국(天國)을 새겼다고.
And I am dumb to tell the lover's tomb
나는 아연(啞然)하여 애인의 무덤에 말 못한다
How at my sheet goes the same crooked worm.
내 침상(寢床)에도 같은 병충(病蟲)이 기고 있다고.
(번역 이창배, 20세기 영미시의 이해, 민음사, 1979, p.196-198)

4연

leech [liːtʃ] ⓝ거머리, 돛의 가장자리. ⓥ거머리처럼 피를 빨아대다, 달라붙어 떨어지지 않다. drip [drip] ⓥ똑똑 떨어지다, 똑똑 떨어뜨리다. ⓝ물방울. gather [gǽðər] ⓥ그러모으다, 모이다. ⓝ그러모음, 수확. calm [kɑːm] ⓐ고요한, ⓝ고요함, ⓥ진정시키다, 가라앉히다. sore [sɔːr] ⓐ아픈, 슬픈, ⓝ아픈 곳, 헌데. weather [wéðər] ⓝ일기, 날씨, ⓥ비바람에 맞히다, 색이 날다.

tick [tik] ⓝ똑딱똑딱 소리. ⓥ똑딱거리다. 체크하다. worm [wəːrm] 벌레. 송충이처럼 움직이다. 서서히 나아가게 하다.

작가 및 작품 해설

Dylan Marlais Thomas(1914-1953)는 1940년대의 영국의 대표적인 시인으로서 영국 스윈시에서 태어나서 스윈시 중학교를 졸업하고 방송국과 신문사에서 근무하면서 많은 시와 소설, 방송극, 영화 각본을 썼다. 주요 작품으로는 반 자서전적인 단편집으로서 Portrait of the Artist as a Young Dog, 영화 대본으로서 The Doctor and the Devil이 있고 또한 시집으로서 Eighteen Poems, Collected Poems 등이 있다. 그의 시는 홉킨스의 영향을 많이 받았지만 기교가 매우 독창적이고 언어의 기능을 최대로 살려 감각적인 이미지와 열광적인 리듬으로서 독자들의 마음을 사로잡는다.

이 시의 주제는 인간과 자연은 같은 힘의 지배하에 있기 때문에 우주 만물을 주관하는 힘, 또는 신에 의하여 인간도 자연과 마찬가지로 생명을 얻고 또한 죽음을 맞이한다는 것으로서 시인은 4연에 걸쳐 유사한 상황을 나열하여 시의 주제를 강조하고 있다.